Buch

Auf uferlosen Meeren fahren Carlo und seine Jungs der Küste Europas entlang von Kiel bis in die Türkei. Unterwegs werden sie mit sich selbst und den anderen konfrontiert, denen sie auf dem Schiff nicht ausweichen können. Es entstehen Spannungen und Aggressionen, mit denen auch die Erzieher unterschiedlich umgehen; so entsteht zwischen Carlo und dem Kapitän Bedran ein Machtkampf um die Führungsrolle. Verschiedene Interessen und Ansichten prallen aufeinander und die Anwesenheit von Carlos Freundin Stella an Bord führt zu zusätzlicher Unruhe.

Eine sechsmonatige Schiffsreise auf den Meeren Europas sollte neue Erfahrungshorizonte eröffnen, das Leben miteinander fördern und das Selbst entwickeln helfen, denn ausserhalb der Heimat müssen alle zu einer neuen Identität finden. Ausserhalb Deutschlands werden auch die Deutschen zu Ausländern und die Ausländer zu Deutschen. Die Jungs aus dem Erziehungsheim sind alle in Deutschland geboren, doch nicht allen bedeutet ihr Geburtsland auch Heimatland. In der Fremde verändert sich jedoch die Sichtweise und führt zu überraschenden Wendungen.

Carlo selbst kam mit neunzehn von Sizilien nach Deutschland, um sich der Mafia zu entziehen, deshalb war eine Rückkehr von Anfang an ausgeschlossen. Er begann in einer Autofabrik zu arbeiten, bildete sich als Erzieher aus und versuchte Wurzeln zu schlagen. Als er Stella kennen lernt, scheint eine Verankerung möglich, doch während der Reise entdecken beide sowohl in sich wie im anderen Seiten, die sie lieber verborgen gehalten hätten.

Die Reise führt über Dänemark nach Schweden, weiter nach Holland und durch den Ärmelkanal in den Atlantik, den Küsten Frankreichs, Spaniens und Portugals entlang bis zu Strasse von Gibraltar. Das Höllentor, denkt sich Carlo, als ahne er bei der Durchfahrt, was später geschehen wird. So weit sind sie schon gereist, dass nun alle entwurzelt sind. Die neue Heimatlosigkeit zwingt sie, sich eine andere Identität zu suchen, und um Halt ringend stützen sich die einen auf fanatische Ideologien, die anderen reagieren abwehrend und aggressiv. Auf engem Raum in der Fremde müssen sie sich miteinander auseinandersetzen, es bilden sich andere Gruppen und daraus folgen unerwartete Konflikte. Schlägereien, Übergriffe und Machtkämpfe drohen das Projekt frühzeitig zu beenden. Als sie in Sizilien anlegen, kommt es unweigerlich zur Entladung der unterschwelligen Spannungen. Als sie von dort wieder losfahren, um den letzten Teil der Reise über Griechenland in die Türkei zu unternehmen, muss Carlo wieder von neuem beginnen.

Ein Roman über Jugendkriminalität und Erziehung, über Deutschland und Europa, über Ausländer und Fremde, über Heimatlosigkeit und Identität, über Selbstentfremdung und Selbstverwirklichung, über Hass und Liebe, über Carlo und Stella.

Anna Tamà

Auf uferlosen Meeren

Roman

Bibliografische Information der Deutschen Nationalbibliothek
Die Deutsche Nationalbibliothek verzeichnet diese Publikation in der Deutschen
Nationalbibliografie; detaillierte bibliografische Daten sind im Internet über
http://dnb.d-nb.de abrufbar.

Impressum

©2008 Anna Tamà

www.annatama.ch

Herstellung und Verlag: Books on Demand GmbH, Norderstedt
ISBN: 978-3-8370-4418-8

1. Auflage

Inhalt

Stella, Carlo und die Zyklopenfelsen

Das Boot lag gut vertäut am Hafen und schlingerte leicht hin und her. Die Wellen schwappten an seine Holzwände und erzeugten leise gurgelnde Geräusche. Das Wasser spiegelte die Morgendämmerung. Die Sonne würde noch lange nicht aufgehen, doch schickte sie bereits ihre Vorboten. Fahles Licht, welches das Wasser, das Boot, den Himmel silbrig grau erscheinen liess. Die Weltkugel drehte sich der Sonne entgegen und in einer Stunde würde ihr gleissendes Licht über das Meer geworfen, tausendfach gebrochen in jeder Welle, und den frühlingshaften frischen Wind erwärmen.

Carlo kam jeden Morgen hierher und blickte über das kalte Meer des Nordens mit der stets gleichen Verwunderung darüber, dass es in Deutschland eine solche Weite gab. Das Meer öffnete sich zur Welt hin und ermöglichte die Wege in die skandinavischen Länder und weiter. Seine Augen wanderten nach Dänemark, zurück in die Zeit der Wikinger, die die neue Welt entdeckt hatten, ohne sie erobern zu wollen, ohne sie zu zerstören. Um zu rauben waren sie zwar gekommen, aber sie gingen wieder weg und kamen nicht wieder. Er sah den Wikingerschiffen nach, wie sie die Segel hissten, um in unbekannte Gegenden zu ziehen, und seine Gedanken führten ihn jeden Tag in eine andere Richtung, in ein anderes Land, zu anderen Menschen.

Das Boot schlingerte ein wenig heftiger. Wolken, schwarz-graue Streifen, die Regen bedeuten konnten, zogen auf. Selbst konnte er die Zeichen der Natur nicht lesen. Um das Wetter mit Sicherheit zu bestimmen, würde er hören müssen, was die Meteorologen sagten. Umso besser, dachte er, dann werden wir alles gemeinsam lernen. Wir werden uns alle auf der gleichen Stufe als Anfänger und Laien im Umgang mit Boot, Steuer, Wind und Wetter, Himmelsrichtungen, Kompass, Kombüse und Kajüte befinden. Auf diese Weise liesse sich eine Kommunikationsebene eröffnen, die

die Gruppe dazu brachte, von Anfang an auftauchende Fragen gemeinsam zu bewältigen. Solche sich konkret ergebenden Probleme und Konflikte konnten dann dazu beitragen, den straffällig gewordenen oder verwahrlosten Jugendlichen Problemlösungen zu lehren. Durch das Leben auf dem Boot, durch die Gemeinschaft, die am gleichen Strick ziehen muss, damit die Reise erfolgreich unternommen werden kann, können die Probleme im Alltagsleben der Jugendlichen sozusagen beispielhaft angegangen werden.

Stella hatte ihre Vorbehalte. So wollte sie unbedingt einen erfahrenen Seemann an Bord. Sie hatten gestritten deswegen, weil er ihr vorgeworfen hatte, zu wenig Vertrauen in ihn zu setzen. Er musste sich rückwirkend eingestehen, dass wohl auch verletzter Stolz mitgespielt hatte. Sie hatte sich von seinen Argumenten überzeugen lassen, doch beharrte sie darauf, noch mindestens zwei oder drei Mitarbeiter mehr mitzunehmen. Sozialarbeiter oder Köche oder wenn nicht Seemänner, dann wenigstens einen Mechaniker oder einen sonst handwerklich begabten Mann. Wieder hatte sich der Stolz gemeldet, aber er hatte ihr beigepflichtet, denn einen Motor zu reparieren traute er sich tatsächlich nicht zu und den Jugendlichen auch nicht.

Die Idee mit dem Boot kam von Stella. Carlo hatte schon seit längerer Zeit nach neuen Wegen und Möglichkeiten gesucht, wie er seinen Jungs, wie er sie nannte, eine Herausforderung bieten konnte.

„Sie wollen ein Abenteuer erleben, sie wollen Piraten besiegen, einen Schatz finden, sie wollen alle Helden sein. Schau sie doch an, wie sie beim Fussballspiel aufblühen oder bei Wettrennen. Sie können nicht ruhig auf Bänken sitzen und ihren Lehrern zuhören, sie könnten wohl kaum in einem Büro stundenlang konzentriert am Computer arbeiten, sie können überhaupt nicht regelmässig arbeiten. Sie sind unruhig, weil in ihnen das Leben brodelt, es pulsiert in ihren

Adern. Sie sehnen sich nach greifbarem Leben, das ihnen die Stadt nicht bieten kann."

„Und deshalb müssen sie stehlen, Frauen anmachen, Drogen nehmen, sich mit Alkohol vollaufen lassen, rumschreien, alles zusammenschlagen, rumpöbeln, ja?", hatte sie eingeworfen, obwohl sie wusste, dass etwas dran war an seinen Worten.

„Es fehlt ihnen ein Initiationsritus, der sie zu Männern werden lässt. Diesen möchte ich in irgendeiner Form ersetzen."

„Nimm sie doch auf ein Schiff, auf eine Reise. Fahr mit ihnen über die Weltmeere, führe sie in andere Kulturen, entdeckt Amerika neu oder die Türkei oder was weiss ich." An Carlos Blick erkannte sie, dass ihre sorglos hingeworfenen Worte auf fruchtbaren Boden gefallen waren. Rasch versuchte sie noch abzuwenden. „Oder du könntest einen Sportwettbewerb veranstalten, oder ein Fussballturnier oder...." Doch die Idee hatte bereits gezündet. Mit leuchtenden Augen griff Carlo nach ihren Händen.

„Das ist *die* Idee, Stella. Sechs Monate gemeinsam auf engem Raum leben, dabei unterwegs sein und neue Länder kennen lernen: Dänemark, Schweden, Norwegen, England, Frankreich, Spanien, Portugal, Marokko, Algerien, Tunesien, Israel, Türkei, Griechenland, Albanien, Italien, Sizilien. In Palermo besuchen wir das Jugendgefängnis, das wird ihnen die Augen öffnen. Im Vergleich dazu ist unser Heim ein Paradies. Wir könnten uns mit den verschiedenen Religionen beschäftigen, mit den Kriegen, mit den Sozialsystemen. Stella, deine Idee ist genial. Das machen wir." Er redete noch lange und Stella begann Feuer zu fangen.

Ihr Boot fand sie in einer Zeitschrift für Schiffsliebhaber.

„Als hätte es auf uns gewartet, als müssten uns die Dinge zufallen, damit wir unsere Träume und Ideen zur Wirklichkeit machen", meinte sie zu Carlo. Das Boot verfügte über fünfzehn Kabinen mit achtundzwanzig Kojen. Der Besitzer der „Naval" suchte engagierte Leute, denen er sein Schiff zur Nutzung überlassen wollte, wenn sie dafür die nötigen Renovationsarbeiten ausführten. Sie hatten sich gleich auf die Anzeige gemeldet, und nun lag das Boot da und wartete darauf, von ihnen in Besitz genommen zu werden. Carlo wollte so schnell wie möglich mit den Arbeiten beginnen, um spätestens im Mai reisen zu können. Doch zuerst musste noch ein Team zusammengestellt werden, die Finanzierung geregelt sein, es galt Bewilligungen einzuholen, und vor allem mussten die Mitfahrer bestimmt werden.

Carlo blickte lächelnd auf, als sich eine Hand auf seine Schultern legte. Stella war neben ihn getreten und liess sich jetzt von ihm herabziehen. Sie sassen nebeneinander und blickten auf das Boot, das vor ihnen lag. Eine erste positive Reaktion der Stadt war gekommen. Vorerst war Geld für die Renovation bewilligt worden, damit sie bereits mit den Arbeiten beginnen konnten, denn ein konkreter Arbeitseinsatz sei für die Integration und Motivation dieser Jugendlichen in jedem Fall förderlich, hiess es in etwa. Für die Bewilligung der Reise brauchten sie noch einen detaillierteren Projektbeschrieb und die Teilnehmerliste der Jugendlichen und Mitarbeiter.

Heute wollten sie mit den ersten Arbeiten beginnen. Die Jungs konnten helfen zu renovieren und einzurichten, und anhand der besprochenen Kriterien: Motivation, Teamfähigkeit, Leistungsbereitschaft wollten sie unter anderem entscheiden, wer auf die Reise mitkommen durfte.

Stella fröstelte. Carlo legte seinen Arm enger um sie und schnupperte an ihren Haaren. Er liebte den Geruch ihrer Haare, der stets ein Bild von Holz und Meerwasser in ihm auslöste. Das Meer des Südens, das Holz des Fischerboots seines Vaters, der ihn nie aufs Meer hinausgenommen hatte, damit er nicht auch Fischer werden müsste.

„Du sollst die Kette durchbrechen, mein Sohn", hatte er gesagt. „Du sollst etwas Besseres werden, was Leichteres tun, dein Leben nicht in den grausamen Dienst des geizigen Meeres stellen."

Carlo hatte sich als Kind nichts sehnlicher gewünscht, als mit seinem Vater hinauszufahren auf die hohe See. Diese Sehnsucht war ihm für immer im tiefsten Grunde seiner Seele eingebrannt. Der Anblick des Meeres, der Geruch, der Wind, das Geräusch der Wellen lösten bei ihm stets das Gefühl einer grossen Trauer, eines unstillbaren Verlangens, eines Durstes, der nie gelöscht werden konnte, aus. Er war nicht Fischer geworden.

Der Vater hatte ihn gedrängt, nach Deutschland zu gehen, zu seiner Schwester Rosa nach Aglasterhausen. Er hatte den Namen des Dorfes kaum aussprechen können. Von Acitrezza nach Aglasterhausen. Grün war es dort, ruhig und sauber. Die Häuser weiss und ordentlich verputzt. Die Autos hupten nicht, wenn die Ampel auf Grün schaltete und der Vorderstehende nicht gleich los fuhr. Der Geruch des Meeres fehlte ihm und die Wärme der Sonne. Das Hupen der Autos auch. Und der Fischverkäufer am Morgen, der den weissen frischen Fisch anpries und mit dem Korb durch die Strassen lief, um die Frauen aus den Häusern zu locken, dass sie ihm seine Ware abnahmen, die dann am Mittag bereits in der Bratpfanne brutzelte, mariniert mit Olivenöl, Knoblauch und frischem Basilikum. Wäre er nicht in Sorge um seine Geschwister gewesen, so wäre er bereits nach einer Woche zurückgekehrt und hätte seinen Vater gezwungen, ihn hinauszunehmen aufs Meer und ihm die Griffe und Fertigkeiten zu zeigen, um sich den Beruf anzueignen. So war er geblieben und hatte mit seinem Cousin Antonino in der Autofabrik zu arbeiten begonnen. Fliessbandarbeit. Kein Akkord.

„Woran denkst du?" schreckte ihn Stella aus seinen Gedanken.

„An Sizilien, an Acitrezza, an das Meer, an meinen Vater."

„Jetzt gehst du doch noch aufs Meer, siehst du", und er zog sie fest an sich. Sie verstand, ohne dass er seine Gedanken aussprechen musste.

Acitrezza. Im Meer ragen die Felsen schroff heraus und zeugen vom Zorn des Zyklopen, der sie wutentbrannt und schmerzerfüllt Odysseus hinterher schleuderte, um ihn am Wegfahren zu hindern. Er hatte dessen ohnmächtige Wut nachfühlen können, zurückbleiben zu müssen, als er dem Vater nachblickte, wie er aufs Meer hinausfuhr.

„Du sollst in die Schule gehen, was lernen. Ich durfte nie gehen. Mein Vater zwang mich aufs Meer zu fahren." Er wäre lieber aufs Meer gefahren, aber sein Vater zwang ihn, die Schule zu besuchen. Er wachte darüber, dass er seine Hausaufgaben machte und für jede ungenügende Note gäbe es Schläge mit dem Stock, drohte er, obwohl er seine Drohung nie wahrmachen musste. Er selbst hatte erst als Erwachsener Lesen und Schreiben gelernt. Ein amerikanischer Missionar hatte es ihm beigebracht, damit er in der Bibel lesen konnte. Dann brauche er keinen Priester mehr, der sich zwischen ihn und Gott stellte, hatte dieser Missionar gesagt. Dieses Argument hatte den Vater überzeugt, und als der Priester vorbeigekommen war, um wie jedes Jahr sein Haus zu segnen, hatte er ihn abgewiesen.

„Mein Haus ist bereits gesegnet, ich brauche dich nicht." Der Priester hatte fortan die Familie gemieden, und die Nachbarn hatten zunächst schräg und misstrauisch geblickt. Doch da der Vater weiterhin seiner Arbeit nachging und auch sonst nichts Auffälliges zu bemerken war, gewöhnten sich die Leute daran, und die Gemüter beruhigten sich wieder.

Carlos Sehnsucht nach dem Meer blieb. Wie die meisten Kinder von Acitrezza konnte er nicht schwimmen, und da der steinige Vulkanboden schnell abfiel, war er kaum je weiter als ein paar Meter vom Ufer weg gelangt.

„Nimm mich nur einmal mit", bettelte er, „nur einmal." Die Sehnsucht wuchs, wurde zum besessenen Wunsch und er begann zu quengeln, jeden Tag, bis eines Tages dem Vater der Geduldsfaden riss, vielleicht weil er den nasalen wehleidigen Klang seiner Stimme, der auch seine Geschwister und seine Mutter aufbrachte, nicht mehr aushielt oder vielleicht auch, weil er an diesem Tag nicht viel gefangen hatte, jedenfalls packte er ihn ohne Vorwarnung am Arm, drückte seinen Oberkörper hinunter, so dass er ihn zwischen seine Beine klemmen konnte, um ihm die Flausen ein für allemal auszutreiben. Niemals mehr sollte er vom Meer reden, das gefährlich sei und bösartig. Und als er in der Ecke kauerte, in die er sich geflüchtet hatte, als der Vater ihn endlich wieder freigab, weinend vor Schmerz und Enttäuschung und Unverständnis, erzählte er ihm von Meeresungeheuern und Untieren aus der Tiefe, vom schrecklichen Brüllen, das frühmorgens zu hören war, welches die ganze Fläche, zuerst glatt, von einem Augenblick zum anderen ins Beben bringen konnte, so dass sich in kürzester Zeit meterhohe Wellen türmten. Und zum Schmerz mischte sich schaurige Bewunderung für die ungeheuren Schrecken der See. Und der Vater sprach und erzählte, wie er nie erzählt hatte, wohl aus der Schuld dem Sohn gegenüber, den er grundlos geschlagen hatte. Doch alle Erzählungen und Geschichten konnten ihm die Verbitterung nicht nehmen, und als ihn der Vater am gleichen Tag noch hinaus nahm, blieb er stumm und freudlos. Die unauslotbare Tiefe unter ihm machte ihm Angst, das Geräusch der Wellen erschien ihm als drohendes Gebrüll, der Abstand zum Ufer ein Schnitt durch die Nabelschnur zur Welt, der unendliche Horizont ein schwarzes Loch, das ihn aufzusaugen drohte. Überall lauerten Gefahren, das Boot schaukelte heftig und er wurde seekrank. Der Vater ruderte zurück, sie sprachen nicht viel, nur so viel sagte er noch:

„Dieses Leben will ich dir ersparen, mein Sohn. Mein Vater schlug mich, wenn ich nicht mitgehen wollte. Ich... du.. verzeih mir." Er hatte genickt damals, aber verziehen hatte er ihm nie.

Von da an blickte er mit neuen Augen aufs Meer, auf die Zyklopenfelsen, die er nun den Meeresungeheuern in der Tiefe entgegen schleuderte, den Riesenkraken, den gigantischen Quallen und den zehnscherigen Krabben, um sie zu zerschmettern, die grausamen bösartigen, die die Fische frassen, die der Vater fangen musste, um leben zu können, um nicht böse zu werden, wie damals, als er ihm die kindlichen Träume zerschlagen hatte und sie mit schauerlich angsteinflössenden Bildern ersetzt hatte. Das Meer war nicht mehr der Ort der Ruhe und der Magie, sondern des Kampfs. Die Sehnsucht war durch die Lust aufs Abenteuer ersetzt worden. Er träumte neu davon, diese Ungeheuer zu besiegen.

Als sie in der Schule Odysseus lasen und die Aeneis und er eintauchte in die Welt der Mythologie, begegnete er den Gestalten und den Erzählungen seines Vaters wieder. Der schlangenhaarigen Medusa, dem Neptun mit seinem dreizackigen Stab, den Sirenen, den Zyklopen und den Titanen, Vulcanus und Okeanos. Er hatte ihnen andere Namen gegeben, aber dieselben Eigenschaften, dieselbe Kraft hatte sie beseelt, dieselbe Macht hatten sie ausgestrahlt und wie Odysseus hatte er sich bereits als Kind gefühlt.

Als er nach dem Abitur nach Deutschland ging, war das ein natürlicher Teil des Beginns der eigenen Irrfahrt, die ihn heute neben diese Frau, vor dieses Boot geführt hatte.

Bedran, Martina und Oli

Es leuchtete Carlo schliesslich ein, dass sie einen Kapitän für ihr Boot brauchten und Stella versah die verschiedensten Orte der Stadt mit ihrem Jobangebot. Sie suchten einen seeerprobten jungen Mann, der mit jungen Menschen zurechtkäme, wenn möglich mit pädagogischer Ausbildung, für sechs Monate. Kost und Logis würden übernommen, dazu ein Gehalt, welches in der Zwischenzeit auf ein Sparkonto überwiesen würde und ihn nach der Rückkehr nach Hause unberührt erwartete. Sämtliche Spesen vor Ort würden übernommen. Bedran hatte die Anzeige am Pinboard der Segelschule gesehen.

Er sei achtundzwanzig Jahre alt, bilde sich als Deutsch- und Englischlehrer aus und habe in der türkischen Marine gedient. Als er nach Deutschland gekommen sei - sein grosser Bruder hatte hier geheiratet und er war ihm nachgezogen - habe ihn die Liebe zur See in die Arme eben dieser Segelschule getrieben, wo sie die Anzeige aufgegeben hätten. Pädagogische Erfahrung habe er insofern, als er Segelkurse gebe; in den Sommerferien sogar Einführungskurse für Jugendliche. Er studiere Germanistik und Anglistik im zehnten Semester und für so einen Job wolle er sein Studium sofort für ein Semester unterbrechen, auch weil er soweit fortgeschritten sei, dass er bereits an seine Magisterarbeit denken müsse und in diesen Monaten könne sich eine Idee, ein Konzept entwickeln lassen, er könnte ja dazu sein Notebook mitnehmen. Carlo fand diese Idee absolut abwegig; er träumte von Natur, Wellen, Wind, Sonne, Regen, hoher See, da gab es keinen Platz für Dinge wie Notebook oder Handy. Auf Stellas Einwand, es sei doch etwas übertrieben, Bedran nicht einzustellen, bloss weil dieser ein Notebook mitnehmen wolle, erwiderte er ihr, er wolle dies ja auch seinen Jungs verbieten, da dürfe auch kein Mitarbeiter ein elektronisches Gerät mitnehmen.

Carlo war überhaupt nicht begeistert davon, Bedran einzustellen.

„Ein Türke?", hatte er Stella gefragt, und sie hatte ihn angefaucht, dass sie so eine Frage gerade von ihm am wenigstens erwartet hätte, er sei schliesslich genauso Ausländer wie Bedran auch, und ihre Worte hatten ihn geschmerzt. Er liess sich nichts anmerken und überging die Bemerkung. Er fühlte die Wunde erst am Abend zu Hause, allein im Bett, als er sich unruhig von einer Seite auf die andere wälzte und nicht einschlafen konnte. Zunächst wusste er nicht mehr, was ihn verletzt hatte, und erst als er den Tag Revue passieren liess, stiess er wieder auf die Worte und der Stich, den sie ihm in der Erinnerung versetzten, liess ihn erkennen, dass er getroffen worden war.

Es war dumm von ihm, rational betrachtet hatte er Unrecht, aber er wollte tatsächlich diesen Türken nicht an Bord. Und wenn er ehrlich zu sich war, musste er sich eingestehen, dass er nichts gegen ihn gehabt hätte, wenn er Deutscher gewesen wäre. Dabei waren einige der Jugendlichen, die er mitzunehmen gedachte, auch Türken, und es war ja nur von Vorteil, wenn jemand ihre Muttersprache konnte. Carlo schalt sich für seine kindischen irrationalen Gefühle.

Warum er diese Abneigung in sich fühlte, wusste er nicht genau zu sagen. Er hatte nicht wirklich negative Erfahrungen mit Vertretern dieser Volksgruppe gemacht, auch glaubte er an die Völkerverbindung, an die Multikultur, an die Aufhebung aller Klassen- und Rassenunterschiede. Es musste ein anerzogenes Vorurteil sein, wogegen er anzukämpfen hatte, und er teilte dies Stella auch so mit.

Allerdings bedingte er sich aus, dass noch jemand angestellt werden müsse, und dieser müsse ein Deutscher sein.

„Sonst kippt das Projekt in eine falsche Richtung", hatte er gesagt. „Mit mir und Bedran und dir als Halbitalienerin würden wir schnell zu viel Angriffsfläche bieten."

Dass er auf diese Weise auf Bedrans Nationalität herumhacke, hätte sie nie von ihm gedacht, hatte Stella den Vorwurf vom vorherigen Tag wiederholt. Doch diesmal war er darauf gefasst gewesen, und als er ihr seine Argumente darlegte, die er in einer schlaflosen Nacht vorbereitet hatte, musste sie sich am Ende geschlagen geben.

„Also gut, du könntest Recht haben, wenn dich das beruhigt. Nehmen wir doch Martina und Oli mit. Martina hat als Theaterpädagogin schon bei der Gewaltprävention an Schulen mitgemacht und wäre sicher für das Projekt zu haben und wir hätten eine zweite Frau an Bord. Oli ist Koch und soviel ich weiss zurzeit arbeitslos, und ein Koch an Bord sorgt wenigstens für gute Laune."

Carlo wollte sich nicht wieder einen Spiesser schimpfen lassen, wenn er anmerkte, dass ein junger arbeitsloser Mann vielleicht nicht gerade als motivierendes Vorbild für schwer erziehbare Jugendliche gelten konnte. Er verkniff sich die Bemerkung, auch weil er Oli gut leiden mochte und ihn als soliden, zuverlässigen Menschen schätzen gelernt hatte. Also rief er Oli an und erzählte ihm vom Projekt, und er kam auch am gleichen Tag noch vorbei und schaute sich die Küche im Boot an und machte eine Bestandesaufnahme vom Inventar und stellte gleich eine lange Liste von Küchengegenständen und Vorräten zusammen, die es anzuschaffen gälte, so dass Carlo ihm gleich erleichtert die Gesamtleitung für die Bootsausrüstung übergab.

Mit Oli und Martina fühlte sich Carlo gut beraten, doch an Bedran konnte er sich auch nicht gewöhnen, als er den Arbeitsvertrag bereits unterschrieben hatte. Stella spürte seine Unzufriedenheit, er konnte sich selten länger vor ihr verstecken, aber sie tröstete ihn nicht oder half ihm über seine negativen Gefühle hinweg, wie sie es sonst so gut verstand. Im Gegenteil, sie steigerte sogar noch sein Unbehagen, weil sie ihm wieder vorwarf, ein Ausländerhasser zu sein, obwohl er selbst ein Ausländer sei und schürte damit seinen Zorn.

„Du kannst ihn doch nicht mit mir oder deinem Vater vergleichen", wandte er wütend ein, weil er das Bedürfnis hatte sich zu rechtfertigen. „Wir sind die klassischen Gastarbeiter, die hierher kamen um als Gast zu arbeiten. Wir hatten keine Väter, die uns ein Studium bezahlen konnten oder Segelkurse."

Segelkurse sagte er eine Spur zu höhnisch, so dass ihm Stella puren Neid vorwerfen konnte. Es war lächerlich, über einen neuen Mitarbeiter auf diese Weise zu streiten, doch er konnte es nicht lassen. Er musste darüber sprechen, weil er herausfinden wollte, was ihn störte. Doch je mehr er darüber sprach, umso mehr gab er diesem Menschen eine Wichtigkeit, die er gar nicht haben sollte. Zuletzt wurde Stella auch wütend, und er hatte einen Vorwand sich zu entschuldigen, wofür, war ihm selbst nicht ganz klar, aber eine Entschuldigung brauchte es.

Dafür durfte ihn Stella später an einer Koje festbinden.

„Wir werden ihre Stabilität testen", meinte sie ernsthaft, während sie seine Handgelenke mit Schiffstau umschlang. Sie öffnete sein Hemd Knopf um Knopf so langsam, dass Carlo unruhig wurde, aber er wollte ihr nicht die Genugtuung geben, ihr seine Ungeduld zu zeigen. Sie wollte ihn wohl zur Strafe etwas leiden lassen. Als sie endlich beim Hosenknopf angelangt war, konnte er einen erleichterten Seufzer doch nicht unterdrücken, was ihr ein befriedigtes Gelächter entlockte. Wenn sie gestritten hatten, waren sie beide besonders leidenschaftlich, als müssten sie wieder zueinander finden oder sich ihre Liebe besonders beweisen.

Die Koje bestand die Bewährungsprobe und hielt ihrem Sturm stand.

Die Jungs

Carlo hatte nicht gerade erwartet, dass seine Jungs in Begeisterungsstürme ausbrechen würden, wenn er ihnen vom Projekt erzählte - er kannte sie inzwischen gut genug, um zu wissen, dass sie prinzipiell allem und jedem, was an sie neu herangetragen wurde, misstrauisch gegenüber standen; das Misstrauen war in ihnen verwurzelt, war ihnen eingeschlagen worden, eingebläut, ständig wiederholt; seit sie geboren waren, hatten sie zunächst einmal gelernt, dass es keine vertrauenswürdige Wahrheit gab, worauf man sich unbedingt verlassen konnte; auch den Erziehern trauten sie nicht, die waren schliesslich bezahlt und bestimmt nicht Vertreter des wahren Lebens, sondern Moralpauker mit schönen, leeren Worten, die nicht wussten, wie das Leben draussen zuging - aber dass nicht einmal ein Aufleuchten der Augen oder ein dummer Spruch oder ein Witz, ein Gelächter, ein Faustschlag auf den Tisch, dass rein gar nichts kam, das brachte ihn doch aus dem Konzept.

Es war, als wäre urplötzlich Windstille eingetreten, und seine Segel hingen schlaff herunter und es ging weder vorwärts noch rückwärts.

Stille.

Er stand etwas verloren vor seiner Gruppe, holte sich dann einen Stuhl und befahl allen, mit ihren Stühlen einen Kreis zu bilden, er wolle diskutieren. Die Jungen erhoben sich nur schwerfällig, lustlos und als er schliesslich in die Runde blickte, sah er nur gelangweilte Gesichter, nicht einer blickte interessiert oder gespannt auf ihn, um zu hören, was er erzählen wollte.

„Sechs Monate auf einem Boot werden wir sein, wir reisen nach Dänemark, nach Schweden, nach England, Frankreich. Von dort vielleicht weiter bis in die Türkei und zurück. Wer hat Lust, wer macht mit?" Das kam schon besser an und Carlo schalt sich für seine grossen Worte vorhin von wegen Teamförderung, Sozialkompetenz und so. Das war ihnen schlicht egal, aber die Länder, ja die Länder und ihre Namen, damit konnten sie schon mehr anfangen.

„Dürfen wir da auch von Bord gehen?" war die erste Frage, als er das Zeichen dazu gab, und Carlo sah bereits in seinem Innern, wie er auf die Uhr blickte und die Ausreisser erwartete, die nicht mehr kommen würden, weil sie die Gelegenheit genutzt hatten, um sich auf und davon zu machen und wie in der alten Kindergeschichte mit den zehn kleinen Häschen fehlte eins nach dem anderen, bis er schliesslich ganz allein auf dem Boot sass und nicht mehr zurück in die Heimat konnte, weil er versagt hatte und alle ausgeflogen waren.

„Ja, selbstverständlich, wir wollen uns ja auch mit den anderen Kulturen auseinandersetzen, wollen neue Bekanntschaften machen..." Lautes Gelächter unterbrach ihn, Stimmendurcheinander, sie schlugen sich gegenseitig auf die Schultern, machten ein paar obszöne Bewegungen, und er hätte auch ohne die aufgeschnappten Wortfetzen verstanden, wovon sie sprachen. Das Eis war gebrochen, dachte er erleichtert. Dank des Hilfsmotors, den er immer wieder neu anlassen konnte und der ihn jeweils mit ungeahnter neuer Energie starten liess, waren sie in ein anderes Fahrwasser geraten, Wind kam wieder auf und sie sprachen durcheinander und diskutierten, wer jetzt auf dieses Boot mitdürfe und wer nicht.

Unsere Prinzipien heissen „Leistungsbereitschaft, Motivation, Teamfähigkeit" schrieb er an die Tafel und erntete damit nur lange Gesichter, aber immerhin war wieder Ruhe eingetreten.

„Und wie wollen Sie das herausfinden, bitte?" warf Matthias ein und die anderen ergriffen die Gelegenheit, um auch etwas einzubringen, das er aber im Stimmengewirr nicht verstand.

„Wir schreiben einen Aufsatz", sagte er aus einer Intuition heraus und kippte die Idee des Fragebogens, an dem er mehrere Stunden herumgefeilt hatte und der ein kompliziertes Bewertungssystem enthielt, wonach er die Motivation hätte testen wollen, kurzerhand aus dem Programm und schrieb das Thema an die Tafel:

„Ich will mit aufs Boot, weil..." Die nächste halbe Stunde war er damit beschäftigt, bei der Organisation von Schreibgerät und Papier zu helfen und die Gemüter zu beruhigen. Die Jungen hatten sehr wohl Bedürfnisse und meldeten sie jeweils auch grossmaulig an, aber wenn es darum ging, schriftlich die eigenen Wünsche zu formulieren und Argumentationen zu liefern, da waren sie schlicht überfordert. Sie wussten auch nicht genau einzuschätzen, was er überhaupt von ihnen wollte, er noch weniger, aber er folgte dieser Intuition und liess sie eineinhalb Stunden schreiben, und als er die Blätter einzog, fühlte er sich der Aufgabe nicht gewachsen, rein aufgrund dieser paar Zeilen - einzelne hatten nicht mehr als wenige Sätze hingeschrieben, nachdem sie lange über dem leeren Blatt gebrütet hatten - zu entscheiden, wer mitkommen durfte und wer nicht. Er wollte alles gründlich lesen und fair bleiben und wirklich nur diejenigen berücksichtigen, denen es um die Sache ging, um das Prinzip, das er ihnen ganz zu Anfang erklärt hatte. Ob er überhaupt fähig war zu beurteilen, wer für ein solches Unternehmen geeignet wäre? Carlo beschloss, einen befreundeten Kollegen herbeizuziehen und ihn um Rat zu fragen.

Derek, Mauro, Matthias, David, Osman, Kerim, Yussuf, Axel, Mohammed und Said. Zwischen fünfzehn und siebzehn. Drei Deutsche, ein Kosovo-Albaner, ein Serbe, zwei Türken und drei Bastarde, wie sie die anderen nannten. Oder Mischlinge. Oder Halbblute. Mauros Vater war Italiener, seine Mutter Portugiesin. Mohammed war halb Türke, halb

Albaner. Kerims Mutter war zwar Deutsche, aber er selbst bezeichnete sich stets als reiner Marokkaner.

„Nur der Vater zählt", meinte er und blockte alle Einwände ab. Yussuf wollte auch nicht zu den Türken gezählt werden.

„Ich bin Kurde", sagte er verächtlich zu Osman blickend und spuckte auf den Boden, als Carlo ihn danach fragte.

Bedran wollte mehr über die Jungs erfahren, doch Carlo wies ihn schroff in die Schranken, als er ihn danach frage.

„Sie sollen an ihrem Verhalten gemessen werden und nicht an ihrer Vorgeschichte."

Wegen Bedran hatte Carlo nach wie vor Bedenken, doch sie hatten niemand anders gefunden, der sich in Meereskunde, Nautik und all den seemännischen Belangen genügend auskannte. Als Sohn eines vermögenden Diplomaten, der in der Türkei einmal Parlamentsmitglied gewesen war und somit bis ans Lebensende ein sorgenfreies Leben führen konnte, passte er nicht wirklich zu ihnen, ereiferte sich Carlo.

„Weiss Gott, woher die das Geld haben." Stella warf ihm vor, er übertreibe.

„Du projizierst deine eigenen Frustrationen auf ihn", meinte sie, die wusste, dass Carlo Anwalt werden wollte. Doch in Sizilien hatte es keine Zukunft mehr für ihn gegeben, nachdem er sich in seinem Dorf Acitrezza gegen die Bezahlung der Schutzgelder wehren wollte. Sein Vater hatte ihm, als er davon erfuhr, ein paar Ohrfeigen versetzt, obwohl er bereits neunzehn Jahre alt war, und ihn dann, ohne Widerspruch zu dulden, nach Deutschland geschickt. Anstatt zu studieren, hatte Carlo in einer Fabrik Autos montiert.

„Kein Wunder nervt dich Bedran, allerdings hat es auch keinen Sinn, ihm sein Geld und seine Herkunft zu missgönnen und sich deshalb die Reise verderben zu lasssen", ergänzte sie, und Carlo konnte nicht umhin, ihr Recht zu geben.

Stella selber freute sich auf die Herausforderung, sechs Monate den Küsten Europas entlang zu fahren, ab und zu an unbekannten Orten anzulegen und neue Städte und Menschen kennen zu lernen. Sie war gespannt, ob Carlos Rechnung aufgehen und sie als Gruppe zusammenwachsen würden, sie und die Jungs und ob sie den erhofften Reifungsprozess in der Verantwortung füreinander und für das Boot durchliefen.

„Bestimmt sind die Voraussetzungen anders als im Heim, wo sie praktisch eingesperrt sind und immer um Erlaubnis fragen müssen, wenn sie die Anlage verlassen wollen. Auf dem Schiff sitzen wir buchstäblich alle im selben Boot und sind abhängig voneinander, wir sind alle auf eine Art gefangen und doch auch frei. Angst vor Gewalt habe ich keine, es gibt wohl genug zu tun in der Küche, auf Deck, in der Auseinandersetzung und im Umgang mit den anderen." Carlo nickte zu ihren Ausführungen und streichelte ihr lächelnd die Hand. Er liebte es, wenn sie sich in Feuer redete.

An die erste Teamsitzung hatte Bedran sein Notebook mitgebracht und ihnen vordemonstriert, was für gute Dienste das Navigationspaket leisten würde: Winde, Karten, Seeströmungen, Bojen, Leuchttürme, alles, was es zu einer sicheren Navigation brauchte, war aufgezeichnet und abrufbar. Carlo war froh, dass Stella so nett war, ihn nicht dauernd triumphierend anzuschauen, und er vermied ihren Blick, weil ihn ein Na-siehst-du-hab-ichs-nicht-gesagt-Lächeln geärgert hätte und er war nicht versessen darauf, sich auch vor den anderen blosszustellen.

Bedran erklärte ihnen schliesslich die verschiedenen Zulassungen und Führerscheine und zerschlug gleich jegliche Spekulationen über die möglichen Reiseziele. Er besass einen Seesportschifferschein, der ihm erlaubte, innerhalb von dreissig Seemeilen im Küstenrevier Europas zu fahren;

„Nach Amerika können wir also nicht", meinte er grinsend und die Jungs brummten unzufrieden, als wäre je davon die Rede gewesen. Sie bestimmten Bedran zum Kapitän und Carlo musste akzeptieren, dass er diese Rolle übernahm, obwohl er eigentlich keine Hierarchie auf dem Schiff gewollt hatte.

„Er führt das Schiff, nicht das Projekt", tröstete ihn Stella später, und doch blieb ein Rest von Misstrauen und Abwehr, die er nicht loswerden konnte, diesem Menschen gegenüber, der sich von ihm ungewollt immer stärker in sein Leben einschob, sich aufdrängte und ihm das Heft aus der Hand nahm; so schimpfte er, als er ein Glas zu viel getrunken hatte und mehr sagte, als er wollte und prompt von Stella ausgelacht wurde, die ihn einen Dummkopf schalt, liebevoll zwar, aber dennoch Dummkopf, und es traf ihn, weil er sich selber dumm vorkam.

Er hatte dem Meer begegnen wollen, es zähmen, es unter seine Führung, unter seine Hand binden wollen. Er musste sich eingestehen, dass er dazu nicht fähig war. Er kannte die Strömungen nicht, die Meerestiefen, er konnte die Karten nicht lesen, konnte weder mit Kompass noch Sextant umgehen, die modernen computerisierten Navigationssysteme waren ihm ein Rätsel, Wind- und Wetterlage fremd und unberechenbar.

Er thematisierte diese Probleme mit den Jungs, gerade weil das Konzept ja besagte, dass die Jugendlichen von Anfang an an der Verantwortung teilhaben sollten und am Prozess, an den auftauchenden Fragen und an den Problemlösungen beteiligt und miteinbezogen werden sollten, damit sie sich als Teil des Teams fühlten, welches mitentschied und mitverantwortlich war. Er musste zugeben, dass sie eigentlich ziemlich interessiert waren und einiges über die technischen Angaben des Schiffes, die Route und so wissen wollten, doch wusste er nichts Genaueres dazu zu sagen und ihr Interesse erlahmte deshalb. Die meisten meinten, wenn man ein Navigationssystem habe, das abrufbar sei, und Funk und jemanden, der Bescheid wisse, dass dies dann doch genüge.

„Wenn das Projekt gut läuft" sagte er aufs Geratewohl, „dann dürfen die anderen nächstes Jahr ebenfalls aufs Schiff", und das Gelächter und Schulterklopfen und Handklatschen bekräftigte seinen Entschluss, den Worten Taten folgen zu lassen und er nahm sich vor, dieses Projekt gut zu leiten, den Jungs Werte mitzugeben, und wenn er nicht ihr Kapitän war, so war er ihr Coach, ihr Steuermann, der gewillt war mit ihnen zusammen zu neuen Ufern aufzubrechen.

Carlo hätte nicht gedacht, wie viel Papierkram vor der endgültigen Abreise noch zusätzlich zu erledigen war, wie viele Bewilligungen und Anfragen noch einzuholen waren, wie viele Gesuche er noch schreiben musste, wie viel Geld das ganze Projekt kosten würde.

An manchen Tagen war er voller Zweifel, ob sich der ganze Aufwand für sechs Monate überhaupt lohnte, ob diese Jugendlichen von einer solchen Tour etwas lernen konnten oder ob die Kritiker nicht doch Recht hatten.

„Andere Jugendliche arbeiten hart und fleissig, sind ehrlich bemüht, eine Lehrstelle zu finden, ihrer Arbeit oder ihrem Studium nachzugehen, und niemand bezahlt ihnen eine Europatour. Diese Jungs haben gestohlen und geraubt und werden dafür noch belohnt."

Dass hinter diesem Projekt eine Idee stand, die Idee vom Üben des Zusammenlebens zum Beispiel, damit konnte er diese nicht überzeugen.

Von der Stadt kam die Auflage, das Projekt zu dokumentieren und dann auszuwerten. Dafür war hauptsächlich Martina zuständig, die daraus eine Abschlussarbeit machen wollte.

Dann kam endlich der Tag der Abfahrt.

Der Beginn der Reise

Ein Tag wie jeder andere hätte man sagen können, weil die Sonne aufging, weil die Leute zur Arbeit fuhren, weil die Jungs um sieben Uhr geweckt wurden, weil Bedran vor dem Spiegel stand und sich rasierte, weil Martina unschlüssig war, ob sie die Kondome in ihre Handtasche legen sollte oder nicht, weil Oli nervös seine Listen checkte, ob er auch wirklich an alles gedacht habe. So hätte jeder Tag aussehen können.

Der Himmel war von einigen Wolkenfeldern verhangen, wie so oft hier im Norden Europas, nichts Aussergewöhnliches. Der Kaffee schmeckte wie immer, mit viel Milch für Martina und Oli, mit Zucker für Carlo und Stella, die sich Carlos Gewohnheit angepasst hatte, und für Bedran aufgekocht, so dass man ihn fünf Minuten stehen lassen musste, bevor man ihn trank und aufpassen, dass der Satz nicht im Mund landete, was ihm nie geschehen konnte, trank er ihn doch immer so und die Abläufe und Bewegungen waren ihm in Fleisch und Blut übergegangen.

Die Jungs lärmten wie immer und pöbelten sich an, doch die Stimmung war gereizter als sonst, allein da war schon eine erste Veränderung spürbar, weil sich zehn von ihnen anders angezogen hatten, cooler irgendwie, die besten Kleider hatten sie an, die, die sie für den Urlaub, für freien Ausgang, für bestimmte Feiertage bereit hielten. Und die Koffer hatten sie in den Speiseraum mitgenommen, weil es heute losging, auf die Reise.

„Ich komme nicht zurück, Mann", zischte Said, so dass es seine Tischnachbarn hören konnten und ihm bewundernde und neidische Blicke zuwarfen.

„Said kommt nicht zurück", hörte er es durch die Bänke raunen, „Said haut ab", ging es weiter. „Said reisst aus." Zehn waren sie, genug um zu meutern, hatten sie abgemacht. Zwei von ihnen auf einen von denen und zu Messern würden sie auch noch kommen oder sonstigen Waffen, um sich Macht zu verschaffen, die sie dazu benutzen wollten, um ins Ausland zu fliehen, nach Marokko wollte Said, oder in die Türkei oder ins albanische Mutterland. Im schlimmsten Fall ginge er in den Kosovo, die mussten ihn aufnehmen, er war ja immerhin dessen Bürger. Die würden ihn nicht nach Deutschland ausliefern, dachte er und die anderen bestätigten und beruhigten ihn.

Der Bus fuhr sie an den Hafen, wo sie bereits von Carlo und den anderen erwartet wurden. Nun standen sie alle gemeinsam versammelt vor dem frisch renovierten und überholten Boot, welches nun das definitive Okay zum Auslaufen erhalten hatte. Sie begrüssten sich per Handklatsch oder mit einem Händedruck und alle stiegen ein.

Erst als das Gepäck verstaut war, stellte sich jeder und jede auf den abgesprochenen Platz. Axel und Mohammed lösten die Leinen, zogen sie ein und rollten sie auf, nachdem Bedran den Motor gestartet und das Ruder übernommen hatte. Alle waren auf dem Deck, um einen Blick auf das sich entfernende Ufer zu werfen. Dann wurde bereits die Küchenmannschaft in die Kombüse beordert und der Alltag auf der Naval begann. So stachen sie an diesem gewöhnlichen Tag in See und gaben ihrem Leben eine neue Stossrichtung. Als das Boot aus dem Hafen herausgesteuert hatte, beschleunigte es seine Geschwindigkeit, und erst jetzt hatte Carlo das Gefühl, dass die Reise wirklich begonnen hatte.

Der Beginn einer Reise eröffnet jedes Mal neu die Möglichkeit einer Lebensänderung. Einerseits lässt man Altes, Ungeliebtes, Vergangenes zurück und andererseits lernt man neue Menschen kennen, die sich einem vorurteilslos nähern, die kein Bild von uns in sich tragen, die uns nicht nach gleichen Massstäben messen, nach denen wir in unserem Heimatort gemessen werden, wo uns jeder kennt, man in einer Rolle steckt, aus der man nie ausbrechen kann. Einmal straffällig geworden bleibst du das ganze Leben lang der Kleinkriminelle, der Im-Heim-Gewesene, der Schläger, der Ausländer. Wie sollst du dich je von diesem Bild befreien? Auch glaubt man selbst daran, an dieses Bild von sich, man ist selbst davon gefangen, eine Veränderung ist erst möglich, wenn die äusseren Bedingungen anders werden. Szenenwechsel, Jobwechsel oder eben eine Reise. Die Menschen in anderen Ländern kennen dich nicht, sie wissen nicht, wer du bist, sie begegnen dir direkt, unmittelbar und messen dich an deinen Worten und an deinem Verhalten, wie du es ihnen im Augenblick der Kommunikation entgegenbringst. Und du wunderst dich, wie diese Menschen die ganze Zeit über schon an diesem Ort gelebt haben, der ganz andere Regeln kennt, wo es andere Gerüche von anderem Essen gibt, wo Sitten und Gebräuche verschieden sind, und du wunderst dich, dass du an deiner Gesellschaft so leiden konntest, während diese da gleichzeitig und parallel existierte und du wusstest gar nichts von ihr, glaubtest, auf der ganzen Welt sei es gleich, dabei war dein Leiden, dein Lieben, dein Hoffen, deine Sehnsucht für diese Menschen hier belanglos.

Carlo hatte so gefühlt, als er von Acitrezza nach Aglasterhausen gekommen war. Sein Vater hatte ihm eigenhändig die Koffer gepackt und ihn auf den Bahnhof nach Acireale gebracht, die Fahrkarte gekauft und ihn in den Direktzug nach Stuttgart gesetzt, wo ihn sein Onkel Carmelo abgeholt hatte. Er war der Mutter zuliebe gegangen, die ihn, nachdem ihnen gedroht worden war, voller Angst angefleht hatte, den jüngeren Geschwistern zuliebe, Maria und Sebastiano, das Land zu verlassen.

Es waren seltsame Telefonanrufe gekommen, Steine hatten vor der Haustür gelegen, eines Tages hatte ein Zettel am Lenkrad seiner Vespa geklebt: Pass auf, stand dort, und erst dann erfuhr der Vater überhaupt von den Reden seines Sohnes, die er in der Bar des Dorfes kühn geschwungen hatte, in seinem jugendlichen Eifer, dass er die lokalen Gewohnheiten ändern wollte und dass sie sich weigern sollten, die Forderungen zu erfüllen, nur geschlossen könnten sie gewinnen. Es war ruhig geworden in der Bar, aber dann hatten seine Freunde gelacht und ihm auf die Schultern geklopft und ihn gehänselt, dass er zu viel getrunken habe. Er war wütend geworden, wollte sich rechtfertigen, sie aber hatten ihn nicht ausreden lassen und ihn dann aus der Bar gezogen, ihn einen Idioten gescholten und ihn mit der Mahnung, so schnell wie möglich nach Hause zu gehen, dort stehen lassen. In den nächsten Tagen kamen die Anrufe, die Warnungen, bis der Vater davon erfuhr. Er zerrte ihn ins Wohnzimmer und ohrfeigte und schlug ihn, wie er ihn schon seit Jahren nicht mehr geschlagen hatte, sperrte ihn ins Zimmer und am gleichen Abend noch sass er im Zug nach Stuttgart.

Der Aufbruch damals war ein Wegrennen von den möglichen Vergeltungen einer rachsüchtigen und machtgierigen Schicht, deren Gesicht er nicht kannte, deren Macht er jedoch am eigenen Leib erfuhr und die ihn zwang, sein Heimatdorf zu verlassen.

Als er auf der Fähre nach Italien war und auf Sizilien zurückblickte, umfing ihn eine schmerzvolle Wehmut, ein Gefühl des Verlassens und des Verlusts. Seine Jugend war endgültig vorbei, und anstatt in Catania an der Universität Jurisprudenz zu studieren, wie er vorgehabt hatte, teilte er nun das Los so vieler seiner Landsmänner, die in der Fremde nach Arbeit suchten und anstatt ein angesehener Jurist zu sein, musste er sich nun in die Reihe der Gastarbeiter stellen, die mehr geduldet als geachtet ihrer Lohnarbeit nachgingen.

Doch es war ihm Recht, es war die folgerichtige Konsequenz seines eigenen Handelns. Er hatte sich gegen die Mechanismen der Anmassung und der Machtbestrebungen der gewalttätigen, selbsternannten Gesetzesgeber und Aussauger des sizilianischen Volkes erheben wollen, sollte er nun den Preis dafür bezahlen und mit eigenen Händen die Welt der Arbeiter erfahren. Er würde in der Fabrik arbeiten, wo auch sein Onkel, sein Schwager und sein Cousin arbeiteten und er wollte Deutschland kennen lernen, nicht über die Schriften Goethes oder Schillers, wie es ihm im Schulunterricht des Gymnasiums nahe gebracht worden war. Er würde das Deutschland der Ausländer kennen lernen, das Deutschland der Randständigen, das Deutschland der Gastarbeiter, das Deutschland der Bittsteller, die um Arbeit baten, die ihre Arbeitskraft zur Verfügung stellten, um Lohn zu empfangen, den sie brauchten, um zu essen, um zu trinken, um ein Dach über dem Kopf zu haben mit der Hoffnung auf Aufstieg, den ihnen ihr eigenes Land nicht geben konnte, mit der Hoffnung auf die Möglichkeit, den Eltern in der Heimat Unterstützung zu leisten, mit der Hoffnung weiter zu kommen und sich ein Ansehen erschaffen zu können, ein schönes Auto, mit dem man ins Heimatland zurückfahren konnte und das den Erfolg symbolisieren sollte, den man dort erreicht hatte, den Lohn der Mühsal.

Er war nach Deutschland gefahren mit Abschied im Herzen, er kam als Vertriebener, nicht als Reisender, nicht als Tourist, nicht als devisenbringender Gast und er hatte sich einzufügen in dieses Land, das ihn als Gastarbeiter bezeichnete, was bedeutete, dass er irgendwann wieder zu gehen hatte, sobald seine Zeit abgelaufen war.

Wie anders die Reise jetzt, dachte Carlo, als er an der Reling stand und zurück auf das Land blickte, das ihn in den letzten zehn Jahren beherbergt hatte. Dort hatte er gearbeitet, dort hatte er in Abendkursen Deutsch gelernt, dort hatte er sich zum Erzieher weitergebildet, dort hatte er die Stelle im Jugendheim angenommen, dort hatte er Stella kennen gelernt.

Er war nie mehr nach Sizilien zurückgekehrt, seine Eltern hatten ihn ein paar Mal besucht mit seinen Geschwistern, doch es war ihm unwohl gewesen dabei. Sein stolzer, gefürchteter Vater wurde in Deutschland ein kleiner, unbedeutender Mann, ein lächerlicher, armer Fischer aus weiter Ferne und er ertrug es nicht, seinen Vater unsicher in gebrochenem Deutsch in den Geschäften nach dem Preis fragen zu hören. Das war nicht der erfahrene Bezwinger des Meeres, wie er ihn als Kind erlebt hatte und er war froh, wenn sie wieder weggingen. Auch seine Mutter, die er mit den Augen der Deutschen sah, seine dicke Mamma, wie sie scheinbar liebevoll sagten. Ihm erschien es blanker Hohn, so über das unausgesprochene Oberhaupt der Familie zu sprechen, die sie in Acitrezza war. In Deutschland verlor sie ihre Würde; neben all den grossen, beschäftigten, aktiv herumrennenden Frauen schien sie nur ein Hutzelweib, eine Bäuerin, eine dumme Fischerfrau, die nicht einmal sprechen konnte.

Die Mütter seiner Jugendlichen hatten teilweise ein ähnliches Schicksal erlitten und er verstand die Sehnsucht der jungen Männer, sich beweisen zu wollen, sich zu schlagen, sich zu erheben über den Sumpf der Verachtung, der ihnen entgegenschlug.

Jetzt waren sie unterwegs in neue Länder, in denen sie entweder alle Fremdlinge waren oder in ein Heimatland des einen oder anderen, wo sie die Sprache beherrschten und dadurch Macht besassen.

Carlo wandte den Blick vom verschwindenden Ufer des Landes ab dem offenen Meer zu, das sie nach Kopenhagen bringen würde, wo ausser Martina noch niemand gewesen war und womit sie keine genauen Vorstellungen und keine Vorurteile verbanden. Sie hatten zwar Bedenken wegen des Freistaats Christiania, wo man sich anscheinend problemlos mit Drogen eindecken konnte, doch die Idee war ja nicht, sechs Monate abgeschottet von der Welt zu leben, da hätten sie ja auch auf eine Schweizer Alp gehen können, das hätte bestimmt auch positive Auswirkungen gehabt, zweifellos, doch sie wollten den Problemen nicht aus dem Weg gehen, sondern sich ihnen stellen.

Mit Zuversicht folgte Carlo dem Ruf sich ins Zwischendeck in den Speisesaal zu begeben, um dort das erste Mal die Künste der Küchenmannschaft zu degustieren, wie er Derek zuzwinkernd sagte, als dieser ihm die Schüssel mit Kartoffelbrei hinstellte.

Das Boot

Das Boot war wie ein dreistöckiges Haus ohne Umschwung, aber dafür mit traumhafter Aussicht. Dreiundzwanzig auf sechs Meter, mit einem Tiefgang von zwei Komma sieben. Auf dem Oberdeck waren die Dachterrasse und der Grill. Dort befanden sich auch das Steuerhaus und zwei Kabinen, um die sich die Männer von Anfang an stritten, auch wenn keiner ein einziges Wort darüber verlor. Im Zwischendeck war der Speisesaal, die Kombüse, die Toiletten und Duschen und das Achterdeck, hier hatte es ebenfalls zwei Kabinen, auf die die Frauen wegen der gegenüberliegenden Duschen und Toiletten Anspruch erhoben, dem nicht gleich nachgegeben wurde, der allerdings auch nicht auf grossen Widerstand traf. Im Unterdeck waren die Laderäume, die Maschinen, Generatoren und insgesamt elf Kabinen für zwanzig Personen. Dass die Jungs nicht alle dort unten unbeaufsichtigt schlafen konnten, leuchtete ein, und so mussten mindestens zwei Männer ebenfalls dort unten schlafen. Sie beschlossen sich abzuwechseln.

Als sie gegessen hatten, die Teller abgewaschen und abgeräumt, die Zimmer bezogen und Carlo das erste Mal auf seiner Koje lag, einen Augenblick nur, hatte er gesagt, um kurz auszuruhen vom Stress heute, er habe kaum geschlafen, fiel die ganze Anspannung der letzten Wochen von ihm ab. Endlich waren sie gestartet, alle waren an Bord und die Entspannung glich eher einem Hineinplumpsen in einen sumpfigen Teich. Er fühlte das Schlingern unter sich, dachte an die Tabletten gegen Reisekrankheit, die er mitgenommen hatte, die er jedoch nicht jetzt schon nehmen wollte, um nicht bereits an die Vorräte zu gehen und die Reserven zu verbrauchen, oder es war wohl, weil er nicht schwächer als die Jungs sein wollte. Jedenfalls nahm er keine, lag aber mit etwas schwummrigem Gefühl im Magen auf der oberen Koje in seiner Kabine im Bug des Unterdecks, neben der

Viererkabine, die sie zum Aufenthaltsraum umfunktioniert hatten.

Bedran hatte vorläufig eine der Kabinen auf dem Oberdeck hinter dem Steuerhaus bezogen, in dieser ersten Woche nur, wie sie betont hatten. Die beiden Kabinen sollten dann den Wachen, dem Kapitän, dem Steuermann und den anderen offen sein. Sie würden auch in der Nacht fahren und Bedran würde einige in die Seekunde einführen, Carlo hatte sich vorgenommen, ein williger Schüler zu sein. Olis Kabine lag achtern am anderen Ende des Korridors im Unterdeck bei der Treppe. Dazwischen waren die fünf Zweierkabinen der Jungs.

Carlo lag auf seiner Koje und überlegte, ob sie etwas falsch gemacht hatten in der Zuteilung der Kabinen. Es hatte lange Diskussionen gegeben darüber, wer mit wem, wer allein, wer zu zweit, ob jemand in der Viererkabine schlafen sollte. Den Versuch, selbst eine Zuteilung vorzunehmen, hatte er nach ein paar Abenden über den Plänen brütend aufgegeben. Irgendetwas ging nie auf, stets blieben zwei, drei übrig, die man unmöglich zusammentun konnte, nicht, wenn er es angeordnet hätte. So überliess er den Jungs die Entscheidung, stets mit der Warnung, dass jeder, der sich nicht den Regeln fügte, isoliert würde, bei Bedarf auch eingesperrt. Eine Kabine hielten sie für solche Zwecke frei. Jetzt lagen auch die Jungs in ihren Kabinen, sie hatten die Siesta für alle verordnet.

„Ohne Strukturen geht es nicht", waren sich für einmal alle einig gewesen, „wenn wir nicht Ordnung und strenge Regeleinhaltung", „und Disziplin" hatte Bedran eingeworfen „und Disziplin einfordern", nahm Carlo die Bemerkung auf, „dann nehmen sie uns das Heft aus der Hand." Und so hatten sie nach dem Essen die Jungs für zwei Stunden auf ihre Zimmer geschickt.

„Es herrscht absolutes Rauchverbot auf euren Kabinen", hatte Martina noch ergänzt und Carlo fragte sich, ob die das wirklich einhalten würden, und sah schon das Boot brennen und untergehen.

Der Motor stampfte laut und liess das Rasierwasser im Spiegelschrank leise klirren, der Rasierer auf der Konsole rutschte leicht hin und her und zeigte ihm die Bewegungen des Meeres an. Sie hielten Kurs auf Kopenhagen.

Was wollten sie eigentlich dort, dachte sich Carlo und beobachtete den Rasierer. War es nicht unklug ihre Reise in so einer Stadt zu beginnen? Wer war überhaupt auf die Idee gekommen, zuerst nach Dänemark zu fahren?

Er selbst, musste er zugeben. Es war wegen den Wikingern gewesen, er wollte im Norden beginnen, bevor er Europa umreiste, er wollte den Wikingern nachziehen, ihren Fährten folgen. Ein sentimentaler Gedanke, den er vor den anderen verteidigt hatte.

Der Rasierer rutschte bis zum Rand, wo er von einer metallischen Umfassung gehalten wurde, dort verblieb, bis er wieder auf die andere Seite rutschte, doch diesmal nur in die Mitte.

Carlo lag auf dem Rücken auf der oberen Koje und wünschte diesen Zustand erreichen zu können, sich einfach von den Wellen hin und her tragen lassen, ohne sich zu wehren, ohne einen Weg finden zu wollen, ohne eine eigene Richtung suchen zu müssen, sondern wie der Rasierer in seiner Bewegung geführt zu werden.

Seit Wochen und Monaten war die Reise das Ziel gewesen, worauf er hin gearbeitet hatte, und jetzt fühlte er sich leer, unmotiviert und antriebslos. Er wusste gar nicht mehr, wieso er in weniger als zwei Stunden aufstehen sollte, was sollte er den Jungs sagen, was wollten sie denn machen auf diesem Boot? Er langweilte sich jetzt schon. Was würden sie denn machen die ganze Zeit über? Was versprach er sich überhaupt von diesem Projekt? Fünfzehn Leute auf einem Boot, Kurs Kopenhagen. Und dann? Wohin? Was konnten sie denn tun, den ganzen Tag über?

35

Das ganze Beschäftigungsprogramm, das sie zusammen erarbeitet hatten, erschien ihm plötzlich lächerlich sinnlos. Die ganze Situation war doch künstlich, konstruiert, unnatürlich. Sie hatten Recht gehabt, die gesagt hatten, es handle sich hier um ein reines Luxusprojekt, ein Spleen der Betreuer, die an eine Besserung glaubten, wo es keine geben könne.

Bestimmt kamen diese Gefühle, weil er untätig war, dachte sich Carlo. Er beschloss, die Seekarten zu studieren, um sie lesen zu lernen. Er wollte die laufenden Kurse eintragen, Abstände zum Land, Tiefen. Und wenn seine Jungs in Kopenhagen in Drogengeschichten verwickelt wurden? Dann konnten sie gleich wieder heimreisen. Hatte er ihnen das schon gesagt?

Aber die Leere entstand aus anderen Gründen, die Carlo nicht benennen konnte. Er wünschte sich Stella zu sich, aber sie kam nicht. Sie schlief wohl. Sie hatten beschlossen, ihre Beziehung auf dem Schiff zurückhaltend zu gestalten, um weder die Jungs noch die Teammitglieder in Verlegenheit zu bringen. Er war einverstanden gewesen oder hatte gar den Vorschlag gemacht, er wusste es nicht mehr genau. Jetzt jedenfalls hätte er sie gerne neben sich gespürt, um die Leere zu füllen, die ihn aushöhlte.

Erst jetzt wurde ihm bewusst, dass er Deutschland zehn Jahre lang nicht mehr verlassen hatte, dass er das erste Mal, seit er von Sizilien nach Baden-Württemberg gekommen war, wieder ins Ausland fuhr.

Ins Ausland. Zehn Jahre lang war er Ausländer gewesen, hatte als Ausländer gelebt, gefühlt, gedacht, nie zugehörig, nie eins, immer anders und jetzt, als er Deutschland hinter sich liess, war in ihm Leere, weil er den sicheren Hafen verliess, der ihm dieses Land geworden war.

Der Rasierer fiel über den Rand hinweg zu Boden. Er setzte sich, hob ihn auf, legte ihn zurück, zog sich einen Pullover über und ging aus der Kabine.

Im Gang horchte er an allen Türen, es war ruhig, ab und zu Gelächter, aber nichts Beunruhigendes. Dann begab er sich aufs Achterdeck, auf die hintere Terrasse, um dort in den Schaum zu blicken, den ihr Boot bildete. Eine schäumende Spur, die in Villa San Giovanni bei der Einschiffung des Zuges von Sizilien nach dem Festland begonnen hatte und ihn zu den Wikingern führte. Weit hinten war noch ein Streifen Land zu erkennen, der Deutschland sein musste und Carlo überraschte sich dabei, wie ihn die gleiche Wehmut ergriff wie damals, als er sein Heimatland verlassen hatte und erstmals fühlte er, was ihm Deutschland geworden war.

Er musste dies mit den Jungs besprechen. Die waren dort sogar geboren und doch nannten man sie Türken, Yugos, Italos und sie sich mit unverhohlenem Stolz genauso. Heimatland. Vaterland.

Mutterland.

Stellaland.

Er liess Deutschland am Horizont entschwinden und klopfte an Stellas Tür, die sie sogleich öffnete.

„Was hast du so lange gemacht?" fragte sie, barfuss im Bademantel, mit offenen Haaren und schon zog sie ihn herein, aus, zu sich.

Als er aus Stellas Kabine zurückschlich, möglichst leise, um keine Aufmerksamkeit auf sich zu ziehen, stellte sich ihm bei der Treppe im Unterdeck Oli in die Quere, mit verschränkten Armen pflanzte er sich vor ihm auf, ein spöttisches Grinsen auf dem Gesicht, das ihn ärgerte.

„Ihr hält es ja auch nicht lange ohne einander aus. Wir sind erst ein paar Stunden auf See und schon zieht es euch zueinander. Wenn ihr weniger Lärm machen würdet, wäre es sicher besser für das allgemeine Klima."

„Hast du uns gehört?" fragte Carlo etwas fassungslos, weil er nicht damit gerechnet hatte und weil es ihm peinlich war.

„Meine Kabine ist genau unter der von Stella, ihr wart nicht zu überhören." Carlo wurde es unangenehm und er versuchte zu entwischen.

„Hast du mir deswegen abgepasst oder gibt es sonst noch was?", fragte er deshalb und hoffte, es gäbe nichts mehr. Aber Oli hatte noch mehr auf dem Herzen und so schlug er ihm vor, in eine Kabine zu gehen, um das zu besprechen, worauf er einwilligte.

In Olis Kabine setzte sich Carlo etwas resigniert auf den einzigen Stuhl dort und hörte sich an, was er sonst noch loswerden wollte. Es ging wie befürchtet um ihn und Stella, aber auch um die Vorstrafen der Jungs.

„Hör mal, Carlo, dass Stella als ausgebildete Sozialpädagogin durchaus fähig und in der Lage ist, in Bezug auf Erziehungsmassnahmen die richtigen Entscheidungen zu treffen, die Jungs richtig zu positionieren, gute Ideen liefert und alles, was du willst, das werde ich nicht abstreiten, aber ich frage mich, ob es eine gute Idee war, die eigene Freundin mitzunehmen. Ich habe euch ziemlich deutlich gehört und was die Jungs mitbekommen haben, will ich mir gar nicht vorstellen."

Er wollte etwas einwenden, aber Oli liess ihn nicht zu Wort kommen. „Lass bleiben, Carlo, es ist nun mal so, und es hat gar keinen Zweck uns darüber zu streiten, aber etwas anderes wollte ich dir noch sagen. Ich finde es überhaupt nicht angenehm, allein im Unterdeck mit zehn Kleinkriminellen zu sein, während du oben...."

Er ersparte ihnen weitere Ausführungen, wohl weil er Carlos unwirsche Reaktion bemerkt hatte. „Du wolltest uns nicht sagen, was die Jungs ausgefressen haben, aber ich sage dir, im Unterdeck allein mit Messerstechern oder was weiss ich zu sein, das finde ich nicht lustig." Er hatte sich in Fahrt geredet und Carlo machte keinen Versuch mehr ihn zu unterbrechen. „In der Küche bin ich mit Derek und Yussuf zusammen, wir arbeiten mit grossen Messern, die Dinger sind scharf, schliesslich müssen Kartoffeln und anderes damit geschnitten werden, ich wäre froh, wenn du uns wenigstens vor dem einen oder anderen warnen könntest, so dass wir unsere Vorkehrungen treffen können."

Oli war fertig und Carlo war am Zug. Er erklärte ihm, dass es ihm Leid tue, dass er ihn alleine im Unterdeck gelassen hätte und dass sie von jetzt an immer zu zweit dort unten sein wollten. Er würde auf die andere Seite des Korridors wechseln, um näher bei der Treppe zu sein, und sobald jemand Bedran ablösen konnte, sollte dieser in der Ruhezeit ebenfalls unten sein. Einschliessen könnten sie die Jungs nicht, solange nichts vorfalle. Messerstechereien habe es gegeben, allerdings sei es da stets um Gruppendelikte gegangen, Ganggeschichten halt, Schlägereien unter verfeindeten Jugendgruppen und solches Zeug. Sonst hätte er die wohl nicht mitgenommen oder mitnehmen dürfen, übrigens seien sie ein Erziehungsheim und kein Jugendgefängnis, in das die Jugendlichen gesteckt würden, vor denen er Angst habe, die aber nicht an so einem Projekt mitmachen dürften.

Carlo redete ziemlich viel, versuchte sich zu verteidigen, zu erklären, aber so, dass am Ende Oli zufrieden schien, ihm sogar freundschaftlich auf die Schulter klopfte und meinte, er und Stella sollten doch wenigstens versuchen, ihre Intimsphäre für sich zu behalten. Das sei halt schon hart, sechs Monate auf dem Schiff ohne die Hoffnung auf ein Abenteuer. Carlo tröstete ihn mit Hinweis auf ihre Landausflüge, wobei sich Olis Miene gleich verdüsterte und er ihm seine Befürchtungen in Bezug auf Kopenhagen mitteilte.

„Das ist die Stadt der liberalen Pornographie und Prostitution, Carlo. Wie sollen wir auf die Jungs aufpassen, die gehen uns doch gleich am ersten Abend durch, wie stellst du dir das überhaupt vor?" Und er musste eingestehen, dass er einen Teil seiner Befürchtungen teilte. Sie beschlossen für heute Abend eine Teamsitzung einzuberufen und anschliessend eine Sitzung mit allen, bei der sie ihnen ihre Vorgaben mitteilen würden und die allfälligen Konsequenzen bei deren Nichteinhalten.

Carlo ging ziemlich ernüchtert in seine Kabine zurück. Mit Komplikationen hatte er gerechnet, aber dass bereits am ersten Tag auch Probleme im Team auftauchen würden, überraschte ihn. Er hätte nicht in Stellas Kabine gehen sollen, vernunftmässig hatte er es ja auch vorgehabt, er hatte die Einsamkeit überwinden wollen, die ihn überkommen hatte, als er sah, wie sie Deutschland verliessen. Den Verlust überwinden.

Sie würden, wie abgesprochen, zurückhaltender sein müssen. Es war ihm gar nicht bewusst gewesen, besonders laut zu sein, gut, sie hatten viel gelacht und Stella, ja Stella vermutlich. Er ertappte sich dabei, wie er sich überlegte, ob Martina und Oli zusammenpassen könnten, dann hätten sich einige Schwierigkeiten gelöst, um sich gleich darauf für seine dummen Einfälle zu schämen.

Er würde mit Stella darüber reden, aber jetzt konnte er nicht gleich zu ihr, Oli würde es ihm schon wieder vorwerfen. Heute Nachmittag wollte er zusammen mit Matthias und David die Seekarten studieren, das würde sie auf andere Gedanken bringen.

Entschlossen ging er aus seiner Kabine, klopfte an Olis Tür, der auch schon bereit war, sie besprachen nochmals kurz das Programm für die nächsten Stunden, klopften dann an allen Türen. Besammlung in einer Viertelstunde im Speisesaal.

Rettungsübungen

Sie versammelten sich auf der Terrasse auf dem Oberdeck. Bedran hatte Stella und Oli ans Steuer geholt, denn er wollte erste Sicherheitsvorschriften und Rettungsübungen für den Notfall erläutern.

Sie standen im Kreis, die Jungs ungeduldig wie immer, ruhig stehen konnten sie nicht. Carlo hatte sich oft genug gewundert, warum es unmöglich schien, dass sie wenigstens fünf Minuten still stehen konnten, still, ohne sich zu bewegen, ohne zu zappeln, ohne einmal die Beine zu bewegen oder die Finger, oder mit den Augen zu zucken, es ging nicht und es ging auch jetzt nicht. Carlo war es gewohnt, und er achtete nicht einmal mehr richtig darauf, doch Bedran schien es zu stören, denn er ermahnte sie mehrere Male, ruhig zu stehen.

„Es ist wichtig, dass ihr genau wisst, wo die Schwimmwesten verstaut sind, wo das Rettungsboot, welche Leinen zu lösen, welche zu befestigen sind. Ihr müsst mit Signalraketen umgehen können, ich will, dass ihr lernt, die Sternbilder zu interpretieren, den Kompass zu lesen. Dafür braucht es Konzentration und Ruhe", sagte er ein weiteres Mal, nachdem Said schon wieder das Bein gewechselt, sich mit Derek und Mauro ausgetauscht hatte, Osman und Kerim flüsterten, Yussuf etwas nuschelte. Bedran verlor langsam die Geduld, seine Stimme wurde schärfer und Carlo hoffte, dass er mit seinen Ausführungen bald zu Ende sei.

Carlo sah zu Martina, doch diese schien Bedrans Erläuterungen mit voller Aufmerksamkeit zu verfolgen. Carlo versuchte nochmals seine zerstreuten Gedanken zu sammeln und sich auf Bedran einzulassen.

„Im Notfall kann ein einziger Fehler eines Einzelnen das Leben aller kosten, ich weiss nicht, ob euch das klar ist." Bedran klang bedrohlich, so dass Carlo in die Runde blickte, um herauszufinden, wer für diese Aggression verantwortlich war. Von den Jungs schien niemand wirklich eingeschüchtert.

Carlo kannte sie, sie hätten nie eingestanden, Angst zu haben oder Respekt vor dem Wasser, dem Meer, dem Wetter, den Elementen, nicht einmal sich selbst. Sie grinsten und schauten nicht sehr überzeugt; Osman warf Yussuf ein paar Worte auf Türkisch zu, Yussuf schielte zu Bedran, antwortete einsilbig, was, verstand Carlo nicht, aber für Bedran schien nun das Fass übergelaufen zu sein. Bevor Carlo eingreifen konnte, packte er Yussuf und warf ihn ohne Vorwarnung über Bord. Osman gleich hinterher.

Alle riefen durcheinander, Martina rannte hin und her und endlich zu Stella und Oli, sie sollten sofort den Motor abstellen, Mann über Bord, Carlo wollte sich ebenfalls ins Meer stürzen, besann sich rechtzeitig, rannte zu den Schwimmwesten, zog sich eine über und schrie Derek und Mauro zu, sie sollten die beiden im Wasser nicht aus den Augen verlieren.

Bis Stella und Oli das Boot gewendet hatten, dauerte es ziemlich lange, Bedran musste nach oben gehen und ihnen helfen. Carlo hätte ihn am liebsten auch ins Meer geworfen, als er zunächst feixend an der Reling stand und auf die Fragen der aufgeregten Jungen nur antwortete, wenn sie zugehört hätten, wüssten sie jetzt, was zu tun sei, aber er hatte keine Zeit sich zu ärgern, das konnte er immer noch nachher. Schwimmen konnten sie alle, das lernte man in Deutschland zum Glück in der Schule, dachte Carlo und wunderte sich, dass er solche Gedanken fassen konnte, obwohl zwei seiner Schüler in der eiskalten See lagen, und wie lange sie sich halten konnten, wusste er auch nicht, denn eines war es im Hallenbad der Schule zu schwimmen und ein anderes im winterkalten Meer des Nordens.

Inzwischen hatte Bedran das Rettungsboot zu Wasser gelassen, sie näherten sich den beiden und dann konnten sie ihnen die Schwimmringe zuwerfen, die sie nach zwei, drei

Fehlversuchen ermattet packen konnten und schon war Bedran neben ihnen. Doch anstatt sie sofort ins Boot zu ziehen, sah Carlo vom Deck aus, dass es zunächst noch zu einem kurzen Wortwechsel kam. Was es wohl zu besprechen gäbe, dachte er sich, anstatt einfach raus aus der Eiseskälte, so schnell wie möglich. Beide streckten die linke Hand in die Höhe, als gälte es einen Schwur zu leisten und dann endlich zog sie Bedran mit Hilfe von Mohammed und Matthias heraus.

„Ausziehen" befahl Bedran, als die beiden an Bord waren, und als sie nackt auf Deck lagen, mussten sich die anderen Jungs um Osman und Yussuf herumsetzen und mit der flachen Hand auf Arme, Rücken und Beine schlagen. „Dann umdrehen und die gleiche Prozedur, damit das Blut wieder fliesst und zum Aufwärmen", erklärte Bedran. Die beiden schrien vor Schmerz, aber Bedran hiess die anderen weitermachen, erst als Stella und Martina mit Bettflaschen und Decken herbeigeeilt kamen, durften sie aufhören.

Carlo schloss die Kabine neben dem Steuerhaus auf und Yussuf und Osman torkelten in die Kojen. Krebsrot waren sie, als Martina und Stella sie in die Decken wickelten und die Bettflaschen um sie herum verteilten.

Bedran hatte inzwischen das Steuer wieder übernommen und Oli war in die Küche gegangen, um Fleischbrühe für alle zuzubereiten.

„Absolut verantwortungslos, verrückt", wetterte Carlo später, als er mit Oli in seiner Kabine sass. Vor Bedran hatte er sich zusammengenommen, zusammennehmen müssen, wie ihm Stella mit drohenden Blicken zu verstehen gegeben hatte. Das Leiterteam sollte als Einheit dastehen und sie würden ihre Streitigkeiten intern regeln. Totenstill war es gewesen im Speisesaal, so ruhig hatte Carlo sie noch nie erlebt.

„Eben", meinte Oli, „anscheinend brauchen diese Jungs mal einen, der sagt, wo's lang geht", und brachte Carlo damit noch mehr auf.

„Mit Gewalt, verdammt noch mal, bringst du die Jungs vielleicht zum Schweigen, aber damit hast du ihre Probleme noch lange nicht gelöst. Du hast vielleicht ein paar geduckte, geschlagene, getretene, stumme Männer, aber wehe, wenn sie losgelassen."

„Du mit deinen ganzen pazifistischen Ideen hast die Jungs wohl nach zwei Jahren weniger im Griff als Bedran nach einem Tag."

„Es geht auch nicht darum, sie im Griff zu haben, verdammt", und Carlo hasste es, ausfällig zu werden, aber dass nun auch Oli mit Unverständnis reagierte, kostete ihn seine Selbstbeherrschung. „Dieses Projekt ist, Herrgottnochmal, kein Militärdrill und keine Marineschulung, sondern dahinter steht ein verfluchtes Erziehungsideal. Das haben wir nun schon oft genug gesehen, dass die Menschen, wenn man sie schlägt und erniedrigt, dann spuren und sich ducken, aber damit hast du sie lange noch nicht umerzogen, du kannst damit keine Gesellschaft verändern, keine neuen Menschen machen, damit zementiert man doch nur die bestehenden Klassenunterschiede, die Machtverhältnisse. So geschehen unter Hitler, Mussolini, so geschieht es heute noch, und was die Türken mit den Kurden gemacht haben, das weiss jedes Kind. Ha, und ob Bedran Yussuf nicht ins Wasser geworfen hat, weil er Kurde ist, das möchte ich dann auch noch gerne wissen."

Carlo hatte sich in Rage geredet, aber für die letzten Sätze hätte er sich ohrfeigen können. Natürlich reagierte Oli nur auf die dumme Bemerkung zuletzt, als gälte das vorher nicht, obwohl Carlo sein ganzes Konzept als Erzieher darauf gründete.

„Jetzt bist du vollkommen übergeschnappt, wenn du Unsinn reden willst, dann tu das, die Wahrheit ist aber, dass du nicht erträgst, dass einer mehr Autorität hat als du."

„Ich will gar keine Autorität, das ist die Sache, die du nicht begreifst."

„Du brauchst aber Autorität auf so einem Schiff, das ist die Sache, die *du* nicht begreifst", und damit war das Gespräch beendet. Carlo schlug die Tür hinter sich zu und suchte Bedran.

Die Stimmung hatte sich seit Bedrans Machtdemonstration zwar verschlechtert, aber die Disziplin der jungen Männer war eindeutig besser. Bedran hatte seine Regeln aufgestellt und für ihre Einhaltung zu drastischen Massnahmen gegriffen, doch erstaunlicherweise funktionierte es.

Als sie sich am Abend wieder versammelten, hörten alle ruhig und bewegungslos der Aufzählung der Verhaltensregeln zu. Carlo und Stella warfen sich ab und zu einen erstaunten Blick zu, hatten sie die Jungs doch noch nie so diszipliniert gesehen.

„Es ist wie mit Hunden, die man schlägt. Die werden zwar unterwürfig, aber bissig." Stella gab Carlo zwar Recht, sie gab ihm aber auch zu bedenken, dass es ganz angenehm war, zur Abwechslung einmal eine ruhige Schar vor sich zu haben.

„Ich finde Bedran tat gut daran, sich durchzusetzen. Wir sind immerhin nur fünf Erwachsene auf dem Boot gegen deren zehn. Es ist angebracht, das Kräfteverhältnis klarzustellen." Yussuf und Osman hatten Landverbot und mussten auf dem Boot bleiben, die anderen würden in Gruppen in die Stadt gehen. Carlo wollte nicht einmal das Landverbot aufrechterhalten, er fand, die beiden seien nun genug bestraft, aber sie stimmten ab und Stella war ebenfalls dafür.

„Ich denke, sie könnten auch in irgendeinem unberechenbaren Wutanfall oder aus Frustration abhauen, und dann können wir gleich zurück fahren", ergänzte Stella noch, um Carlos Skepsis zu begegnen. „Das stand ja von Anfang an fest, wenn jemand aus der Gruppe abhaut, dann wird der zur Fahndung ausgeschrieben und der Rest fährt direkt nach Hause."

Carlo sagte nichts mehr dazu. Mit Bedran hatte er auch noch nicht reden können, er hatte sich hingelegt, da wollte er ihn nicht stören, schliesslich musste er sich ja auch irgendwann ein paar Stunden Schlaf holen. Er hatte sich nicht getäuscht, dachte Carlo, als er Bedran nicht einstellen wollte, es würde wohl noch mehr Ärger geben mit ihm, dachte er und ging an Deck, um Wache zu schieben.

København

Die Nacht auf See. Die Wolken verhängen die Sicht auf die Sterne, der Wind bläst scharf und kalt, die Wache wird zum Kampf gegen Kälte, Seekrankheit, Müdigkeit und Langeweile. Stella schläft.

Carlo war mit Matthias und David zum Wachdienst eingeteilt. Es galt, nach anderen Schiffen, Booten und sonstigen unvorhergesehenen Hindernissen Ausschau zu halten.

Das Wasser gluckst und brodelt schwarz und bedrohlich, nur die Scheinwerfer dringen mit ihrem Lichtstrahl durch die Dunkelheit.

Sie begrüssten sich kurz durch Kopfnicken, besprachen die Aufteilung und beschlossen, bereits nach einer Stunde den Standort zu wechseln, damit die Zeit schneller verginge. Die Jungs blieben einsilbig; ob es die Müdigkeit war oder die Kälte oder ob noch die Ereignisse vom Nachmittag nachwirkten, konnte Carlo nicht beurteilen. Er mochte um diese Zeit auch nicht nachfragen, hatte selbst zu viele ungelöste Fragen in sich.

Er setzte sich auf eine Kiste und versuchte durch die Schwärze zu blicken. Das wird schwierig, dachte er, vier Stunden lang nichts zu sehen, darauf zu warten, dass plötzlich etwas zu sehen ist und dann schnell die Meldung machen, dass ein Licht vor uns ist, dem auszuweichen sei. Ob wir zu dritt nicht zu viele sind?

Bedran stand wieder am Steuer, er wurde kurz von Oli und Stella abgelöst, die am Nachmittag schon etwas Erfahrung gesammelt hatten. Morgen würden sie in Kopenhagen eintreffen, dort wollten sie einige Tage bleiben, erst dann würde Bedran wieder einmal richtig schlafen können. Zu viele Stunden durften sie nicht unterwegs sein, solange niemand anders steuern konnte. Carlo rief David, um sich ablösen zu lassen, Matthias war achtern, und er ging zu Bedran.

47

„Und, wie läuft's?" fragte ihn Carlo, nachdem er ihm auf sein Klopfen hin aufgeschlossen hatte. Er schliesst sich ein, dachte er, sagte aber nichts.

„Ich möchte keine Überraschungen erleben", antwortete Bedran dennoch. „Du würdest ja nicht wollen, dass ich Osman und Yussuf einschliesse, also schütze ich mich auf diese Weise." Carlo sagte nichts. „Ich weiss, dass wir beide andere Vorstellungen über die Erziehung von Jugendlichen haben. Ich will mich auch nicht einmischen, aber ich bitte dich, mir freie Hand zu lassen, wenn es die Sicherheit des Schiffs und der Leute an Bord betrifft."

„Es war unverantwortlich von dir, die Jungs ins Meer zu werfen. Sie hätten ertrinken können." Bedran blickte mit zugekniffenen Augen übers Wasser.

„Sie wissen jetzt, was es heisst, wenn ich davon rede, wie kalt die See ist, wie schnell man jemanden aus den Augen verlieren kann, wie schwierig die Bergung, wie gefährlich die Rettung ist. Wer hält noch Wache?"

„Matthias am Heck, David am Bug." Dann fragte er ihn doch noch: „Was mussten sie dir schwören, bevor du sie rauszogst?"

„Gehorsam und Disziplin." Bedran zeigte auf die See- und Hafenkarte. „Ich drossle das Tempo etwas, sonst sind wir zu früh dort, die Häfen rund um Kopenhagen sind nicht so einfach ansteuerbar, als Ortsunkundiger sollte man tagsüber einfahren. Ich habe mich für den alten Fischerhafen im Süden entschieden. Dort gibt es um diese Jahreszeit bestimmt noch Anlegeplätze."

Er erklärte ihm die Schwierigkeiten der Einfahrt über das betonnte Fahrtwasser unter der Straenbrücke hindurch. Carlo sah sich die Karten genauer an, fragte nach den Zeichen, den Begriffen, studierte die Breitengrade Kopenhagens, besah sich die Instrumente, verglich wieder mit der Karte, zeichnete ihre Position ein, und als er David wieder draussen ablöste, hatte er viel gelernt.

Die nächste Schicht hatten Martina, Axel und Kerim, doch Carlo ging nicht in seine Kabine zurück, sondern klopfte wieder bei Bedran an. „Noch nicht müde?" fragte der, er verneinte und beugte sich wieder über die Karten. Er hatte sich vorgenommen, von Bedran das Navigieren eines Schiffes zu lernen.

Als die ersten fahlen Lichtstrahlen die Sicht wieder erweiterten, konnten sie mit der Naval wenig später im København Fiskerhavn anlegen.

Yussuf und Osman erschienen zunächst nicht zum Frühstück. Stella und Martina hatten ab und zu nachgesehen, wie es ihnen ging, und auf die Nachfrage hatten sie stets gemurmelt, es gehe ihnen gut. Bedran schien erstmals etwas beunruhigt und wollte sie holen gehen, doch da kamen sie schon. Die anderen machten ihnen respektvoll Platz, und noch immer war die Stille im Speisesaal ungewöhnlich. Man hörte nur Tassen, Messer und Teller klirren, doch niemand lachte, niemand liess einen dummen Spruch fallen. Bei der Einfahrt in den Hafen hatten die meisten noch geschlafen, doch niemand wunderte sich, dass sie schon da waren, niemand fragte, wann sie an Land gehen konnten, nichts. Martina meinte, sie seien bestimmt alle seekrank. Carlo machte sich nicht die Mühe nachzufragen, denn selbstverständlich hätte dies niemand zugegeben.

Während die Jungs abräumten, das Geschirr wuschen, die Böden wischten und die Kojen in Ordnung brachten, wurde im Team der Tagesablauf geplant. Bedran wollte mit Osman und Yussuf und noch ein paar anderen auf dem Schiff bleiben und das Abendessen vorbereiten, doch diese Konstellation schien den anderen zu explosiv. Martina sollte mit Oli die erste Gruppe am Vormittag auf eine Stadtrundfahrt begleiten, Bedran und Stella wollten am Nachmittag mit der zweiten grösseren Gruppe gehen. Da Carlo in der Frage nach dem Ausgehverbot für Yussuf und Osman überstimmt wurde, wollte er sich solidarisch zeigen und ebenfalls auf den heutigen Landausflug verzichten.

„Ich gehe morgen mit den beiden mit. Ich nehme die ganze Verantwortung auf mich, und wenn sie mir abhauen, dann ist das Projekt gestorben. Wir gehen nach Hause und das war's." Die anderen schalten Carlo zwar ebenso unverantwortlich wie er Bedran gestern, doch sie erklärten sich schliesslich mit dieser Lösung einverstanden. Allerdings fanden sie, er solle die beiden ruhig noch zappeln lassen und ihnen nicht gleich verraten, dass sie am nächsten Tag doch noch in die Stadt gehen konnten. Carlo beschloss in der Zeit der Abwesenheit der anderen, ein Gespräch zu versuchen.

Sie schälten Kartoffeln in der Kombüse, schweigsam. Carlo versuchte mehrere Male das Schweigen zu durchbrechen, aber es fielen ihm nicht die richtigen Worte ein. Als Yussuf nach dem Küchenmesser griff, um die Kartoffeln in Scheiben für den Auflauf zu schneiden, begegneten sich ihre Blicke kurz. Carlo dachte an Olis Worte, Yussuf begann zu schneiden, dann hielt er inne.

„Haben Sie Angst vor mir?" fragte er dann, das Messer in der Hand. Carlo schälte ruhig weiter.

„Nein, sollte ich?" und er suchte Yussufs Blick. Dieser wich ihm aus und schnitt weiter.

„Ich dachte nur", meinte er trocken, legte das Messer weg, um die Kartoffelscheiben zu waschen.

„Wir gehen morgen zusammen ins Zentrum", brach Carlo sein Versprechen und freute sich über Osmans und Yussufs überraschte Gesichter.

„Was meint der Kapitän?" fragte Osman und provozierte bei Carlo ein bitteres Lachen.

„Der Kapitän? Der Kapitän sagt gar nichts, er befiehlt das Schiff, nicht mich. Aber wir haben eine Verabredung getroffen; wenn ihr Mist baut, dann wird das Projekt abgebrochen und wir fahren alle nach Hause." Carlo griff nach dem Messer und schnitt seine Kartoffeln ebenfalls in Scheiben.

„Und wenn wir abhauen?" Yussuf legte die Scheiben schichtweise in die eingefettete Form.

„Dann sucht euch der Kapitän, und wenn er euch findet, wirft er euch den Haien zum Frass vor." Carlo und Yussuf grinsten, aber Osman fand das wohl nicht komisch, denn er blieb ernst.

„Ich bleibe an Bord", meinte er sogar und Yussuf boxte ihm entrüstet in die Rippen und fragte nach den Gründen. Nach einigem Nachbohren stellte sich heraus, dass Osman nichts gegen den Willen des Kapitäns, wie er sagte, machen wollte. Autorität, dachte Carlo verärgert, aber er sagte nichts, er wollte die Streitigkeiten im Team nicht vor den Jungs offen legen, deshalb sagte er nur, dass es eine Abstimmung gegeben habe und nun alle einverstanden seien. Osman liess sich nicht überzeugen, so dass Carlo ihm riet, den Kapitän um Erlaubnis zu fragen. Den Hohn darin hörte er nicht, nur Yussuf schüttelte den Kopf.

Als die Gruppen von ihren Ausflügen zurückkamen, voller Eindrücke, Erzählungen, Witzen, Gesichten von tollen Frauen und Geschäften mit Schuhen und Kleidern und Geräten, die sie gesehen und erlebt hatten, leuchteten auch Osmans Augen wieder auf.

Am nächsten Morgen fragte Osman Bedran tatsächlich um Erlaubnis, mit Carlo in die Stadt gehen zu können. Yussuf stand daneben und blickte verbissen auf seine Füsse, aber auch er hatte es für nötig befunden, den Kapitän zu fragen. Carlo hatte es kopfschüttelnd bemerkt, aber er liess sie gewähren. Er war bereits startbereit, ausgerüstet mit Stadtkarte, Kronen, Notfallhandy, Regenjacke und jeder Menge Tipps, was sie sich ansehen sollten. Was Bedran antwortete, wollte er gar nicht hören, er hatte beschlossen, sich die Stimmung nicht durch Machtkämpfe verderben zu lassen. Wollten sie ihn fragen, weil sie Gehorsam und Disziplin geschworen hatten, dann sollten sie das. Sobald sie wieder festen Boden unter den Füssen hatten, waren sie nur mit ihm.

Sie nahmen den Bus bis zum Bahnhof, dort stiegen sie aus und Carlo suchte ein Kaffeehaus. Er fand das Hard-Rock-Café, wo sie sich an einen Tisch setzten. Den beiden war anzusehen, wie peinlich sie es fanden, mit ihm in diesem für ihre Begriffe coolen Ort zu sitzen. Sie blickten unentwegt in alle Richtungen, sogen die andere Luft ein, die Gerüche, die nahe und doch fremde Sprache. Sie wollten ins Tivoli, in die Fussgängerzone des Strøget, die kleine Meerjungfrau sehen, und natürlich ins Quartier mit den vielen Sexläden, von denen ihnen die anderen erzählt hatten, aber all dies am liebsten ohne ihn, das war sich Carlo bewusst.

„Gut, ihr beiden. Hier habt ihr einen Stadtplan und fünfzig Kronen. Für den Eintritt ins Tivoli reicht das nicht. Dahin gehen wir vielleicht an einem Abend alle gemeinsam. Wie ihr wisst, gibt es überall Gratisfahrräder, die man nehmen kann und dann wieder zurückstellt. Wir treffen uns in genau fünf Stunden wieder in diesem Café hier, ich habe es euch auf der Karte eingezeichnet." Die beiden sahen ihn so ungläubig an, dass er lachen musste. In Osmans Blick lag so viel Zweifel, dass Carlo befürchtete, er würde ihn gleich fragen, ob er nicht den Kapitän fragen musste, doch hier auf dem Festland gewann er wieder Sicherheit, fast bedauerte Carlo es, als er wieder sein altes Lauern in seinen Augen aufblitzen sah, aber lieber so, dachte er sich, als so unterwürfig wie gestern, jedenfalls fragte er nicht, dafür fragte Yussuf.

„Und wenn wir in fünf Stunden nicht hier sind?"

„Ihr werdet hier sein", sagte er und hoffte wirklich, dass sein Vertrauen in sie nicht bestraft würde. Osman traute er weniger als Yussuf. „Gebt mir euer Wort", beschloss er Bedrans Masche zu versuchen, und tatsächlich gaben sie ihm ernsthaft ihr Ehrenwort, um dann gleich Richtung Bahnhof zu verschwinden. Um den Zug nach Amsterdam,

Brüssel, Mailand, Hamburg zu nehmen, dachte Carlo einen Augenblick lang bestürzt. Er hatte gepokert und in fünf Stunden würde er wissen, ob zu hoch. In der Zwischenzeit wollte er die zwei Dinge in dieser Stadt besuchen, die ihn wirklich anzogen: Die Vor Frelsers Kirke mit ihrer bemerkenswerten, aussen am Turm angebrachten Wendeltreppe und den Freistaat Christiania.

„Weisst du", ereiferte sich Carlo, als er mit Stella im Wintergarten einer Gastwirtschaft am Meer sass, als einzige Deutschsprechende unter Dänen, die erstaunlicherweise weder Englisch noch Deutsch verstanden, aber ihnen dank Zeichensprache und dem wohl internationalen Wort Bier doch noch das gewünschte Carlsberg gebracht hatten, „das Unglaubliche an Christiania finde ich, dass es diese Lebensform, von der ich als Jugendlicher immer schon geträumt hatte, dass es die wirklich gibt."

Stella blickte durch das Fenster über das Schilf, auf das Meer.

„Die Drogen machen alles kaputt, all die Leute, die nur deshalb kommen und gar nicht sehen, worum es wirklich geht. Sie sollten für ihre eigene Rettung den Verkauf verbieten. Es zieht die falschen Leute an."

Christiania hatte Carlo beeindruckt, weil es genau so war, wie er es sich vorgestellt hatte. Schöne Häuschen, bunt angemalt, Fahrräder überall, Wäsche aufgehängt, Musik, Konzerte, kunterbunt gemischte Gesellschaft, einfache Kleidung, einfaches Wohnen, kein Firlefanz und das mitten in Kopenhagen. Kein Wunder war das der Regierung ein Dorn im Auge, man könnte mit dem Grundstück viel Geld verdienen. Schicke Lofts darauf bauen, zahlende reiche Manager, Ärzte, Anwälte, am liebsten ohne Kinder oder höchstens eins und brav, einziehen lassen. Am besten zehnstöckig und ohne diese Wiesen und Felder drum herum mit den Pferden und Hühnern.

„Beware Christiania" war der Slogan, der am Haupteingang stand und der T-Shirts zierte. Carlo hatte sich eins gekauft, ein rotes und gleich angezogen, doch nach ein paar schrägen Blicken in anderen Teilen der Stadt zog er die Jacke darüber, er wollte nicht unbedingt provozieren und er kannte die Verhältnisse zu wenig, wusste nicht, wen er damit ärgerte, das konnte gefährlich werden, noch dazu mit seinen schwarzen Haaren und Augen.

Auf der Wendeltreppe am Turm der Erlöserkirche wehte ein starker Wind, und es war ihm mulmiger als auf hoher See. Er war noch nie an einem Turm aussen herum gegangen, bis fast zur Spitze. Von oben sah er, wie viel Wasser diese Stadt umgab. Er sah Schiffe, versuchte auszumachen, wo die Naval angelegt hatte, sah in die quadratischen Innenhöfe der Häuser und die buntscheckigen Flecken der Grundstücke in Christiania.

„Ich fühlte mich fremd und verloren dort oben im Wind. Kein Mensch kennt mich hier, dachte ich, und fühlte mich stärker als ich mich je in Deutschland gefühlt hatte, als Auswärtiger, als Ausländer, ein Sizilianer mit schwarzen Haaren, schwarzen Augen und dunkler Haut. Was mache ich da, fragte ich mich und hatte Sehnsucht nach dir", dabei fasste er Stella an der Hand.

„Komm, wir gehen spazieren, ich möchte den Wind spüren und dem Ufer entlang gehen. Ich habe auf der Karte nachgeschaut, der Weg geht noch lange dem Meer entlang, wir können weiter vorne den Bus zurück nehmen, um rechtzeitig am Treffpunkt zu sein."

Am Abend gingen sie alle zusammen ins Tivoli, obwohl das Eintrittsgeld den Rahmen des Budgets eigentlich sprengte, aber Kopenhagen und Tivoli, das gehörte zusammen. Es war immerhin der erste Vergnügungspark Europas gewesen, jedenfalls musste man dort gewesen sein, sonst war es, als sei man nicht in Kopenhagen gewesen. So argumentierten wenigstens die Jungs. und das Team war versöhnlich gestimmt, auch weil Osman und Yussuf keine Scherereien mehr gemacht hatten, sich an ihr Ehrenwort gehalten hatten, überpünktlich sogar waren sie gewesen, voller Stolz über ihre selbständige Entdeckungsreise der Stadt, damit konnten sie die Schmach vom Vortag etwas ausgleichen.

Carlo liess ihnen die Freude, Bedran schien ebenfalls erleichtert, dass nun alle spurten, wie er sagte, und keine kleineren oder grösseren Rebellionen entstanden waren. Sie hatten sich bereits etwas zusammengerauft, alle waren gespannt und neugierig auf die neuen Eindrücke und niemand wollte den Spielverderber spielen.

Als sie nach vier Tagen weiterfuhren, standen sie alle geschlossen an der Reling und blickten etwas wehmütig auf die entschwindende Stadt.

Mohammeds Geburtstag

Martina hatte an diesem Abend Kerzen auf den Tischen im Speisesaal aufgestellt und es wirkte sehr festlich. Als sie eintraten, schwiegen alle etwas betreten, weil niemand wusste, was für ein Fest es heute zu feiern galt. Mai, überlegte Stella, Ostern war vorbei, Kerzen deuteten auf Geburts- oder vielleicht Todestag. Ob einer der Jungs Geburtstag hatte? Sie fragte Carlo, aber der wusste von nichts.

„Heute ist Mohammeds Geburtstag", löste Martina das Rätsel und Stella wunderte sich nur, dass kein Kuchen auf dem Tisch stand. Als Mohammed eintrat, ging sie gleich auf ihn zu, küsste ihn auf die Wangen und gratulierte ihm. Das darauf folgende allgemeine Gelächter und der verständnislose Blick des Jungen verwirrten sie und Stella blickte ratlos in die Runde.

„Mohammeds Geburtstag ist heute. Mohammed, verstehst du, nicht unser Mohammed, sondern Mohammed, der Prophet." Martina sprach die Namen jeweils so aus, als hätte sie Mohammed mit Moritz verwechselt.

„Du hast gesagt, heute sei Mohammeds Geburtstag, mehr nicht", verteidigte sie sich, aber sie lachte auch schon. Islamische Feiertage durfte sie vergessen, die kannte sie ja nicht einmal. Sie setzten sich zu Tisch und liessen sich belehren, dass Mohammed fünfhundertsiebzig nach Christus in Mekka geboren worden war und der Tag seiner Geburt als eine der fünf heiligen Nächte im Islam gilt und dass in den Moscheen die ganze Nacht über Lichter brennen und spezielle Gebete gesprochen werden. Martina wollte den islamischen Jungen zu Ehren, die Kerzen wenigstens während des Abendessens brennen lassen.

Said, Osman, Yussuf, Kerim und Mahmut wirkten sehr verlegen, als sie nachfragten, wie sie denn zu Hause dieses Fest feierten. Es stellte sich heraus, dass sie weder gewusst hatten, wann das Fest des Propheten genau war, noch hatten sie es zu Hause je bewusst gefeiert. Martina war enttäuscht.

„Ich dachte, es sei etwa so ein Fest wie bei der Geburt Jesu. Vielleicht nicht gerade mit Geschenken und so, aber irgendwie in der Art. Dabei kannten die alle das Fest nicht einmal."

„Sie sind in Deutschland aufgewachsen. Mevlüt Kandili, wie das Fest bei uns heisst, ist in der Türkei ein Lichtfest. Es ist kein offizieller Feiertag. Aber die Moscheen sind erleuchtet, dort werden die speziellen Gebete gesprochen. Wie sollen die Jungen diesen Feiertag kennen, wenn sie nicht in ihrer Heimat leben", warf Bedran ein.

„Ihre Heimat ist Deutschland", meinte Oli nicht ganz überzeugend.

„Sie haben keine Heimat." Carlo klang bitter, als spräche er von sich selber. Stella mochte sich nicht auf dieses Gespräch einlassen und schwieg.

„Aber denk doch auch an die deutschen Jungen, die kennen ja die Ursprünge der christlichen Feste auch nicht. Frag die mal, was Pfingsten bedeutet, und du wirst von den wenigsten die richtige Antwort erhalten. Die wissen höchstens, dass sie dann am Montag frei haben, mehr nicht", versuchte Oli zu trösten.

Martinas Idee, ihren sechs Monaten eine Struktur zu geben, indem sie die Feste und Feiertage der verschiedenen Länder und Religionen sowohl ihrer jeweiligen Herkunft, wie auch ihres jeweiligen Aufenthaltsortes begingen, fanden dennoch alle gut. Damit konnten sie auch kultur- und religionsgeschichtliches Wissen einbauen. Sie hatten den Jungs die ersten Tage bewusst frei gegeben. Ferien sozusagen. Aber ab Montag sollte die Schule wieder beginnen.

Carlo hatte ein Programm vorgeschlagen, das auf ihre konkrete Situation zugeschnitten war. Stella sollte Englisch und Deutsch unterrichten und auch eine kurze Einführung in die jeweiligen Landessprachen ihrer Zielorte machen.

„Ohne wenigstens, danke, bitte, Entschuldigung, guten Morgen, tschüss und auf Wiedersehen zu kennen, sollte man keinen fremden Boden betreten", meinte sie.

Martina unterrichtete Geschichte, Kultur, Politik, Landeskunde, Bedran Navigation, theoretisch und praktisch, Oli würde Kochkurse geben. Carlo übernahm die eher undankbaren Fächer wie Mathematik, Recht und Wirtschaft, aber er wollte sie mit aktuellen Bezügen ergänzen.

Martina hatte einen Wochenplan für die anfallenden Arbeiten ausgearbeitet, in diesen Wochenplan sollten auch die Geburts- und Feiertage eingetragen werden. Sie liess sich auch gleich von Carlo die Liste mit den Geburtsdaten geben. „Um den Geburtstag *unseres* Mohammeds nicht zu verpassen", grinste Stella. Der war allerdings erst im Dezember, bis dahin waren sie wieder zurück.

Der Abend jedenfalls floppte, auch weil die See erstmals richtig unruhig war und mehr als die Hälfte der Besatzung seekrank wurde. Carlos mitgebrachten Tabletten gegen Seekrankheit zeigten keine Wirkung, wenn man bereits von der Übelkeit befallen war, es blieb nur noch die Möglichkeit, sich weit über die Reling zu beugen oder sich ins Bett zu legen und zu hoffen, dass man einschlafen konnte.

Stella zog es vor, auf Deck zu bleiben und Wache zu schieben. Die kalte, frische Luft half ihr, das laue Gefühl im Magen zu bekämpfen. Als sie nach oben kam, um Mauro abzulösen, der sich hundeelend fühlte, hörte sie gerade, wie Bedran Martina für die Bemühungen um diesen Festtag dankte. Obwohl es bereits dunkel war, konnte sie fast fühlen, wie diese vor Freude errötete.

Das war nett, dachte Stella und wickelte sich fester in die Jacke ein, um sich vor den Wasserspritzern der Wellen zu schützen. Sie nickte Martina kurz zu, als sie an ihnen vorbei nach vorne an Mauros Ausguckplatz ging. Die Fahrt nach Göteborg würde länger dauern, so schnell kämen sie nicht wieder zu einem Hafen. Es galt erstmals sich durchzubeissen.

„Da muss man durch", meinte Bedran am nächsten Morgen und Stella konnte an Carlos Gesicht seine Gedanken ablesen. Militärkopf, dachte er bestimmt, und sie musste sich das Lachen verkneifen. Carlo setzte es dank der lebhaften Unterstützung des seekranken Oli erfolgreich durch, dass sie den nächsten Hafen in Dänemark ansteuerten, um nochmals festen Boden unter den Füssen zu haben, bevor sie nach Göteborg übersetzten.

Der Norden

Das Licht fällt anders im Norden. Die Sonne ist heller, weniger dunkelgelb brennend, vielmehr fahl und milchig, ihre Strahlen sind länger und flacher. Sie sendet ihre Wärme spärlich aus und streicht über die Bäume und Wiesen liebevoll, nicht sengend und verzehrend wie in Sizilien im August, wenn die Sonne des Löwen das Blut zum Kochen bringt und die Glieder lähmt. So leuchten die Farben im Norden sanft, pastellhaft, und die roten Holzhäuser, die genau wie in den Bilderbüchern aussehen, gibt es wirklich, diese Häuser mit der Veranda, die Pferde, die endlosen Wiesen, die Weite und diese vielen blonden Menschen.

Schwedinnen seien die schönsten Frauen der Welt, hatten die Kollegen gesagt. Dann waren sie nach Taormina gefahren am Abend im Sommer und hatten auf der Piazza gestanden und tatsächlich waren ihnen die Touristinnen wie grosse, blonde Göttinnen erschienen. Unnahbar und kühl wie der Mond. Carlo hatte sich dann gewundert, dass in der deutschen Sprache dieser Mond männlicher Natur war und die Sonne weiblich, doch jetzt im Sonnenlicht des Nordens ergab sich ihm der Sinn.

Auch bei den Jungs waren die Frauen das Hauptthema an diesem Tag, und als sie in Göteborg an Land gingen, hatten sie nur Blicke für die Mädchen auf der Strasse.

Lille Bomme war ein Yachthafen mitten in der Stadt und eigentlich überstiegen die Hafengebühren die festgelegten Tagesausgaben. Doch es war kalt und windig und sie wollten in der Nähe des Zentrums sein, um längere Fahrten in die Stadt zu vermeiden. Sie beschlossen dafür, dass Göteborg die letzte zu besichtigende Stadt im Norden sein sollte. Sie sehnten sich nach Wärme, nach lauen Winden, nach leichter Bekleidung, nach mediterraner Lebensweise. Die Schwedinnen hatten sie noch sehen wollen, er wenigstens, hatte ihm Stella vorgeworfen, lachend zwar, aber dennoch etwas verärgert, eifersüchtig, meinte er, sie mit ihren schwarzen Haaren und Augen, doch das verärgerte sie noch mehr. Verständlich, dachte er. Aber an diesem Tag gab es kaum Leute auf der Strasse. Die Kälte hatte die meisten Einwohner von den Strassen in die Häuser getrieben und da sie niemanden kannten, blieb ihnen nicht viel mehr übrig, als durch die halbleeren Strassen zu spazieren. Dazu war es noch Sonntag und die Stadt lag öde vor ihnen. Die Jungs hatten keine Kontakte knüpfen können als Fremde in dieser Stadt.

Als sie wegfuhren war es, als seien sie nie in Göteborg gewesen. Auf dem Boot war es unangenehm kalt und feucht. Es regnete dauernd und man konnte kaum mehr auf Deck. Es wurde eng und sie beschlossen, so bald wie möglich Richtung Süden zu fahren. Alle waren einverstanden, von Göteborg aus Dänemark zu umschiffen, an Holland und Belgien vorbeizufahren und den Ärmelkanal anzusteuern, um nach Frankreich zu gelangen, wo Südeuropa begann.

Die andere Hälfte Europas, die warme, herzliche Seite, behaupteten die Jungs. Kalt seien die Frauen des Nordens, meinte Said, der erfolglos ein paar Mädchen zum Kaffee eingeladen hatte. Zu gross, meinte Mauro. Für dich auf jeden Fall, hänselten ihn die anderen. Zu frei, fand Mohammed, der sich in der Rolle des Muslims zu gefallen begann und daran war Martinas gut gemeintes Lichterfest nicht unschuldig.

Bedran hielt eine Zeit lang Kurs weiter gegen Norden, um die Schärgen zu sehen. Wild und rau zeigten sie sich und Carlo erkannte das Meer seiner Kindheit wieder, wie es gegen die Klippen schlug und den Stein zerschnitt und an die Felsen brandete. Hier hausten wohl andere Meereswesen, dachte er und als er einschlief, sah er blonde Nixen, die um ihn warben, bis eine schwarzhaarige sich wutentbrannt Platz verschaffte und die anderen an ihren langen goldenen Haaren zog, um sie von ihm wegzuzerren, die sie ihn schon umarmt und geküsst hatten. Sie riss an deren Haaren, bis diese ihn aus ihrer Umklammerung entliessen, so dass er sich leer und einsam und kalt fühlte, und als es Stella war, die ihn aufgeregt schüttelte, musste er sich beherrschen, um sie nicht anzuschreien, sie solle ihn in Ruhe lassen.

„Du musst nach oben kommen, schnell. Es hat eine Messerstecherei gegeben."

„Wer?" fragte er nur, sprang auf und die Wassernixen sprangen allesamt über Bord.

„Oli und Yussuf in der Küche", sagte sie, als sie bereits nach oben hasteten. Derek wartete vor der Tür und riss sie gleich auf, als er die beiden kommen sah. Da lag Yussuf auf dem Boden, über sein Gesicht lief Blut und Oli sass keuchend auf ihm, ein Messer in der Hand, welches er auf den Jungen gerichtet hatte. Carlo war in zwei Schritten bei ihm und kickte ihm das Messer aus der Hand, so dass Oli aufschrie und riss ihn von Yussuf weg. Der sprang sogleich auf, um sich auf Oli zu stürzen und Carlo blieb nichts anderes übrig, als ihn wieder auf den Boden zu drücken, damit die beiden nicht aufeinander losgingen.

„Du gehst in unsere Kabine und dann reden wir darüber", rief er Oli zu, während er versuchte, Yussuf zu bändigen, der um sich zu schlug, um das Messer zu suchen oder ein anderes zu finden, um Oli zu erledigen. Der Hass in seinem Blick war so ungeheuer, dass Carlo froh war, bis jetzt nicht eine solche Angriffsfläche geboten zu haben.

Endlich schaffte er es, Yussufs Hände auf dessen Rücken zusammenzubinden und so liess er ihn kurz liegen, während er Oli seine Aufforderung nochmals wiederholte.

„Ich muss noch kochen", meinte der nur und hob das Messer vom Boden auf.

„Ich habe dir gesagt, wir reden noch darüber", beharrte Carlo, „Derek kann das machen." Doch Oli schnitt bereits wieder das Gemüse für die Suppe. „Hast du gehört, du sollst in die Kabine gehen" wurde Carlo lauter und wollte ihm das

Messer aus der Hand nehmen, doch Oli erhob es drohend gegen ihn und diesmal schlug es ihm Bedran aus der Hand.

„Geh in deine Kabine", sagte der nun auch und Oli ging.

Bedran hatte Yussuf unsanft vom Boden aufgezogen, und dann in die Kabine neben der Küche eingeschlossen. Carlo löste ihm die Hände, als er eintrat, um sich nach dem Geschehenen zu erkundigen.

„Es trifft immer die Gleichen, immer mich trifft es", sagte Yussuf verbissen, als Carlo ihn fragte, wer die Schlägerei begonnen habe.

Warum es immer ihn treffe, fragte Carlo nach. Yussuf rieb sich die Handgelenke. „Ich wusste nicht, wie ich dich sonst hätte bändigen sollen und ins Wasser werfen wollte ich dich nicht", entschuldigte sich Carlo. Yussuf sah ihn überrascht an.

„Ins Wasser werfen?" fragte er verständnislos.

„Das scheint bei dir zu wirken", sagte Carlo nun doch, aber Yussuf reagierte nicht auf die Provokation. Er kaute nervös an seiner Unterlippe, die Beine begannen unruhig zu wippen und er rieb sich die Handgelenke heftiger.

„Ich hasse dieses Boot", brach es unvermittelt aus ihm heraus. Carlo sagte sich wohl, dass er diesmal ihn damit provozieren wollte, aber es traf ihn dennoch.

„Willst du zurück?", fragte er scheinbar gelassen, doch Yussuf schwieg. „Warum trifft es immer dich?" fragte Carlo nochmals.

„Weil es mich immer trifft", rief Yussuf schon wieder aufgebracht und sprang so heftig vom Stuhl auf, dass Carlo zusammenzuckte und ebenfalls aufstand.

„Haben Sie also doch Angst vor mir?" fragte Yussuf und kam ihm näher. In seinem Blick lag nicht der Hass, den er Oli entgegen geschleudert hatte. Es lag eher etwas Herausforderndes in ihm, als wolle er ihn ausloten. Carlo zog es vor sich zurückzuziehen.

„Ich komme später, wenn du dich beruhigt hast", und er schloss die Tür hinter sich. Den Schlüssel steckte er in die Tasche. Auf dem Weg zum Speisesaal fragte ihn Stella, ob er schon mit Oli und Yussuf geredet habe.

„Ich komme nicht klar mit ihm. Zu Oli gehe ich nachher", meinte er nur.

Zu Yussuf habe er nur „schon wieder du" gezischt und dies habe genügt, um ihn zu beruhigen, habe sich Bedran ihr gegenüber gerühmt, erzählte Stella, doch Carlo mochte nicht von Beruhigung sprechen.

„Es kam bloss einer, der stärker ist als er, das ist alles. Das Gewaltpotential ist dadurch nicht weg, glaube mir", meinte er zu Stella, als sie es ihm erzählte. „Er hörte auf um sich zu schlagen, er wurde äusserlich ruhig, aber hast du schon Tiger und Löwen im Zirkus beobachtet? Die reagieren genau so auf ihren Dompteur, aber wehe, er macht nur eine einzige falsche Bewegung, dann fallen sie über ihn her."

„Das ist doch Instinkt", warf Stella ein.

„Genau das meine ich, gerade weil wir Menschen sind, vernunftbegabte Wesen aus dem Tierreich, funktioniert das zwar, aber es kann nicht die Veränderung des Menschen bewirken."

Stella warf ihm Idealismus vor.

„Warum wäre ich sonst Erzieher geworden, wenn ich kein Idealist wäre. Ich muss an die Veränderbarkeit der Menschen glauben, sonst ist meine Arbeit und auch diese Reise sinnlos."

Die Jungs sassen aufgeregt auf ihren Stühlen, riefen sich die Neuigkeit zu, diesmal war die Stimmung nicht bedrückt, vielmehr aufgeheizt. Sie konnten nur Wortfetzen verstehen, Messerstecherei, Schlägerei, Blut, hörten sie, bis Carlo aufstand, Ruhe einforderte und kurz erklärte, dass sie noch nicht wüssten, was genau vorgefallen sei, aber dass er am

Nachmittag die Ereignisse abklären und es ihnen dann mitteilen würde. Er bat Martina darum, das Programm umzustellen, damit die Jungs fischen konnten. Bedran hatte den Vorschlag gebracht.

„Etwas Handfestes brauchen die jetzt, glaube mir. Wir lassen die Netze runter, ein paar Angelruten habe ich auch. Vielleicht fangen sie ja etwas, dann haben wir auch für das Abendbrot vorgesorgt." Carlo erschien die Idee überzeugend und der Applaus und das Johlen der Jungs auf die Ankündigung bekräftigten dies noch.

Martina hatte Oli das Essen in die Kabine gebracht, wo es immer noch unangetastet auf dem Tisch stand, als Carlo eintrat.

„Ich habe genug lange in Küchen gearbeitet, um zu wissen, wie das dort zu und her geht. Die haben bestimmt in den Teller gespuckt, wenn nicht schlimmer. Dass ich nicht mehr mit Yussuf in der Küche stehen werde, leuchtet dir doch hoffentlich ein."

„Wir haben gedacht, dass Mauro oder Kerim das vielleicht gerne machen würden."

„Kein Muslim in der Küche mehr", ereiferte sich Oli und erzählte gleich seine Version der Geschichte. „Ich wollte die Würste braten und Yussuf fragte mich, ob es Schweinefleisch drin habe. Diese ja, die anderen nicht, sagte ich und wollte sie gerade auf den Grill legen, als er sich mir in den Weg stellte und meinte, ich solle zwei verschiedene Pfannen benutzen, damit die einen Würste die anderen nicht beschmutzten. Beschmutzen hat der gesagt und ich wollte mich an ihm vorbeischieben, da ist er mit dem Messer auf mich los. Ich habe mir meins geschnappt und ich war schneller, du hast mich ja gesehen."

Du hättest zwei Pfannen nehmen können, dachte Carlo, sagte aber nichts, auch weil er froh war, dass Oli keinen Streit suchte. Dieser hatte kein Wort darüber verloren, dass ihm zuerst Carlo, dann Bedran das Messer aus der Hand geschlagen und ihn auf seine Kabine geschickt hatten. Sie schwiegen eine Zeitlang.

„Heute Abend musst du nicht kochen, die Jungs werden fischen und ihren Fang selber ausnehmen und braten", suchte Carlo das Gespräch zu beenden, aber es war, als hätte er Öl ins Feuer gegossen.

„Was willst du damit sagen, ich solle auf meiner Kabine bleiben? Versuchst du, mich zu erziehen? Ich bin hier als Koch angestellt, kein Krimineller wie deine harten Jungs da, dass das klar ist, mich kannst du nicht einfach massregeln, wie die Burschen hier," ereiferte sich Oli.

„Du bist hier als Koch angestellt, das stimmt, und nicht als Erzieher, und deshalb hast du heute für den Rest des Tages frei", sagte Carlo schärfer als beabsichtigt und schlug die Tür hinter sich zu.

Er ging nach oben und klopfte bei Yussuf an. Als sich dieser meldete, schloss er auf und trat ein. Ob er auf die Toilette müsse, fragte er ihn, schickte ihn aber trotzdem, obwohl er verneinte, weil er ihn wieder einschliessen würde, bis er sämtliche Hintergründe der Schlägerei aufgeklärt hätte.

„Wollen Sie den Untersuchungsrichter spielen, weil Sie nicht Rechtswissenschaft studieren konnten?" höhnte Yussuf, bevor er betont nachlässig hinausging. Das kommt davon, wenn man zu viel von sich preisgibt, schalt sich Carlo, liess sich aber nichts anmerken.

Yussuf kam erst nach über zehn Minuten zurück, so dass Carlo ganz unruhig geworden war, doch er hatte sich beherrscht und war auf dem Stuhl sitzen geblieben.

„Also?" fragte er, als Yussuf vor ihm sass. Er habe Oli gebeten, das Schweinefleisch getrennt von den anderen Speisen zu kochen, so wie sie es im Heim ja auch stets handhaben, aber dieser sei wütend geworden. Gerade als sich dieser an ihm vorbeidrängen wollte, weil er sich ihm in den Weg gestellt habe, um ihn daran zu hindern, die Würste nebeneinander auf den Grill zu legen – er hatte ihm sagen, wollen, dass sie dies vom Heim und auch vom Jugendgefängnis, wo er auch schon war, gewohnt seien, die machen auch nicht so viel Aufhebens, es sei ja nicht viel verlangt - da habe eine besonders hohe Welle das Boot zum Schaukeln gebracht und er habe immer noch das Messer in der Hand gehabt. Er könne verstehen, dass der gedacht habe, er wolle ihn angreifen, das war aber nicht so, er habe es ihm auch erklären wollen, aber der sei gleich ausgerastet und auf ihn los und mit dem wolle er nicht mehr zusammenarbeiten.

„Der ist durchtrieben", murrte Oli nur, „und du glaubst ihm auch noch. Ich habe den Blick in seinen Augen genau gesehen, der hat auf so eine Welle schon lange gewartet."

Sie entschieden, dass Yussuf in seine Kabine zurück konnte, aber vorläufig nicht mehr in der Küche arbeiten sollte.

„Heute Abend kann er Fische ausnehmen, wenn sie welche fangen, und später schauen wir", sagte Carlo zu den anderen.

Die Jungs hatten immerhin einige Fische gefangen, die Stella nicht essen mochte, weil sie sie zappeln gesehen hatte und um ihr Leben ringen. Carlo kannte sie alle, wusste genau, welche essbar waren, welche wie zubereitet werden mussten, wie entschuppen, häuten, ausnehmen, entgräten. Sie arbeiteten auf Deck mit klammen Fingern, es war immer noch kühl gegen den Abend zu. Die Jungs hörten Carlos Ausführungen aufmerksamer zu, als sie es wohl bei anderen Themen in seinen Stunden taten, doch er war so versunken und konzentriert auf seine Arbeit, dass er es nicht einmal bemerkte. Stella dachte daran, wie er ihr von seinem Bubentraum erzählt hatte, dass er Fischer hatte werden wollen wie sein Vater, doch der hatte Besseres für ihn gewollt.

„Siehst du, selbst Bedran hatte das erste Mal einen gewissen Respekt vor dir, als du mit den Fischen hantiertest", sagte sie ihm später, als die Jungs bereits in ihren Kojen

67

lagen und sie noch im Speisesaal an einem Tisch sassen. In die Kabine wollten sie nicht, um dem Team nicht noch mehr zu schaden.

„Ich wünschte, er würde auch meinen Umgang mit den Jungs respektieren", knurrte Carlo und Stella strich ihm über die Hand, die sein Glas umfangen hielt.

„Den Streit zwischen Oli und Yussuf konnte er jedenfalls besser schlichten, als du es vermocht hättest", meinte sie und Carlo musste es unwillig zugeben.

Oli hatte sich immerhin dazu durchgerungen, im Beisein von Bedran kurz mit Yussuf zu reden. Das war Stellas Idee und sie hatte Recht behalten.

Vor Allah habe er keine Schuld, wenn er Speisen zu sich nähme, die nicht ganz nach den Gesetzen zubereitet worden seien und ob er auch sonst so gesetzestreu lebe, worauf dieser unbehaglich den Augenkontakt zu ihm vermied.

Damit war der Streit beigelegt, scheinbar, meinte Carlo, denn über die Messer wurde wiederum kein Ton gesagt, doch Martina meinte auch, dass die Messer in der Küche gefährlich seien, ob sie nicht besser selber in die Küche gehen sollten. Niemand fand dies eine umwerfende Idee und es hätte den Konflikt nicht gelöst.

In die Küche sollte jetzt Mauro und er hoffe auf bessere Spaghetti, das war natürlich nur eine Pointe von Carlo, aber der Witz half die Spannung abzubauen. Das Gelächter auf den Spruch war jedenfalls übertrieben, aber tat ihnen allen gut.

Warum es immer ihn treffe, warum er das gesagt habe, hatte Carlo wissen wollen, als er nochmals zu Yussuf ging.

Weil es immer schon so war, weil er von klein auf immer die Schläge von seinem Vater bekommen hatte und seine Geschwister nie. Das sei auch in der Schule so gewesen, im Gefängnis, im Heim und jetzt hier. Das habe sich einfach weiter gezogen bis heute.

Carlo hatte ihm erzählt, dass auch er als einziger von seinem Vater geschlagen worden war und für Dinge bestraft, derer er sich nicht für schuldig befand. Doch Yussuf liess es nicht gelten.

„Mein Vater bestrafte nie, er schlug einfach zu. Ich erinnere mich an keine Schuld. Die Schläge kamen unvorhergesehen, plötzlich, für nichts. Man schlägt mich, weil ich da bin."

„Sie lernen die Gewalt schon zu Hause", meinte Stella, als es Carlo ihr erzählte. Carlo entzog ihr seine Hand und leerte das Glas in einem Zug.

„Alkoholfreies Bier" murrte er und zog eine Grimasse, so dass Stella lachen musste. „Es ist nicht nur das, weisst du, wie ich schon sagte, auch mein Vater schlug mich, aber ich hatte immerhin Respekt vor ihm. Oder auch das Gefühl, er tue dies, um mich etwas zu lehren, mich zu erziehen, verstehst du, aber er liebe mich dabei, wolle etwas von mir, wolle, dass ich im Leben jemand sei und werde. Diese Jungs erleben pure Gewalt aus Machtlosigkeit der Eltern. Yussufs Vater rang mit seiner Ohnmacht im fremden Land, mit Arbeitslosigkeit, mit Gesichtsverlust. Die ganze Frustration muss er an ihm ausgelassen haben. Er schlug ihn grundlos. Aber anstatt die Schuld beim Vater zu suchen, sucht er sie bei sich. Er schlägt mich, weil ich da bin. Ungeheuerlich so ein Satz."

Carlo dachte an seinen eigenen Vater, wie er ihn geschlagen hatte damals, als der Lehrer zu ihnen nach Hause gekommen war und sein Eigentum zurückgefordert hatte. Einen Spitzer, eine Landkarte, ein Lavastein, ein liniiertes Heft, ein Radiergummi, einen Kugelschreiber und einen Holzmassstab.

Sie hatten gewettet, Turi, Vito und er, wer mehr Gegenstände mitlaufen lassen konnte. Stichtag wäre zwei Tage später gewesen, sie hätten alles gezählt, der Sieger hätte von den anderen beiden ein Taschenmesser bekommen, sie hatten es gesehen, auf dem Markt, und er war bereits in Führung gegangen. Er hatte alles in einer Schuhschachtel gesammelt und unter seinem Bett versteckt. Danach hätten sie dem Lehrer die Sachen wieder aufs Pult gestellt.

Als ihn der Vater in die Küche gerufen hatte und der Lehrer dort gestanden hatte, waren ihm Zweifel gekommen, ob man ihn nicht doch für einen Dieb halten würde.

„Hol die Sachen aus deinem Zimmer!", hatte ihm der Vater gesagt und er hatte die Schachtel geholt. Er habe alles zurückgeben wollen, es sei nur eine Wette gewesen, er sei kein Dieb, bestimmt nicht. Aber der Lehrer nahm seine Sachen aus der Schachtel und meinte nur, er solle dies mit seinem Vater aushandeln und froh sein, dass er für diesmal nicht die Carabinieri eingeschaltet habe. Der Vater hatte vom Lehrer den hölzernen Massstab erbeten.

„Mal schauen, wie der ihm schmeckt", sagte er und der Lehrer hatte gelacht und gesagt, er wolle ihn aber wieder ganz zurück. Der Vater hatte sich nochmals für seinen Sohn entschuldigt und ihm garantiert, dass dies, solange dieser unter seinem Dach lebe, nicht nochmals vorkommen werde. Sie hatten sich die Hand gegeben und dann war die Tür hinter ihm zugefallen.

„Woran denkst du?" unterbrach Stella seine Erinnerungen.

„Weisst du, ich frage mich, woher die Gewalt kommt. Bedran und Oli reagieren genauso gewalttätig wie die Jungs, wenn diese die entsprechende Macht hätten. Sie sind keine guten Vorbilder für sie, sie lehren nur wieder, dass man mit körperlicher Gewalt Herrschaft über den anderen gewinnen kann. Ich hätte die beiden nicht mitnehmen sollen." Carlo fühlte sich müde. Wieder überkamen ihn Zweifel am ganzen Unternehmen.

Göteborg war eine Enttäuschung gewesen. Sie hatten zunächst im höheren Norden noch einmal anlegen wollen, doch nach dem Vorfall am Vormittag hatte Bedran den Kurs sofort gewechselt und abgedreht. Falls sie die Reise abbrechen wollen, sei jetzt noch Zeit, sagte er dazu. Inzwischen hatten sie das Leuchtfeuer Måseskär passiert und Bedran hielt Kurs auf Dänemark. Im schlimmsten Fall umschiffen wir Dänemark und brechen die Reise in Cuxhaven ab, meinte er und Carlo hatte dies den Jungen so mitgeteilt. Die hatten gemurrt und gemotzt, aber so richtig rebelliert hatte niemand. Sie hielten sich wohl mit ihrer Meinung zurück. Martina hatte gehört, wie Said zu den anderen gesagt hatte, er gehe auf keinen Fall zurück nach Deutschland und sie hatten spekuliert, was er damit gemeint haben könnte.

„Was, wenn sie einfach untertauchen oder abhauen, was machst du dann?", hatte Martina ihn gefragt und seine Zweifel waren dadurch nicht weniger geworden.

„Wir sollten das Unternehmen vielleicht tatsächlich abbrechen, was meinst du?" fragte er Stella. Sie schüttelte den Kopf.

„All diese Szenarien haben wir uns doch schon lange ausgemalt und uns vorbereitet, wie wir reagieren könnten. Wir sollten den Jungs nochmals genau klar machen, was es für sie bedeuten würde, wenn sie weglaufen. Schliesslich hätten sie das auch im Heim gekonnt; warum unsere Reise gefährden und ihren Kollegen zu Hause die Chance verbauen, ebenfalls eine Europatour unternehmen zu können?"

„Und du glaubst, das Solidaritätsspiel funktioniert?" fragte Carlo zweifelnd.

„Wir müssen an ihre Ehre appellieren, auf solche Dinge sind sie eher empfänglich."

Ehre, dachte Carlo. Da waren Bedrans und Olis Demütigungen auch nicht hilfreich. Er fühlte sich so müde von den Ereignissen der letzten Tage, dass er einverstanden gewesen wäre, die Reise in Cuxhaven abzubrechen. Doch ein gewisser Ehrgeiz und Stolz hielten ihn davon ab, jetzt schon aufzugeben.

„Geh ins Bett", sagte Stella, „ich gehe Bedran ablösen, damit er ein paar Stunden schlafen kann. Er will in der Nähe von Skagen anlegen, das ist nicht mehr so weit. Matthias hilft mir beim Kartenlesen und trägt die Position ein, David und Axel halten Wache. In der Nacht hat es nicht so viel Schiffsverkehr und wenn was ist, wecke ich Bedran."

Ein Boot steuern konnte nicht so schwierig sein, wenn es Stella schon gelernt hatte, sagte er ungeschickterweise laut. Sie war ernsthaft beleidigt, stand auf und ging, ohne ihm eine gute Nacht zu wünschen, nach oben.

Carlo blieb alleine im Speisesaal zurück, der ihm erschreckend leer erschien. Unter ihm lagen die Jungs in den Kojen, ab und zu hörte er ein Gelächter oder ein paar laute Stimmen, die sich kurz erhoben, um wieder abzuebben. Die See war ruhiger geworden und das Boot schaukelte nicht mehr so heftig wie einige Tage zuvor, oder er hatte sich bereits an das andauernde Schlingern gewöhnt.

Carlo starrte durch das Fenster in die Dunkelheit, doch er sah nichts. Nun war er auf dem Meer, da hatte er hin gewollt. Auf das Meer mit diesen Menschen zusammen, denen er das Zusammenleben hatte beibringen wollen und nach wenigen Tagen schon war er gescheitert.

Einsam fühlte er sich, wie immer wenn er mit Stella gestritten hatte. Sie hatten nicht wirklich gestritten, aber er hatte sie verletzt, weil er an ihren Fähigkeiten zweifelte, so meinte sie jedenfalls, dabei hatte er eher gedacht, dass er es auch bald lernen könnte und sich sogar gefreut, dass es weniger schwierig war, als es zunächst den Anschein hatte, aber Stella meinte, er unterschätze sie. Doch tiefer war der Graben zwischen ihr und seinem Innern.

Er hatte sie nicht teilhaben lassen wollen an dieser schmerzlichen Erinnerung an die schwere Hand des Vaters, die ihn gleich gepackt hatte, kaum war die Tür hinter dem Lehrer zugefallen. Wie den grossen Schwertfisch damals am Morgen früh am Strand, den grossen Schwertfisch, den der

Vater stolz aus dem Boot gehievt und auf den Tisch daneben gewuchtet hatte und gleich darauf wurde er von den Käufern umringt, die ein schönes grosses Stück haben wollten vom Fisch mit seinem köstlichen Fleisch ohne Gräten, das besser noch schmeckte als Fleisch, mit Zitrone beträufelt und Basilikum gewürzt in Olivenöl gebraten oder grilliert.

Der Vater hatte ihn auf den Tisch gehievt, wie den Schwertfisch damals, der noch gezuckt hatte und dem er dann mit dem grossen Messer mit wenigen festen Hieben den Kopf abgehackt hatte, und ihm auf dem Küchentisch die Hose heruntergezogen, und dann hatte er ihn Schlag um Schlag in grosse saftige rotglänzende runde Scheiben geschnitten.

Als er dem Lehrer am nächsten Tag den Massstab auf das Pult legte, fragte der ihn:

„Und, wie hat er geschmeckt?"

„Bitter", hatte er geantwortet und sich vorsichtig auf seinen Platz gesetzt. Bitter, dachte er, bitter. Er war kein Dieb, aber seinen Vater hatte er nie davon überzeugen können, obwohl er sich mehrere Male zu rechtfertigen versuchte.

„Wenn du jemandem etwas wegnimmst, das dir nicht gehört, ohne ihn zu fragen, dann ist das Diebstahl und basta. Und jetzt genug davon." In ihm war stets Bitterkeit geblieben, darüber, dass er so hart bestraft worden war für etwas, das in seinen Augen kein Vergehen war. Und als einmal in der Schule die Brieftasche des Lehrers fehlte und sogleich alle ihn oder Turi oder Vito verdächtigten, beschlossen sie unterzutauchen, bis der Fall geklärt war.

„Mein Vater bringt mich um", sagte Vito, den der Lehrer damals ebenfalls aufgesucht hatte, und Turi, der zwei Tage nicht mehr in die Schule kommen konnte, sagte gar nichts und nickte bloss.

Woher die Gewalt kam, fragte sich Carlo. Alle seine Freunde waren von ihren Vätern geprügelt worden, mit dem Stock, mit dem Seil, mit dem Gurt, mit dem Gartenschlauch, mit dem, was sie gerade in die Hände bekamen, aber er wusste von niemandem, der deswegen kriminell oder besonders gewalttätig geworden wäre. Turi hatte Concetta geheiratet und war bereits zweifacher Vater und Vito war in den Norden ausgewandert, Carlos Mutter wusste nicht zu sagen, ob nach Bologna oder nach Torino.

Er hatte sie gefragt, die Jungs, wie das war in der Familie mit Gewalt. Alle hatten sie Schläge bekommen, körperliche und seelische Gewalt erfahren, alle.

Er hatte ihnen auf dem Boot eine Alternative aufzeigen wollen, einen anderen Weg des Umgangs mit Konflikten. Er beschloss ihnen sein Versagen morgen früh darzulegen. Ehrliche Konfrontation, direkte klare Aussagen, die das eigene Scheitern thematisierten, mit dieser Strategie hatte er schon gute Erfahrungen gemacht, wenn er keine Ausflüchte suchte oder um den heissen Brei herumredete. Mit diesem Vorsatz stand er auf, rückte den Stuhl an den Tisch und ging nach oben, um sich mit Stella zu versöhnen.

Er trat aufs Deck und wurde fast umgeblasen, so unvorbereitet traf ihn der Wind. Kalt blies er und laut rauschte die See in der Nacht. Er fühlte sich schlagartig hellwach. Er spähte umher, hinter ihm Schweden, vor ihm Dänemark, im Niemandsland fühlte er sich und die Verantwortung für so viele Menschen erschien ihm in dieser kalten nordischen Nacht erdrückend. Stella war am Steuer, die Augen fest vor sich aufs schwarze Wasser geheftet und neben ihr stand Bedran und redete auf sie ein. Carlos Stimmung sank noch weiter, jetzt konnte er nicht einmal mehr um Entschuldigung bitten, wenn sie nicht allein war. Er klopfte an und Bedran öffnete ihm überrascht.

„Ich dachte, du seiest schon lange im Bett, du musst morgen früh aufstehen, hast du den Plan gesehen?"

„Und du, ich dachte Stella löst dich ab, damit du dich ausruhen kannst?" Carlo war plötzlich so ärgerlich, dass es seine bedrückte Stimmung von vorhin wegfegte. Jetzt gab es

nur noch Raum für seinen Ärger. „Wieso lügst du mich an?"
fuhr er Stella so heftig an, dass sie für einen Moment die See
vor sich aus den Augen liess und ihn überrascht und ärgerlich anstarrte.

„Was ist in dich gefahren, wir dachten, du schliefest
schon lange", damit blickte sie wieder aufs Meer. Bedran
zeichnete einen Punkt auf der Seekarte ein.

„Ich kann ihr die Verantwortung für das Boot noch nicht
überlassen, ehrlich gesagt könnte ich kein Auge zu tun,
wenn ich sie allein liesse. Sobald wir in Dänemark sind,
legen wir an, es gibt einige günstige Häfen in der Nähe von
Skagen. Aber es entlastet mich trotzdem, wenn sie steuert,
dann muss ich nicht dauernd so hochkonzentriert sein." Sie
hatte ihm gesagt, Bedran ginge schlafen, ärgerte sich Carlo
dennoch und diesmal war er beleidigt und ging, ohne gute
Nacht zu sagen, in seine Kabine.

Meere

Carlo wollte unbedingt in Skagen anlegen und nach Grenen, weil dort zwei Meere, Kattegat und Skagerrak, aufeinander treffen.

„Zwei Meere, die aufeinander prallen, das stelle ich mir gewaltig vor", meinte er und überzeugte sie alle. Die Verwunderung war gross, als sie sahen, dass beim Zusammenfliessen nur ganz kleine Wellen entstanden, auf deren Spitze sich ein Gischtkrönchen bildete. Sie standen lange Zeit fasziniert davor und beobachteten die östliche und westliche Strömung, wie sie sich in der Mitte mit einem leisen Aufklatschen sanft vereinigte. Die Jungs hatten nicht lange Geduld und warfen Steine ins Wasser, damit mehr Bewegung aufkam.

„Wie flach das Land ist. Das Auge sucht förmlich nach einem Widerhaken, nach einem Ende von all diesem, nach einer Grenze und es ist gleichzeitig grossartig befreiend, auf nichts zu stossen." In Acitrezza droht der Vulkan über allem, erzählte er Stella. Ätna, der Asche und Feuer speiende Berg, der im Winter schneebedeckte und im Sommer wolkenbekränzte. Stella blickte über das flache Land mit Carlos Augen und sie schlug eine Fahrradtour vor.

„Das drängt sich auf, finde ich, mit den Fahrrädern über die Weite zu fahren, dem Horizont entgegen. Das tut den Jungs auch gut, in die Pedalen zu treten, die Erde unter sich zu spüren, sich selbst vorwärts zu bewegen über das Land." Oli fand die Idee besonders gut, weil er die ewige Schaukelei auf dem Wasser satt habe, meinte er. Er hatte sich auch gleich anerboten, die Fahrräder zu organisieren und ging gleich los, um sich kundig zu machen. Die Jungs waren nicht sonderlich begeistert und murrten.

„Das tun sie ja immer", beschwichtigte Carlo. „Das liegt wohl am Alter. Wenn ich an mich selber zurückdenke, als ich sechzehn, siebzehn war, da war immer irgendetwas, das nicht in Ordnung war, das mir nicht passte und woran ich etwas auszusetzen hatte."

Schön war es hier, im Norden, in der Natur. Städte wollten sie in nächster Zeit eher vermeiden, hatten sie beschlossen. Kopenhagen und Göteborg waren nicht wirklich aufbauend gewesen. Vielleicht war es einfach zu früh, gleich am Anfang der Reise mit einer grossen Stadt zu beginnen oder vielleicht ist es einfach so, dass man sich in einer fremden Stadt einsamer fühlt und verlorener als in der Natur. Unter Menschen gilt es gleich sich zu beweisen, man will nicht auffallen, nicht stören, nicht anecken, nicht lästig werden. Man misst sich in Bezug auf Äusserlichkeiten. Man sucht Gespräche, Freundschaft, ein Lächeln, eine Aufmerksamkeit, eine Begegnung, eine Reaktion. Die Natur hingegen befreit von all den Zwängen.

Sie fuhren auf fast menschenleeren Strassen hintereinander her, Oli und Martina vorne, Bedran war im Mittelfeld und Carlo und Stella bildeten das Schlusslicht. Carlo wäre wohl gerne schneller gefahren, aber Stella war nicht besonders sportlich. Sie wusste, dass er sich nur aus Solidarität zu ihr zurückhielt. Sie sagte ihm zwar immer wieder, er solle sie doch alleine fahren lassen, sie käme schon zurecht. Er sprintete dann auch gleich los, erleichtert, wie es schien. Auch sie war erleichtert, dann musste sie sich nicht so anstrengen mitzuhalten, um ihm nicht zur Last zu fallen und ihn zu bremsen. Aber er blieb besorgt und kam immer wieder zurück um zu schauen, wie sie sich hielt.

Sie fuhren mehrere Stunden lang, zwischendurch hielten sie für ein Picknick an. Es ist das Fahren, das diesen Tag ausmacht, dachte Stella, stolz, dass sie immer noch Kraft hatte. Schön dieses flache Land, flach und flach und flach zieht es sich dahin und grün und grün und grün ist es überall und es könnte fast langweilig sein, dachte sie, wenn es nicht ab und zu leicht bergauf ginge, und sie gleich die Anstrengung spürte und überlegte, wie es wäre, wenn es steiler wäre, und fuhr voller Dankbarkeit weiter geradeaus.

Immer wieder kleine Dörfer, warme gemütliche Holzhäuser und immer immer das Brausen des Meeres.

Als sie am Abend die Fahrräder abgaben und zurück aufs Schiff gingen, war Stella voller Zuversicht, dass sie diesen Jungen etwas für ihr Leben mitgeben konnten, das sie immer bei sich tragen, das ihnen niemand mehr würde wegnehmen können. Und so wie Carlo sie umarmte, spürte sie, dass er ihre Einschätzung teilte, ohne dass sie darüber sprechen mussten.

Müde gingen sie in ihre Kojen. Stella wäre gerne zu Carlo gegangen, aber der hatte schon abgewinkt, als sie ihm zugezwinkert hatte, dann halt nicht, dachte sie und zog sich bald schon zurück und überliess den anderen die Einteilung der Wache und die Planung für den nächsten Tag.

In dieser Nacht wurde Stella durch ein intensives Ziehen und Brausen und Wallen, das ihren ganzen Körper durchbebte, geweckt. Bis tief in den Bauch hinein zuckte es weiter, obwohl sie weder einen erotischen Traum gehabt noch sich berührt hatte. Als sie Carlo am nächsten Morgen begeistert von der unglaublichen Intensität dieses Gefühls berichtete, war er etwas konsterniert.

„Typisch Mann", warf sie ihm vor, „Ihr Männer glaubt immer noch, dass nur ihr allein es uns wirklich besorgen könnt. Aber da musst du dich lange anstrengen, mein Lieber", neckte sie ihn und knabberte an seinem Ohr. Er umschlang ihren Nacken, liess aber gleich los, als die ersten Jungs zum Frühstück schlurften.

„Warte nur", flüsterte er bloss.

„Leere Versprechungen", murmelte sie noch, während Stella Kaffee einschenkte, und Carlos Augen blitzten verheissungsvoll.

Als sie von Skagen wieder ausliefen, waren Carlos Zweifel verflogen. Die Städtchen mit den idyllischen gelben Häusern mit roten Ziegeldächern und die kilometerlangen Sandstrände von Grenen hatten ihn beeindruckt. Die weitläufige und unberührte Natur war einzigartig und grandios mit Wald, Dünen und Heideflächen und die zwei so unterschiedlichen Meere, das milde Kattegat und die raue Nordsee, wie sie sanft aufeinanderstossen, blieben unvergesslich. Das sind die Erlebnisse, die wir miteinander haben sollen, dachte er. Das ist die Welt, die ich den Jungs zeigen will.

Als Stella ihn am Abend noch zu sich in die Kabine locken wollte, hatte er abgewinkt. Das erste Mal, seit er sie kannte, dass er Nein sagte. Dem Frieden zuliebe, sagte er sich.

„Jetzt habe ich das erste Mal das Gefühl, dass es vorwärts geht, dass wir Deutschland hinter uns lassen, nach vorne blicken und die Welt als Ganzes erfassen können, so wie sie geschaffen wurde, in ihrer Einzigartigkeit in Form und Gestalt und wir uns als Teil dieser Schöpfung begreifen", so etwa brachte Carlo es im Team vor.

Stella und Martina nickten bestätigend, aber Bedran zog die Augenbraue leicht hoch und Oli konnte sich eine spöttische Bemerkung nicht verkneifen. Carlo konnte es ihnen nicht verdenken. Die pathetischen Gefühle überkamen ihn wohl, weil er in einem Reiseführer nachgelesen hatte, dass Grenen der nördlichste Punkt des europäischen Festlands war.

Der nördlichste Punkt, dachte er, und wie er sich erinnerte, wie er von der Spitze des Stiefels angereist war, überkam ihn eine unbändige Sehnsucht nach dem Süden, nach Sizilien, nach den Gerüchen dort, nach dem Vulkan, nach dem Lavagestein im Meer, nach den Zyklopenfelsen, nach den Zitronenbäumen, den Orangenbäumen, den Mandarinen, den Mandelbäumen. Er sehnte sich nach den Wellen des ionischen Meeres, nach den Kieselsteinsträanden, nach

dem Hupen der Motorräder und der Autos, nach den abge-
bröckelten Fassaden der Häuser, nach der Hitze im Sommer,
nach den Kaktusfrüchten, nach den riesigen Wassermelo-
nen, nach den Meeresfrüchten, nach den Rufen der Fischverkäufer, nach den Fischern, nach dem Lachen und Schrei-
en und Gestikulieren auf der Piazza, auf den Strassen, nach
seinen Eltern, seinen Geschwistern, seinen Freunden. Diese
Gedanken behielt er jedoch für sich. Carlo sagte nur, dass
sie nun so schnell wie möglich den Süden Europas ansteuern
sollten und niemand lehnte sich dagegen auf.

Sie wollten nur noch ab und zu anlegen, wenn Bedarf da
war, wenn sie auftanken mussten, Proviant holen oder mal
richtig duschen wollten oder wieder einmal festen Boden
unter den Füssen spüren.

„Die Reise selbst ist das Erlebnis", bekräftigte Carlo
nochmals und das fanden auch die Jungs, die in ein lautes
Pfeifkonzert ausbrachen, als er nochmals die Drohung aus-
sprach, in Cuxhaven abzubrechen. Said begann wie erwartet
wieder aufgeregt zu flüstern und Carlo befürchtete, dass es
nur eine Frage der Zeit war, bis er ihnen Scherereien machen würde.

Die nächsten Tage fuhren sie durch. Es gab nur noch das
Meer, das Boot und die, die auf dem Boot lebten. Sie waren
in ein regelrechtes Reisefieber verfallen, selbst die Jungs
wollten nicht mehr anlegen, wollten nur vorwärts kommen,
weiterfahren, wohin schien plötzlich belanglos, es ging bloss
noch ums Fahren selbst, um die Reise durch das Wasser.
Von weitem sahen sie die Küste, die Lichter Dänemarks und
dann wieder Deutschland. Deutschland zu sehen, nachdem
sie so lange schon auf See gewesen waren, nachdem sie alle
gedacht hatten, die Reise hätte nun richtig begonnen, war
merkwürdig, und als sie an Sylt und endlich auch an Helgo-
land vorbeigezogen waren, atmeten alle auf. Die Jungs pfif-
fen und winkten den Ausflugsbooten, die von Hamburg her-

kamen, zwar zu und freuten sich, als zurückgepfiffen und gewinkt wurde, ein Stück Heimat kam ihnen entgegen, aber alle waren sie dennoch erleichtert, als sie auf der Seekarte die ersten Punkte auf niederländischem Hoheitsgebiet eintragen durften.

Selbst als sie in der Nähe von Amsterdam waren, sprach keiner davon anzulegen. Wegen Van Gogh und Anne Frank wären sie gern an Land gegangen, aber die Coffeshops waren für die Jungs eine Verlockung, der sie kaum widerstanden hätten. Verständlich, dachte Carlo, und war froh, dass das Thema vom Tisch war.

Abwechselnd durften nun alle Jungs in die Führerkabine und wurden von Bedran in die Navigation eingeführt. Begeistert suchten sie nach Inseln, Bojen, Markierungen, Leuchtfeuer, Bänke und Buchten, die auf der Seekarte eingetragen waren und übertrugen sie mit Feuereifer auf die eigene Karte, sobald sie sie erkannten.

Inzwischen fieberten alle dem Ärmelkanal entgegen, dem Ärmelkanal, durch den es zu schlüpfen galt, um durchzubrechen, um durchzustechen zwischen England und Frankreich in die offene Weite des Atlantiks, der sich zum Tor der Welt ergoss. Der Atlantik, auf dem Columbus nach Amerika gesegelt war. In England wollten sie alle unbedingt anlegen. England, das war fast so gut wie Amerika.

Sie fuhren durch die Meerenge zwischen Dover und Calais, und wegen des regen Schiffsverkehrs war allerhöchste Konzentration gefordert. Niemand mochte sich unter Deck aufhalten und gespannt standen alle an der Reling und beobachteten die Fähren, die Frankreich mit England verbanden. Die englische Küste beeindruckte durch die mahnenden Radarmasten, die an den zweiten Weltkrieg erinnerten, wo sie die Deutsche Fliegerinvasion verhindern konnten. Alle waren beeindruckt von der Gegenwärtigkeit der Vergangenheit, die Geräte waren stumme Zeugen einer nicht so weit entfernten Zeit der Ungeheuerlichkeit. Selbst die Jungs liessen für einmal die dummen Sprüche, vielmehr lag eine gewisse Bewunderung und Faszination für den Krieg in ihren Kommentaren. Die wie abgeschnitten gerade abfallenden weissen Kalkklippen der Küste entlockten Ausrufe der Bewunderung. Es schien, als wäre das Land vom Festland absichtlich weggesprengt worden, um ein Inseldasein fristen zu können und frei und unabhängig zu bleiben. Sehr klein wirkte die Naval zwischen der Masse der beiden Länder und zwischen all den Booten, Schiffen und Fähren, die das Gewässer durchkreuzten.

Erst als sie Dover und Folkstone passiert hatten und bereits in der Nähe von Hastings waren, entspannte sich die Lage. Die Jungs, die gerade nichts zu tun hatten, stiegen nach unten, um sich für die Landung in Brighton umzuziehen. Dass sich Said und Kerim auffällig warm angezogen hatten, fiel erst im Rückblick auf, als die beiden bereits verschwunden waren und eine Durchsuchung ihrer Kajüte ergab, dass sie sich mehrere Schichten Kleider übergezogen haben mussten.

Es fehlten auch ihre persönlichen Gegenstände, woraus sie schlossen, dass die beiden tatsächlich abgehauen waren, wie die Jungs später anerkennend bemerkten.

Brighton

Die Naval lief in Brighton ein und sie machten am Pier für Visitors fest. Die Uhren mussten umgestellt werden, was den Eindruck verstärkte, auf einem anderen Kontinent gelandet zu sein. Sie waren alle übermüdet von der Anstrengung der letzten Tage. Und doch wollten sie, kaum angekommen, nichts anderes als aussteigen und wieder festen Boden unter den Füssen spüren.

„Wir waren so euphorisch, dass wir zu wenig auf die Jungs achteten", konnte Carlo wenige Stunden später schon den anderen vorwerfen.

Zunächst gingen sie jedoch in Gruppen zum Palace Pier und tauchten in die Welt der Touristen ein und liessen sich blenden und verführen. Sie wollten sich abwechseln mit dem Landausflug, doch als die erste Gruppe zurückkehrte, war bereits eine Riesenaufregung.

„Said und Kerim sind verschwunden, sie hätten schon vor zwei Stunden zurück sein sollen, so war die Abmachung. In ihrer Kajüte fehlen die Fotos ihrer Eltern, Saids Poster, Kerims Amulette," erzählte Stella aufgeregt.

„Dass er die mitgenommen hat, beweist noch gar nichts", meinte Carlo zwar, aber überzeugen konnte er damit niemanden.

„Dass Said schon seit längerem vom Abhauen gesprochen hat, haben wir ja alle gehört. Die Frage ist höchstens, warum wir das nicht ernst genommen haben", meinte Bedran. Carlo schüttelte bloss den Kopf.

„Wenn ich alles ernst nähme, was die Jungs sagen, dann könnte ich mich weder hier noch im Heim normal verhalten, ich müsste ständig auf der Hut sein, müsste ständig kontrollieren, ob sie ihre Pläne wie abhauen, jemanden zusammenschlagen, jemanden ausnehmen, sich oder jemand anderen umbringen, wahr machen."

Carlo schien nicht wirklich beunruhigt, was Stella sehr erstaunte, sie hätte gedacht, er sei aufgeregter oder nervöser, er trug immerhin die Hauptverantwortung. Bedran und Oli reagierten viel heftiger auf die Nachricht, dabei mussten sie überhaupt niemandem Rechenschaft ablegen.

„Ich sagte es doch schon die ganze Zeit, diese Jungs sind unberechenbar und werden viel zu large gehalten hier von uns", ereiferte sich Oli. Auch Bedran stieg auf Olis hitzige Worte ein.

„Dass wir diese Jungs ohne irgendwelche Auflagen einfach überall aussteigen lassen, ohne dass wir vor Konsequenzen warnen, ohne Sanktionen anzudrohen wenigstens, das rächt sich jetzt. Ich hoffe doch, du lernst jetzt was daraus", und damit wandte er sich direkt an Carlo. Zu Stellas Verwunderung liess sich dieser jedoch auf kein Streitgespräch ein, er lächelte bloss.

„Wollt ihr, dass ich die anderen Jungs zur Strafe für das Ausreissen ihrer Kollegen einsperre oder den Ausgang streiche oder was schlagt ihr vor?"

„Da hast du's, jetzt willst du uns wieder weismachen, wir verstünden nichts von Jugenderziehung, sondern nur du und was passiert andauernd? Aber ich soll hier nur kochen und mein Maul halten, wieso soll ich dann überhaupt an diese Teamsitzungen kommen, wenn meine Meinung sowieso nicht gefragt ist?", ereiferte sich Oli, und damit stand er auf und wollte schon hinausgehen, aber Carlo kam ihm zuvor.

„Ach, nein, Oli, ist schon gut, reg dich nicht auf, ich meine es ernst. Was schlägst du vor?" Carlo klang versöhnlich, aber Oli blieb misstrauisch.

„Ich würde die tatsächlich alle in ihre Kabinen einschliessen, bis wir die beiden Ausreisser wieder haben. Wenn sie nicht mehr zurückkommen, was ich befürchte, würde ich die Reise entweder abbrechen oder niemandem mehr den Landausgang bewilligen."

„Aber wir können doch nicht eine Europareise unternehmen und die Jungs nicht von Bord lassen, das wäre doch lächerlich", mischte sich nun auch Stella ein und Martina stimmte ihr zu.

„Wir können das Verschwinden der beiden auf keinen Fall kommentarlos hinnehmen", meinte Bedran. „Was läuft zum Beispiel jetzt gerade, während wir hier am Besprechen unseres weiteren Vorgehens sind? Vielleicht lassen sich die Burschen inspirieren, und wenn wir fertig sind mit unserer Sitzung, finden wir das Schiff leer vor und alle Jungs sind ausgeflogen." Carlo legte grinsend vier Schlüssel auf den Tisch.

„Keine Angst, ich habe vorgesorgt. Ich bin vollkommen mit euch einverstanden, der Nachahmungseffekt ist verführerisch, da habe ich auf Nummer sicher geschaltet. Aber ihr müsst zugeben, dass wir diese Situation nicht lange so beibehalten können."

Bedran und Oli blickten ärgerlich auf die Schlüssel, sie fühlten sich um ihren Groll und ihre Angriffslust betrogen.

„Du hättest ja gleich sagen, können, dass du mal was Vernünftiges getan hast, das hätte mir einiges an Ärger erspart, ich hatte mich schon daran gewöhnt, dass du die Burschen immer nur mit Samthandschuhen anfasst", grollte Oli.

Stella war überrascht über Carlos Verhalten, aber auch erleichtert. Die Entscheidung erschien ihnen allen richtig, so hatten sie wenigstens einmal etwas Ruhe um nachzudenken. Sie beschlossen das Verschwinden noch nicht in Deutschland zu melden. Vorerst genügte es, die örtliche Polizei zu informieren. Die Pässe lagen im Safe, Fotos, Personalien, besondere Kennzeichen konnten sie liefern. Und dann blieb ihnen nichts anderes übrig als abzuwarten. Abzuwarten, ob die beiden freiwillig zurückkehrten oder ob sie entweder beim Herumstreunen erwischt und zurückgebracht würden, oder ob sie was anstellten und deshalb verhaftet und sie dann informiert würden.

Sie gingen alle Möglichkeiten durch und überlegten die verschiedenen Reaktionen, die sie bei entsprechenden Vorfällen haben könnten. Carlo blieb wortkarg, obwohl er immer wieder angesprochen wurde. Sie kamen zu keiner wirklichen Lösung, blieben abhängig von den Handlungen anderer und mussten entscheiden, wie sie die nächsten Tage an Bord verbringen sollten. Bedran und Oli waren dafür, die Jungs nicht mehr an Land zu lassen, bis Said und Kerim gefunden waren.

„Und wenn sie überhaupt nicht mehr zurückkommen, was dann?" fragte Martina, aber Carlo winkte ab.

„Die kommen wieder, das ist sicher, entweder freiwillig oder sie werden uns gebracht. Weit kommen die ohne Geld und ohne Papiere nicht." Stella war sich da nicht so sicher, aber sie würde nicht die Unkenruferin sein, sie nicht. Niemand mochte Carlo widersprechen und so beliessen sie es dabei. Wenn sie am Pier festgemacht blieben, mussten sie die Kabinen geschlossen halten, aber diese Idee gefiel niemandem, nur schon wegen der Toiletten, die ausserhalb waren. Aber mit offenen Türen schliefe es sich auch nicht gut.

„Am besten wäre es, wir führen weg", meinte Bedran und am liebsten hätte Stella ihm zugestimmt. Nicht einmal Carlo reagierte empört auf den Vorschlag. Er schüttelte nur müde den Kopf.

„Das dürfen wir nicht, du weisst, ich habe die Verantwortung. Ausser ich wüsste, sie würden uns sehen, dann wäre es eine gute Warnung."

„Vielleicht sehen sie uns ja auch", meinte Oli, „und wenn nicht, dann ist es immerhin eine Drohung für die anderen Jungs, dass wir nicht einfach auf sie warten und uns ihnen anpassen. Auf See können sie wenigstens nicht auch noch auf die Idee kommen, ebenfalls abzuhauen."

Martina und Oli gingen auf die Polizeistelle, um eine Vermisstenanzeige aufzugeben und die anderen machten das

Boot klar, um loszufahren. Sie wollten ein paar Stunden hin- und hertuckern und dann wieder in Brighton anlegen.

„Dann vergeht ihnen hoffentlich die Idee, sich ebenfalls absetzen zu wollen, wenn sie an einem vermeintlich unbekannten Ort sind. Dann lassen wir Oli und Martina wieder zusteigen und die Nacht vorüberziehen. Essen wird direkt auf die Kabine gebracht, wer mal muss, kann einzeln gehen, ein paar leere Petflaschen für den Notfall dürfte das Rebellionspotential ebenfalls mindern", meinte Carlo und erntete anerkennende Blicke von Bedran.

Wenigstens einmal eine Nacht verstreichen lassen, dachten sie und morgen, morgen sehen wir dann weiter.

Kerim und Said, dachte Carlo, als er mit den Tabletts ins Unterdeck stieg. Said und Kerim, warum gerade Kerim. Said, ja, von Said hatte er sich Probleme erwartet. Aber Kerim? Er klopfte an der ersten Kabine an, bevor er aufschloss. Bedran stand an der Treppe und hielt Wache, falls sie dich niederschlagen, hatte er gemeint und Carlo hatte ihn kopfschüttelnd angesehen, aber er hatte sein Angebot akzeptiert, war vielleicht gar nicht so unvernünftig und wenigstens konnte er den Jungs Präsenz signalisieren.

„Ja?" rief es hinter der Tür und Carlo schloss auf. Mohammed und Axel lagen in ihren Kojen und blickten ihm gespannt entgegen.

„Wir fahren bald los", sagte er aufs Geratewohl und beobachtete die beiden dabei genau, während er scheinbar achtlos das Tablett auf den Tisch legte. Mohammed wirkte enttäuscht, Axels Augen hingen eher am Essen. Nichts wirklich Auffälliges, meinte er später zu den anderen.

Mauro vermied zwar die ganze Zeit über seinen Blick, so dass er sich fragte, was er zu verbergen suchte, aber auf seine Frage hatte er keine Antwort bekommen. Er wirkte erschreckt, dass sie losfahren sollten und Said und Kerim in

Brighton zurückliessen. David hingegen, der seine Kabine mit ihm teilte, wirkte bloss erstaunt.

Derek und Matthias schienen sogar erleichtert. Sie sahen sich aufatmend an, als er ihnen die Abfahrt ankündigte und auch diese Reaktion war ihm schleierhaft.

Dass sich Osman freute, ob aus Schadenfreude ihnen oder den anderen gegenüber, konnte er nicht ausfindig machen, es wunderte ihn nicht, aber Yussuf stieg auf Osmans Gelächter nicht ein. Sein Gesicht blieb undurchdringlich und als Carlo die Tür wieder hinter sich zuschloss, fragte er sich, ob er nicht besser die Zweierkonstellation in den Kabinen auflösen sollte und neue Zweiergruppen bilden sollte, damit es nicht etwa zu ungünstigen Konstellationen käme oder zu Unterdrückungen, zu Rollenspielchen und was sonst noch unter Jungs so vorkommen konnte.

Er beschloss, sich Mauro genauer vorzuknöpfen, es hatte ihm nicht gefallen, wie dieser dauernd den Blickkontakt zu ihm vermieden hatte. Irgendetwas musste dieser vor ihm verheimlichen.

Diese Nacht tat Carlo kein Auge zu, obwohl er eigentlich erstaunlich ruhig war. Diese Ruhe und Gelassenheit wunderte ihn selbst, aber er war sich seiner Sache absolut sicher. Said und Kerim würden in den nächsten Tagen auf jeden Fall zurückkommen, hatte er verkündet, und woher er diese Gewissheit nahm, war ihm selbst ein Rätsel, aber er hätte darum gewettet.

Gegen elf Uhr abends hatten sie wieder in Brighton angelegt und Martina und Oli waren zugestiegen. Das Team traf sich im Speisesaal und aufgeregt flüsternd erzählte ihnen Martina von den Erlebnissen bei der Polizei und Oli flocht ab und zu eine Anekdote ein. Der Höhepunkt war der Besuch im Pub, wo sie die den Rapport aufnehmenden Polizisten wieder trafen und gemeinsam auf eine erfolgreiche Suche anstiessen.

Carlo erzählte den anderen von den Reaktionen der Jungs und sie wussten immer noch nicht, wie sie sich die nächsten Tage verhalten sollten, falls die beiden verschwunden blieben. Dass er sich Mauro vornehmen wollte, verschwieg Carlo, es schien ihm mehr eine Sache zwischen sich und ihm; dass sie beide aus dem gleichen Land stammten, war selten ein Thema, aber ein undurchsichtiges Band, das nur sie verspürten.

Diese Nacht hätte er gerne bei Stella verbracht, aber die Lage war zu angespannt, als dass er einen unbeobachteten Moment gefunden hätte, um sich abzusetzen. Er wiederholte sein Versprechen vom Morgen wispernd in ihr Ohr und sie kicherte. Carlo beschloss in seine Kabine zu gehen, obwohl er nicht schlafen konnte, um in Ruhe nachzudenken. Oli würde die erste Wache übernehmen, das gab ihm noch ein paar Stunden Zeit.

Am nächsten Morgen liessen sie die Jungs wieder nur einzeln auf die Toilette gehen und brachten ihnen das Frühstück auf die Kabine.

„Das Boot ist zum Gefängnis geworden", sagte Carlo, als die Leiter alle im Speisesaal frühstückten und die anderen nickten nur.

„Was sollen wir anderes machen, wir müssen jetzt abwarten, ob sich etwas tut und überlegen, wie wir im negativen Fall weitermachen sollen", meinte Stella und wieder sagten die anderen nicht viel dazu. Es war ungemütlich die Jungs im Unterdeck eingeschlossen zu wissen und wieder tauchte vor Carlo Mauros ausweichender Blick auf und er beschloss, sie sich alle einzeln vorzuknöpfen, um sich ein Bild der Situation zu machen. Nicht einmal Bedran widersprach ihm, als er den anderen seinen Entschluss mitteilte, die Jungs umzuquartieren, damit andere Konstellationen entstehen konnten. Dazu musste er sich zunächst ein Bild von den Spannungen machen, die eventuell unter ihnen herrschten.

„Den ganzen Tag zu zweit in einer Kabine eingeschlossen sein, das möchte ich nicht einmal.... höchstens mit Stella", korrigierte er sich rasch, als sie ihm einen giftigen Blick über den Tisch zuwarf. Sie hatte wie immer seine Worte bereits erraten, bevor er den Satz beendet hatte. Oli lachte so anzüglich, dass Carlo lieber die erste Version stehen gelassen hätte, aber das hätte ihm Stella übel genommen.

Mauro schüttelte heftig den Kopf, als Carlo ihm mitteilte, dass er nicht mehr mit David eine Kabine teilen sollte, aber er sah ihn immer noch nicht an dabei.

„Mit David komme ich gut klar, bitte, mit ihm teile ich die Kabine gern, mit ihm geht es gut, mit ihm schon", stiess er hervor. Da er seinen Blick vermied, riskierte er es und schlug vor, ihn in die Kabine mit Mohammed oder Osman zu verlegen. „Nicht mit einem Muslim", wurde er energischer und diesmal sah er ihm in die Augen, erschrocken über seine eigenen Worte, wie ihm schien und er bohrte gleich nach. Aber Mauro senkte den Blick wieder und wollte nicht mehr weiter reden.

„Und was ist mit Said und Kerim, das sind auch Muslime. Wusstest du etwas von deren Plänen, ist das irgendeine religiöse Verschwörung oder was geht da ab?" fragte er ins Blaue hinein, ohne wirklich zu wissen, was er eigentlich für eine Antwort erwarten konnte. Eine Zeitlang blieb es stumm, er schien mit sich zu kämpfen, dann brach es aus ihm heraus, als hätte er lange schon darauf gewartet, endlich damit auspacken zu können.

„Said plante schon lange gemeinsam mit Kerim, Yussuf, Osman und Mohammed, das Boot zu entern und nach Marokko oder Algerien oder sonst in einen muslimischen Staat zu fliehen und Asyl zu beantragen." Fast trotzig stiess er die letzten Worte hinaus, wohl um sich Carlos Lacher, den er nicht hatte unterdrücken können, entgegenzustemmen. „Die wollen sich rekrutieren lassen für irgendeine dieser heiligen Missionen, die in letzter Zeit Mode wurden in diesen Kreisen, das hat Said jedenfalls herumerzählt", meinte Mauro mutiger geworden, als Carlo sich für seinen Ausbruch entschuldigt und ihn aufgefordert hatte weiterzuerzählen. „In England habe es grosse muslimische Kreise, hat Said gesagt und viele Drahtzieher zum Nahen Osten, die auf der Suche nach Jungen wie ihnen seien", und je mehr Mauro erzählte, umso plausibler erschien die ganze Geschichte.

„Aber Kerim ist doch halb Deutscher?" wandte Carlo ein, aber er wusste selbst, dass das überhaupt nichts zu bedeuten hatte, im Gegenteil, meist verstärkte die halbe Zugehörigkeit zu einem Volk den Fanatismus noch, weil man doppelt so nationalistisch sein musste, um dazu zu gehören. Warum denn die anderen nicht mit ihm gegangen seien, fragte er nach, doch das wusste Mauro nicht zu beantworten.

„Vielleicht wollen die direkt in Marokko an Land gehen oder in ihren Heimatländer", mutmasste er.

„Oder sie kommen mit Verstärkung zurück und nehmen das Boot ein", meinte Mauro zaghaft, wohl vor Angst, Carlo würde ihn wieder auslachen, aber dieser hütete sich wohlweislich davor, ihn blosszustellen.

Er versprach ihm von der Idee abzusehen, die Jungs auszutauschen, aber er musste ihm versprechen, den anderen dafür nichts von ihrem Gespräch hier mitzuteilen. Dass die Jungs untereinander so etwas wie eine Hierarchie hatten, war in der Natur der Sache begründet, aber dass sich die Gruppe in Muslime und Nicht-Muslime zu spalten begann, hatte Carlo nicht erwartet. Nur eine gemischte Kabine gab es: Axel und Mohammed.

Carlo schloss Mauro wieder ein und bat Axel zum Gespräch in seine Kabine, doch der gab sich zugeknöpft. Nur als Carlo auch ihm anbot, den Kajütenpartner wechseln zu können, schien es ihm, einen Anflug von Erleichterung zu entdecken, den er gleich zu verbergen suchte. Betont gleichgültig meinte er dann, es sei ihm egal, mit wem er zusammen sei, er hätte kein Problem mit niemandem auf diesem

Boot, Hauptsache er müsse nicht mit einem von uns die Kajüte teilen, das war sein einziger Tritt ans Schienbein, den er sich leistete. Diese Art von Arroganz kannte er, da steckte eine Menge Unsicherheit dahinter. Es konnte wohl nicht allzu schlimm sein bis jetzt, dachte Carlo und liess ihn wieder laufen.

Ausser Mauro konnte er von niemandem wirklich etwas Aufschlussreiches in Erfahrung bringen. Derek war es wichtig, in der Küche bleiben zu dürfen, Yussuf blieb einsilbig, Osman wippte unruhig mit den Füssen und wusste nicht wohin mit seinen Augen, er wollte Carlo weder in die Augen blicken, noch wollte er den Blick vermeiden, das ergab ein irritierendes nervöses Flackern, so dass er ihn schnell wieder entliess. David gab sich überheblich und wollte von alledem nichts wissen, er habe keine Ahnung, er hätte es nie gedacht, er fände es eine Schweinerei, dass sie für eine Tat von anderen mitbestraft würden und so weiter. David war schon immer der Politiker unter den Jungs.

Einzig Mohammed konnte die Befriedigung über die gelungene Flucht nicht verbergen und dass er sagte, er wäre auch mit, wenn er von Said rechtzeitig informiert worden wäre, nahm Carlo als Anlass, ihn von Axel zu trennen und einzeln in eine der übrigen Kajüten zu verlegen, und Axels unverhohlene Erleichterung auf die Ankündigung der Trennung bestätigte ihn in seiner Entscheidung.

Zwei Tage später brachte die Polizei Kerim zurück, Said wurde noch eine Nacht zurückbehalten, weil er am nächsten Tag vernommen werden sollte.

Carlo hatte die Polizisten schon von weitem gesehen, weil er die ganze Zeit über schon Ausschau gehalten hatte, ob sie alleine zurück kämen, zu zweit oder ob sie zurückgebracht würden, wie er es sich gedacht hatte.

Die letzten zwei Tage hatte Gefängnisalltag geherrscht auf dem Boot. Da das leichte Schlingern zu allgemeiner

Seekrankheit geführt hatte, schlimmer noch als auf der Fahrt selbst, wohl weil sie dort unten eingeschlossen und bewegungslos liegen mussten, hatten sie die Jungs abwechselnd an Deck geholt, obwohl Bedran erklärte, dass das Liegen im untersten Teil des Schiffes zu weniger Übelkeit führte, als oben zu stehen. Carlo hätte sie gerne auch an Land gehen lassen, aber er war wieder einmal überstimmt worden, allerdings hatte er auch nicht lange um dieses Recht gekämpft, denn wenn wieder einer verschwunden wäre, dann wäre seine Rechnung in keinem Fall aufgegangen. Deshalb stand er seit zwei Tagen an der Reling und wartete, überzeugt davon, Recht zu bekommen, überzeugt davon, dass die beiden zurückkämen oder eben zurückgebracht würden, wie es jetzt geschah.

Er beobachtete das Polizeiauto, das sich dem Visitor's Pier näherte. Als sie ausstiegen und nur ein Junge dabei zu sein schien, hoffte er, dass es Kerim sei und der war es auch.

Carlo fuhr sich kurz durch die Haare, zog seinen Pullover glatt und ging dann den Polizisten entgegen.

Kerim wurde gleich in die Kabine neben dem Steuerhaus eingeschlossen, kommentarlos. Carlo sah ihn kurz an, doch Kerim hielt den Blick gesenkt. Deshalb zeigte er den Polizisten den Weg, damit sie ihn dorthin führen konnten. Er schien freiwillig mitgekommen zu sein, kein Zeichen von Gewalt, keine Handschellen. Kerim liess sich willig führen und ohne sich angesehen zu haben, ohne sich die Hand gegeben oder sich gesprochen zu haben, schloss Carlo die Tür hinter ihm und wandte sich dann den beiden Polizisten zu.

Es war erst neun Uhr morgens, die anderen schliefen wohl noch oder hatten keine rechte Motivation aufzustehen, so bat er dann die beiden in den Speisesaal und ging rasch in die Küche, um Kaffee zu holen, den sie dankend annahmen. Said sei noch in Untersuchungshaft, erzählten sie ihm, weil er sich gewehrt habe, weil er die Polizisten, die gerufen worden waren, um die Schlägerei zu beenden, ebenfalls tätlich angegriffen habe. Sie seien noch nicht wirklich schlau geworden aus ihm, sein Englisch leider zu schlecht und er habe sich geweigert, seine Nationalität preiszugeben. Wie ein Deutscher sehe er ja nicht wirklich aus, obwohl er Deutsch geflucht habe. Kerim habe nur gesagt, dass sie auf diesem Schiff hierher gekommen seien und viel mehr nicht, deshalb hätten sie ihn gebracht, denn er sei anscheinend abseits gestanden, habe sich vielmehr versteckt, um aus dem Schussfeld der Schlägertrupps zu kommen, es sei um irgendwelche interne Machtspielchen, Revierstreite vermutlich, gegangen, das hätten sie auch noch nicht genau herausbekommen. Die anderen, das seien lokal bekannte Schläger, nicht wirklich kategorisierbar, nicht wirklich Rechtsradikale, arbeitslos halt und gelangweilt. Said und Kerim seien denen wohl aufgefallen, ob sie gestohlen hätten oder was, das sei noch nicht auszumachen gewesen, jedenfalls hätten sie ein paar festnehmen können, und die schöben allesamt die Schuld Said in die Schuhe, aber da der sich weigere auszusagen, wären sie froh, wenn er vielleicht kommen könnte und übersetzen. Sie bräuchten auch die Ausweise der beiden und auch seine Legitimation für diese Reise und wenn er doch eben mitkommen könnte.

Inzwischen waren auch Bedran und Stella und Martina zu ihnen gestossen, nur Oli schlief noch.

„Kerim?" fragte Stella, die Carlo auf seine Kabine begleitet hatte, wo er sich umziehen wollte, um nicht verpennt auf der Wache zu erscheinen. Doch anstatt zu antworten, legte er ihr die eine Hand auf den Mund und die andere war schon unter ihrem Pullover, wo ihm ihre warmen runden Brüste entgegenquollen und schon waren seine Hände überall und er konnte endlich sein Versprechen einlösen, wie sie ihm später versicherte, gerade weil er ihr immer wieder die Hand auf den Mund legte, um ihr zu bedeuten, dass sie nicht laut sein durfte und gerade das Verbotene, Versteckte habe ihre Erregung noch gesteigert. Und der Zeitdruck, dass alles so schnell gehen musste und als er ihr schliesslich die Hände festhielt, um ihr zu beweisen, dass er sie zum Äussersten bringen konnte und sie ihm ganz und gar ausgeliefert war, da hätte sie sich voll und ganz hingeben müssen, und das habe eine Explosion in ihr ausgelöst. Es würde schwierig werden, dies zu toppen, meinte sie nur noch, und er hütete sich davor, ihr zu widersprechen.

Carlo murmelte etwas von Ausweise nicht gefunden, als ihm Martina vorwurfsvoll entgegenblickte, weil sie bereits nichts mehr zu konversieren wusste, aber Bedran schien in ein anregendes Gespräch über das britische Polizeiwesen verwickelt und blickte nicht einmal auf, als er sich zu ihnen setzte.

Als sie aufbrachen um Said zu vernehmen, bot sich Bedran an mitzukommen, aber Carlo winkte ab.

„Es braucht dich auf dem Schiff, lass nur, wenn Said überhaupt zurückkommt, dann kann ich dich immer noch holen, aber das beste wäre wohl, sie würden ihn dort behalten", sagte er und sah sich augenblicklich um fünfzehn Jahre in die Vergangenheit versetzt.

„Am besten sie behalten ihn gleich dort", hatte er zu Bedran gesagt.

„Am besten sie behalten ihn gleich hier", hatte sein Vater den Carabinieri gesagt, die ihn aufgegriffen hatte, als er nicht nach Hause gekehrt war, aus Angst vor den Schlägen seines Vaters, der ihm nie geglaubt hatte, dass er kein Dieb war und der ihm nicht glauben würde, dass er die Brieftasche des Lehrers nicht gestohlen hatte und auch Vito nicht und Turi nicht.

Zu dritt waren sie weggegangen, aber die Nacht war hereingebrochen und sie hatten nicht mehr gewusst, wohin sie gehen sollten. Unter sechzehn Jahren durfte man nicht draussen sein, sonst würde man auf die Polizeiwache gebracht, das hatten sie gewusst und sich in den Feldern versteckt. Doch aus Angst vor den Wölfen und Bären, die es zwar angeblich nicht gab - aber den Erwachsenen war nicht wirklich zu trauen, was wussten die schon, ob es nicht noch ganz andere Wesen gab in den Feldern des Nachts? - waren sie wieder in die Nähe des Dorfes geschlichen und gleich aufgegriffen worden.

„Sein Vater schlägt ihn tot, wenn wir nach Hause gehen", hatte Carlo gesagt und auf Turi gezeigt. Der nickte wie immer bloss, doch die Carabinieri lachten.

„Eine Tracht Prügel habt ihr wohl verdient, ihr Lausejungen, noch nicht mal sechzehn und schon herumlungern. Hat man euch denn nicht erzählt, dass es Wölfe gibt, die euch fressen in der Nacht?" Also doch, hatte er es doch gewusst.

Carlo erzählte dem Carabiniere die ganze Vorgeschichte mit dem Wettsammeln der Dinge des Lehrers, den Prügeln darauf, auf die Anschuldigung des Diebstahls und dem gestrigen Verschwinden der Brieftasche. Sie waren ernst geworden und lachten nun nicht mehr. Der eine meinte nur:

„Ihr dürft niemandem etwas wegnehmen, auch zum Spass nicht, ihr seht ja selbst wie bitterer Ernst daraus geworden ist. Allerdings könntet ihr eure Väter davon überzeugen, dass die Situation diesmal eine andere ist. Immerhin habt ihr letztes mal die Ware sofort herausgerückt, diesmal ist die Brieftasche nicht da."

Turi schüttelte nur den Kopf und meinte, sein Vater sehe solche Unterschiede nicht. Da genüge schon weniger, dass er auf ihn losgehe. Und auch Carlo zweifelte daran, ob sein Vater solche Feinheiten beachten würde.

„Es ist den Eltern auch in Italien per Gesetz nicht erlaubt ihre Kinder zu schlagen", meinte der Carabiniere, der vorher durchaus für die Prügelstrafe plädiert hatte und dem sie deshalb kein Wort abnahmen. Er musste ihre zweifelnden Gesichtsausdrücke gesehen haben, jedenfalls schlug er mit der Faust auf den Tisch, so dass sie alle drei erschreckt zusammenzuckten und meinte nur:

„Ich werde eure Väter morgen hierher kommen lassen und ihr werdet nach Hause gehen. Bis der Dieb nicht gefunden wird, dürfen sie euch nicht schlagen. Wir werden das höchstpersönlich kontrollieren", ergänzte er noch und erstmals blickte sogar Turi etwas hoffnungsvoller auf. „Wenn es sich natürlich herausstellen sollte, dass ihr trotz all eurer Beteuerungen etwas mit der Sache zu tun habt, dann geben wir den Fall weiter und ihr müsst euch vor dem Jugendrichter verantworten." Sie versicherten alle drei eifrig, dass sie überhaupt nichts mit dem Diebstahl zu tun hätten und warteten bang auf das Erscheinen ihrer Väter.

Carlos Vater blickte so finster, dass er sich unwillkürlich etwas zusammenrollte, wie ein Igel, der berührt wird, und als er sagte, man solle ihn doch besser in eine Zelle stecken und auf der Wache behalten, bis der Fall aufgeklärt sei, da wünschte er sich genau dies. Aber der Carabiniere schüttelte bloss den Kopf, nein, das ginge unmöglich, sie hätten keinen Platz für ein paar Lausejungs, die irgendwelche Kinderstreiche ausheckten und sie müssten sie jetzt nach Hause nehmen und morgen kämen sie wieder vorbei und würden alle nochmals ausfragen und eben, ob sie den Paragraphen kennten, der besagte, dass körperliche Züchtigung verboten sei und ja, gut, falls sich tatsächlich herausstellen sollte, dass die Jungs die Diebe seien, würden sie es nicht so ernst nehmen, ein paar Ohrfeigen hätten wohl kaum jemandem geschadet und auch sie wünschten sich manchmal, sie dürften etwas expliziter sein, wenn wieder ein paar Burschen vor ihnen stünden, mit grossem Maul und auf ihr Recht pochten, das sie den anderen nicht gewährten, aber eben bis morgen bitte würden sie doch auf dem Paragraph beharren und sich auch das Recht nehmen sie anzuzeigen, falls sie etwas Auffälliges bemerkten an den Jungs, die ja ganz in Ordnung schienen, und sie hätten auch keinen Lärm gemacht, seien nirgends eingebrochen, hätten niemandem etwas weggenommen, etwas verschreckt seien sie nur gewesen und wohl etwas verwirrt.

Carlos Vater brummte nur etwas Unverständliches, unterschrieb in seiner ungeübten Schrift irgendein Formular, ohne es vorher durchzulesen und ohne ein Wort an ihn zu richten ging er nach Hause und Carlo hinterher.

So ähnlich lief es dann auch mit Said. Er sah etwas zersaust aus, sein rechtes Auge war aufgeschwollen, seine Jacke war zerrissen, am Schuh fehlte ein Schnürsenkel. Er begrüsste sie kaum, die Polizisten kamen gleich zur Sache. Sie gingen in deren Büro, der eine setzte sich an den Computer und fragte Said aus und Carlo spielte Dolmetscher, so gut er konnte. Sein Englisch reichte immerhin aus, die wichtigsten Ereignisse wiederzugeben, viel war aus Said ohnehin nicht rauszubekommen.

Er hätte kein Geld gehabt, Hunger gehabt, sie hätten in eine Moschee gewollt, hätten aber keine gefunden, dann hätten sie weiter in den Norden gewollt, wo die Moscheen grösser seien, nach London am liebsten, aber zuerst hätten sie noch Geld auftreiben wollen, aber eben nicht stehlen, damit sie keine Probleme mit der Polizei bekämen. Nur darum, dachte Carlo, nur darum, dass sie keine Probleme bekommen, nicht aus moralisch-ethischen Gründen, nur damit sie keine Probleme bekommen. Der Polizist dachte wohl etwas Ähnliches, denn er hatte ihn unterbrochen, als er ihm dies so übersetzte. Said missverstand wohl ihr Zögern und wiederholte noch einmal, nein, er hätte ganz sicher nichts gestohlen, weil er doch keinen Ärger wolle, er wolle hier eine Arbeit suchen, wolle in England leben, das sei viel toleranter und offener, aber leider habe er als Kosovo-Albaner hier weniger Chancen, weil, ja klar, als Deutscher, da wäre er in der EU und könnte legal eine Arbeit suchen, aber deshalb hätte er zuerst Landsmänner suchen wollen, Glaubensgenossen und die fänden sich eben in einer Moschee. Und da hätten er und Kerim eben gedacht, sie könnten sich an eine Strassenecke stellen und betteln, das hätten sie auch bei ein paar anderen gesehen, und viel hätten sie nicht gebraucht, nur ein paar Pfund, um etwas zu essen und dann für das Ticket nach London, für den Bus dort vielleicht, dort hätten sie dann weiter geschaut. Aber anscheinend seien sie jemandem in die Quere gekommen, die seien plötzlich aufgetaucht und hätten auf sie eingeredet mit einem solch seltsamen und unverständlichen Dialekt, dass sie kein Wort verstanden hätten und Kerim, die feige Sau, sei natürlich gleich abgehauen, und so hätte er sich halt alleine gegen die wehren müssen, und wenn die Polizei nicht gekommen wäre, hätte er die alle drei erledigt, die hätten überhaupt keinen Mumm gehabt und das wäre nicht das erste Mal gewesen, dass er alleine gegen drei gewonnen hätte.

Der Polizist sah wieder aufmerksam hoch und fragte Carlo nochmals, was er eigentlich mit so einer Reise mit solchen Jungs durch Europa bezwecke. Es schien ihm nicht angebracht, in einer solchen Situation an einem solchen Ort seine ganze Ideologie darzulegen, es hätte wohl auch etwas lächerlich gewirkt, deshalb sagte er nur, er wolle ihnen das Fischen und Führen eines Bootes beibringen, und dies schien den Polizisten absolut zu überzeugen. Er nickte sogar anerkennend und meinte, das sei eine ganz tolle Idee, England sei ebenfalls umgeben von Meer und dieses Projekt müsste man auch nach Grossbritannien bringen.

„Die Jugendlichen müssen weg von der Strasse, sie brauchen nichts als Arbeit. Einen Beruf, etwas Geld, damit sie sich ernähren können, eine Wohnung, vielleicht später eine eigene Familie. Mehr braucht es nicht. Sie müssen nach Abschluss ihres Projekts unbedingt nach England kommen und das hier irgendwo vorstellen." Carlo versprach es und musste Said wieder mit an Bord nehmen.

Wieder überwältigte ihn die Erinnerung, wie er selbst damals seinem Vater hinterher getrottet war, wortlos. Als sie zu Hause angekommen waren, wartete schon seine Mutter auf ihn, die ihn zuerst ohrfeigte und dann gleich umarmte und ihn dann in die Küche zog, wo er mit brennender Wange dankbar in Milchkaffee getunktes Brot löffelte.

Said ging vor ihm, damit er ihn beobachten konnte und Carlo erwartete jeden Moment, dass er davonlaufen würde, aber er ging erhobenen Hauptes an Bord. Zu Carlos Erleichterung kam ihnen Bedran entgegen und fast erwartete er, dass er ihn ohrfeigen und dann umarmen würde, aber er meinte nur:

„Das gibt scharfen Arrest, junger Mann", und für einmal beneidete er Bedran um die Militärsprache, die genaue Regeln kennt und von den Jungs vollkommen akzeptiert wird. Said liess sich sogar von Bedran durchsuchen, der ihm alles abnahm, was in seinen Taschen steckte. Danach führte er ihn ins Unterdeck, wo er ihn in die letzte freie Kajüte einschloss.

Nun waren sie wieder alle an Bord, aber Carlo wusste nicht, wie es weitergehen sollte. Arbeit brauchen die Jungs, dachte er, eine Zukunft. Said hatte gesagt, er wolle in London arbeiten - warum eigentlich nicht, dachte er, und dass er sich Hilfe und Unterstützung in Moscheen suchte, war ihm auch nicht zu verübeln. Kirchen waren schon seit jeher Zufluchtstätten für Hilfesuchende, das sollte auch so sein. Wo sollte man denn hingehen, wenn man nicht wusste, wer helfen konnte, wer unterstützen würde, wo nicht, wenn nicht in eine Kirche, in einen Tempel, eine Synagoge, in eine Moschee halt.

Bedran meinte, Heimschicken käme auf keinen Fall in Frage.

„Wenn wir Said und Kerim heimschicken, dann kapitulieren wir. Sie müssen kapitulieren, nicht wir."

„Sie müssen endlich einmal begreifen, dass sie auf diesem Boot eine einmalige Chance bekommen, etwas zu lernen" bekräftigte Carlo. „Wir müssen verstärkt auf praktische Dinge kommen. Fischen ist wichtig, ein Boot führen ist wichtig, Sprachen sind wichtig. Aber auch, wie finde ich einen Job im Ausland, was braucht es für Arbeitskräfte, wo gibt es Moscheen?"

Und er erzählte den anderen von Saids Aussagen.

„Anstatt ihn zu bestrafen, sollten wir ihn unterstützen", schlug er vor. „Ich gehe zu ihm und erkläre ihm, dass ich es eine gute Idee fände, wenn er von Deutschland nach England auswandern würde, aber dass er dies legal tun solle und wir ihm dabei helfen können."

Bedran blickte zwar etwas skeptisch und Carlo wusste selbst nicht, ob es wirklich funktionieren würde, aber anstatt die nächsten Monate immer darauf zu warten, dass jemand abhaute oder sich absetzte, wollte er sie in ihren Plänen unterstützen. „Warum soll er nicht nach England auswandern, aber dazu muss er doch Englisch können, mal schauen, ob die Umkehrung ihrer Erwartungen nützt", ergänzte er.

Bedran und Oli beharrten jedoch zusätzlich auf eine angemessene Bestrafung in militärischem Jargon:

„Kein Ausgang mehr auf den nächsten paar Landausflügen, scharfer Arrest, das heisst Isolation, kein stündlicher Aufenthalt auf Deck, keine Zigaretten."

„Gut, machen wir aber eine klare Aufgabenteilung. Den militärischen Drill übernimmst du, damit überzeuge ich niemanden. Das andere übernehme ich. Wir gehen zu zweit zu ihm, damit er sieht, dass wir die Entscheidungen gegenseitig unterstützen." Stella strahlte, so dass sich Carlo gleich ärgerte, weil er wusste, dass sie dachte, sie hätte doch Recht gehabt mit Bedran und er Unrecht und glaubte, dass er dies nun einsähe, dabei ging es ihm nur darum, aus den Ressourcen zu schöpfen, die Kräfte und Energien, die zur Verfügung standen für den guten Zweck zu nutzen, um sie in seinen Dienst zu stellen. Aber er wollte keinen Streit und sagte auch später nichts.

Als Carlo und Bedran in Saids Kajüte traten, lag dieser auf dem Bett und sah ihnen nicht entgegen. Bedran gab in schroffem Ton kurze Anweisungen, aber Said machte keine Anstalten diesen Folge zu leisten. Er drehte sich im Gegenteil sogar von ihnen ab und Carlo wusste nicht recht, wie sie auf diese Weise mit ihm sprechen sollten. Als Bedran ihn bat, kurz nach draussen zu gehen und ihm Said zu überlassen, er garantiere ihm, dass nachher ein Gespräch möglich würde, nickte er nur und ging kurz an Deck, um eine Zigarette zu rauchen.

Als er wieder in die Koje zurück kam, sah er erstaunt, dass Said mitten in der Koje gerade stand und sich Bedrans Predigt anhörte; und jedes Mal, wenn dieser ihn dazu aufforderte, sagte er: „Verstanden".

Carlo versuchte ähnlich knapp zu formulieren, dass sie seinen Wunsch, nach England auszuwandern respektieren und unterstützen würden und er war Bedran dankbar, dass er ihn auch dazu „verstanden" wiederholen liess. So dass es zum Schluss fast wie ein Befehl klang, dass er besser Englisch zu lernen habe und sich ausbilden müsse, um überhaupt eine Chance auf dem Arbeitsmarkt zu haben.

„Verstanden", wiederholte Said und aus einer Eingebung heraus befahl ihm Carlo, er müsse in der Zeit des Arrests Wörter lernen und dürfe erst wieder an Deck, wenn er einen mündlichen Test bestanden habe. Bedran blickte ihn anerkennend an und fragte wieder: „Verstanden?", was Said bestätigte.

Martina brachte ihm dann die Englischbücher und gab ihm die zu lernenden Seitenzahlen an.

Mit Kerim verfuhren sie genau gleich, ausser dass dieser von Anfang an aufstand, sobald sie in seine Koje eingetreten waren. Als er ihm den Auftrag erteilte, englische Wörter zu lernen, damit er nach England auswandern könne, wehrte dieser allerdings ab und bat darum, Französisch lernen zu dürfen, da sein Vater die französische Staatsbürgerschaft besitze und mit ihm auch schon Französisch gesprochen habe, und wenn schon weg von Deutschland, dann nur nach Frankreich.

Die anderen Jungs liessen sie im Speisesaal versammeln und teilten ihnen mit, dass Saids und Kerims Strafe darin bestand, englische und französische Wörter zu lernen, ohne Ausgang, ohne Zigaretten, isoliert, denn die beiden hätten beschlossen, nach Entlassung aus dem Heim auszuwandern, und Carlo fragte gleich, ob noch jemand in ein anderes Land auswandern wollte, nach Spanien zum Beispiel oder Portugal, sie sollten es vorher schon sagen, dann könnten sie ihnen Wortlisten zum Lernen der jeweiligen Sprachen schon vorher abgeben.

Die Jungs wagten nicht wirklich zu lachen, aber Carlo sah schon, dass das Schlimmste überstanden war. Said und Kerim konnten ihr Gesicht wahren, das war das Allerwichtigste, dass sie nicht lächerlich gemacht wurden, sondern dass ihr Ausbruch sogar ernst genommen wurde.

Es gäbe keinen Grund abzuhauen, versuchten sie ihnen klar zu machen, denn soviel lernen wie hier könnten sie kaum anderswo und gute Seefahrer und Fischer brauche es überall.

„Es gibt viele Meere in Europa, auch als Kellner oder Matrose auf einem Kreuzfahrt- oder Frachtschiff anheuern wäre doch eine Möglichkeit für euch", spann Carlo den Faden weiter und somit war das Eis gebrochen.

Sie beschlossen noch eine Stadtbesichtigung in Brighton zu machen, der indisch beeinflusste königliche Palast war eine Sehenswürdigkeit, die sie ihnen nicht vorenthalten wollten und in einen Pub wollten sie unbedingt auch noch gehen und da ihr nächstes Ziel Frankreich und dann Spanien war, vertrauten sie darauf, dass sie in die Wärme des Südens wollten, und so gingen sie in zwei Gruppen nochmals nach Brighton und als sie am Abend im Speisesaal waren, war das Gelächter gross, als Axel und Matthias erzählten, wie sie am Strand spazierten und plötzlich nur noch von Nackten umgeben gewesen seien und sie voll bekleidet, und sie seien noch etwas weiter gegangen, immer unwohler sei ihnen geworden und tatsächlich, immer mehr Leute und alle splitternackt und ein paar Männer hätten ihnen nachgepfiffen und dann hätten sie sich schnell umgedreht und hätten gemacht, dass sie wegkamen. Sie waren am berühmt-berüchtigten Nudistenstrand von Brighton gelandet. Das Gelächter war gross und befreiend und es folgten noch weitere Anekdoten von Biertrinken und Mädchen-Anhauen und viel Stolz auf ihre Englischkenntnisse war zu hören, die ihnen erlaubt hatten, die Getränke zu bestellen, das Schild doch noch zu lesen, worauf stand, es dürften im folgenden Strandabschnitt keine Kleider getragen werden oder ein Mädchen nach Name und Alter zu fragen.

Das war glimpflich abgelaufen, dachte Carlo, als er in seiner Kajüte lag, die letzte Nacht in England, am Morgen wollten sie nach Brest aufbrechen. Sehnsüchtig dachte er an Stellas warmen, sinnlichen Körper, wie sie sich geräkelt hatte unter seinen Händen, wie er sie zum Beben gebracht hatte, wie sie ihm entgegengefiebert hatte und sie schnell und heftig ineinander zueinander kamen und er dachte wieder an die Polizeiwache und wie er gedacht hatte, sie sollten Said doch bei sich behalten und jetzt war er da, eingeschlossen in seiner Kajüte und musste Wörter büffeln, was einem Kopf wie Saids schwer fallen musste. Tausend Wörter waren vielleicht zu viel, dachte er mit schlechtem Gewissen, wusste er doch, wie schwer er sich mit Auswendiglernen tat. Immerhin war es keine sinnlose Aufgabe, tröstete er sich und Martina würde wohlwollend urteilen, da war er sich sicher.

Es hatte zu regnen begonnen und das Geräusch des fallenden Wassers in Wasser wirkte beruhigend. Carlo liebte den Regen, den sie immer sehnsüchtig erwarteten zu Hause in Sizilien nach langen Monaten der Dürre, wenn kein Wasser mehr kam aus den Hähnen im Haus. Regen, das war immer ein Zeichen von Erneuerung, dachte er, Regen war ein Stück Heimweh auch, das stärker wurde auf dieser Reise zurück in den Süden. Der Regen schwoll zu einem Rauschen an.

Die Jungs waren ruhig in ihren Kajüten, sie hatten sie wieder eingeschlossen, um keine Überraschungen zu erleben. Es war dunkel auf dem Schiff, die Lichter des Piers im Regen nicht zu erkennen. Stella und Martina hatten Wache. Carlo drehte sich schon wieder auf die andere Seite, bald müsste er übernehmen, aber er fand keinen Schlaf, obwohl er kaum geschlafen hatte in den letzten Tagen. Der Regen rauschte, das Boot schlingerte leicht, es tropfte, es gluckste. Wasser überall. Und er erinnerte sich wieder, wie sie nach Hause gegangen waren, er und sein Vater, wortlos und ihn die Mutter geohrfeigt hatte, dann umarmt.

Tagelang hatte der Vater weiter geschwiegen, zu Tisch kein Wort, kein Wort beim Nachhausekommen, kein Wort am Abend. Nicht zu ihm. Die Sommerferien begangen, die Brieftasche war nicht mehr aufgetaucht, der Lehrer hatte nicht mehr darüber geredet, die Mitschüler auch nicht, der Vater schon gar nicht und Carlo, Turi und Vito hatten von sich aus kein Wort mehr darüber verloren.

Turi hatte irgendwann trotzdem Prügel kassiert wegen irgendeiner nichtigen Bagatelle, meinte er, aber bestimmt habe der Vater ihn auch wegen der Sache mit den Carabinieri geschlagen, wieso sonst hätte er den Gurt genommen, obwohl er nur vergessen hatte, Brot zu kaufen, das hatte sich gestaut beim Vater.

Auch bei Carlo hätte es fast so geendet, der Vater war schon aufgestanden und hatte nach dem Holzlöffel gegriffen, aber seine Mutter hatte sich gewehrt für ihn, diesmal.

Er hatte dieses Schweigen nicht mehr ausgehalten und hatte den Vater am Mittagstisch gefragt, ob er Don Saro bei der Tomatenernte helfen dürfe, der brauche noch ein paar Handlanger und er bezahle nicht schlecht, und so könnte er sich etwas dazu verdienen, er wollte Maria ein Fahrrad kaufen und Maria wollte auch mitkommen und helfen, aber der Vater hatte wortlos weiter gegessen, als hätte er gar nichts gehört.

Die Mutter stand in der Küche und briet das Fleisch und rief von dort aus, er solle die Pastateller bringen. Der Vater brach sich ein Stück Brot ab, um den Teller zu säubern und er fragte ihn nochmals, ob er gehen dürfe, doch dieser tat wieder, als hätte er nichts gehört. Er stand schon, um die Teller in die Küche zu bringen, er wartete nur noch auf den des Vaters. Und als dieser wieder nicht antwortete, da war in ihm ein Nerv gerissen und er warf die Teller, die er bereits in den Händen hielt, mit voller Wucht auf den Boden.

Auf das Klirren des zerspringenden Geschirrs folgte Totenstille. Maria und Sebastiano wagten kaum zu atmen und die Mutter in der Küche musste vor Schreck erstarrt sein. Nur sein Vater steckte sich unbeirrt das letzte Stück Brot in den Mund, er hatte nicht einmal aufgesehen. Nun wischte er sich jedoch den Mund, nahm die Serviette ab, die er sich jeweils um den Hals band und stand langsam auf. Er selbst war zwei, drei Schritte zurückgewichen und hatte seine Frage rasch wiederholt:

„Kann ich Don Saro bei der Tomatenernte helfen? Ich kann heute Nachmittag schon beginnen, er zahlt mir genug, dass ich am Donnerstag auf dem Markt neue Teller kaufen kann, ich kaufe Mamma die Teller, die sie will und auch tiefe und flache, damit wir genug haben."

„Bring mir den Holzlöffel", rief der Vater in die Küche, ging weiter auf ihn zu, ohne ihm zu antworten, und er wich nochmals ein paar Schritte zurück, dann stand er mit dem Rücken zur Wand und seine Mutter kam aus der Küche und gab dem Vater den Holzlöffel, mit dem sie jeweils das gebratene Fleisch oder die Kartoffeln wendete.

„Hast du nicht gehört? Dein Sohn will arbeiten gehen und er wird mir neue Teller kaufen, die waren sowieso schon alt und schon lange habe ich gesagt, ich brauche neue Teller. Wenn du ihn schlägst, kann er nicht arbeiten. Maria soll auch gehen, was sollen sie hier tun den ganzen Sommer, sie stehen nur rum und kommen auf dumme Gedanken, und jetzt gib mir den Löffel wieder zurück, ich muss das Fleisch wenden, sonst brennt alles an. Und du gehst dich umziehen, die Tomaten verfärben die ganzen Kleider, nimm die Hose auf dem Schrankboden, die geht zum Arbeiten. Los, raus hier, für dich gibts heute kein Fleisch", und damit schob sie ihn aus dem Zimmer, aus den Fängen seines Vaters.

Auch das war glimpflich verlaufen damals, dachte Carlo. Als seine Schwester und er am Abend von der Arbeit zurückkamen, erwartete sie der Vater auf einem Stuhl vor der Haustür, auf den er sich manchmal setzte, um eine Zigarette zu rauchen und zu schauen, was sich so tat im Dorf.

„Und, was hat er euch bezahlt?" wollte er wissen und streckte die Hand aus. Sie gaben ihm das Geld, er zählte es, steckte ein Teil davon in seine Hosentasche und gab ihnen den Rest zurück. „Blutsauger", brummte er noch und wandte den Blick wieder auf die Strasse. Von da an sprach sein Vater wieder mit ihm.

Kerim

Als Martina nach ein paar Tagen entschied, dass Kerim für seinen ungewöhnlichen Eifer und den erstaunlichen Fortschritt im Lernen von französischen Vokabeln belohnt werden müsste, hoben Carlo und Bedran den Arrest wieder auf. Allerdings stellten sie die Bedingung, dass sich Kerim ab sofort nichts mehr zuschulden kommen lassen durfte, sonst würde er die ihm erlassenen Tage nachzuholen haben. Eine bedingte Entlassung sozusagen, erklärte ihm Carlo und Kerim wusste zu genau, wovon er sprach.

Er hatte oft genug vor dem Jugendrichter gestanden: Mehrere Diebstähle und dann der Einbruch. Sie hatten nicht gemerkt, dass noch jemand in der Wohnung war und manchmal hatte er gedacht, wenn er eine Waffe gehabt hätte, hätte er sie erschossen, diese Frau, die geschrien hatte, die ganze Zeit geschrien, und er hatte ihr zugerufen, sie solle ruhig sein, aber sie hörte nicht auf zu schreien, so dass die Nachbarn die Polizei riefen und die nahm sie dann gefangen. Zum Glück hatte er keine Waffe gehabt, dachte er manchmal, sonst hätte er sich für Mord rechtfertigen müssen und wäre sicher nicht so schnell wieder frei gekommen, schade hatte er keine Waffe gehabt, dachte er ein andermal, dann hätten sie ihn nie erwischt.

Martina hatte sich gewundert, dass er so schnell Wörter gelernt hatte. Bis jetzt war er ihr eher etwas träge und lethargisch erschienen, aber Wörter lernen, das schien ihm zu gefallen. Sie hatte es ihm überlassen, welche Kapitel aus dem Buch er sich aneignen wollte, da er ja bereits etwas französisch sprach und er hatte nur Wörter über Technik, Luftfahrt, Verkehr und Maschinen gewählt. Allein mit ihm fühlte sie sich in der Koje eigentlich fast wohler als mit Said, das rührte wohl daher, dass er einerseits viel kleiner, andererseits auch viel harmloser und unauffälliger erschien. Während sie ihn abfragte, sah er sie nie an. Er vermied regelrecht den Augenkontakt und verhielt sich zurückhaltend. Umgekehrt Said. Der kam ihr manchmal so nah, dass sie mittlerweile ungute Gefühle hatte, mit ihm alleine in der Kabine zu sein.

Als sie es Bedran erzählte, empfahl der ihr, mit Carlo darüber zu reden, denn er wüsste als einziger, welches die Delikte der Jungs seien. Nach anfänglichem Zögern gab ihm Carlo ein paar Informationen, unter anderem erzählte er von dessen sexuellen Übergriffen auf Kinder.

Martina weigerte sich fortan alleine bei ihm in der Koje zu sitzen, seine Blicke seien ihr unangenehm, es käme ihr vor, als würde er sie mit seinen Augen ausziehen. Sie bilde sich das nur ein, meinte Carlo. Bedran meinte augenzwinkernd, er könne dies gut nachvollziehen, ein Spruch, den Stella total daneben fand und Martina dennoch schmeichelte. Bedran bot sich an Martina, zu begleiten, was sie dankend annahm.

Inzwischen waren die Jungs schon so weit, dass man ihnen das Boot bereits für einige Zeit übergeben konnte, eine Aufgabe, die sie mit Stolz eifrig erfüllten. Als Kerim dann in die Gruppe zurückkehren konnte, gab es für ihn weder Applaus, noch Gejohle, noch irgendein Zeichen, das Freude über sein Erscheinen bekundete. Im Gegenteil, Stella beobachtete, wie ein paar Jungs jeweils unter dem Tisch Tritte verteilten, die Kerim reaktionslos einsteckte. Sie streuten ihm Salz ins Wasser, warfen sein Besteck zu Boden oder die Serviette. Er steckte alles ein, ohne sich eine Stimme zu verschaffen. Gleichzeitig lernte er freiwillig weiter Vokabeln, immer hatte er sein Buch dabei. Als Schutzschild, meinte Carlo, der gesehen hatte, wie Kerim das Buch vor sich hielt, als ein anderer versuchte ihn zu stossen.

„Das sind Bestrafungen dafür, dass er Said hängen gelassen hat", erklärte Bedran. „Da können wir nicht viel tun, nur schauen, dass es nicht Überhand nimmt."

„Ich erlebe Kerim sehr viel ernster und aufmerksamer, als bei Beginn der Reise oder gar vor der Reise", meinte Stella und Carlo bestätigte ihren Eindruck.

„Kerim ist ein Mitläufer, er war bei den Diebstählen nie allein, immer waren ältere dabei, die ihn angestiftet haben. Bestimmt ist er auch in Brighton nur unter Saids Druck abgehauen."

„Gerade deshalb ist für ihn die Ausgrenzung wohl besonders hart", meinte Martina und fragte, wie sie ihm wohl helfen konnten.

„Wir können nicht viel tun", wiederholte Bedran. „Das sind die Hierarchiespielchen unter Männern. Kerim ist jetzt zuunterst und muss sich erst wieder nach oben kämpfen. Wenn wir ihm irgendwie helfen oder ihn unterstützen oder gar beschützen, verzögert sich sein weiterer Aufstieg höchstens noch."

„Männerspiele", meinte Stella so verächtlich, dass Carlo aufblickte und sie aufmerksam ansah. Sie bemerkte es und schien darüber verärgert, denn sie zog die Augenbrauen zusammen, wie er es von ihr kannte, so dass er nun behutsam sein musste mit Worten, bis sich die Falten auf der Stirn wieder glätteten. Martina hingegen schüttelte bloss den Kopf.

„Kerim tut mir Leid, von allen Seiten unter Druck, ich frage mich, wie er sich überhaupt wieder integrieren kann." Es wusste niemand eine Antwort.

Als auch Said wieder zu den anderen stiess, häuften sich die Gehässigkeiten gegen Kerim. Said benahm sich wie ein gestrandeter Held und scharte ein paar Anhänger um sich, Osman und Mohammed wichen nicht mehr von seiner Seite, schenkten ihm Wasser ein, reichten ihm Brot und leisteten ihm viele kleinere Dienste. Kerim wurde geschnitten und auch er selbst zog sich immer mehr zurück.

Sie legten in verschiedenen kleineren Häfen in Frankreich an, doch es blies ein heftiger kalter Wind, der Atlantik war rau und obwohl bald Juni war, froren sie. Die Häuser wirkten düster im nebelgrauen regnerischen Himmel und niemand verspürte Lust, die Wärme und die Sicherheit des Schiffes gegen unbekannte graue Dörfer in einem fremden Land einzutauschen. Einzig Kerim wurde zum Einkaufen mitgenommen, weil er seine Französischkenntnisse unbedingt erproben und beweisen wollte und so durfte er auch zweimal mit.

Beim dritten Mal verschwand er mitten aus einem Supermarkt und diesmal hatte er seine Amulette nicht mitgenommen.

Natürlich hätten sie es vorausahnen sollen, natürlich hätten sie ihm nicht nochmals eine Chance geben sollen, natürlich hätten sie sich denken sollen, dass er versuchen würde, seinen Kollegen und sich selbst zu beweisen, dass er nicht feige war, dass er es auch alleine schaffen konnte, dass er Mut zum Risiko hatte. Sie fanden einen kurzen Abschiedsbrief:

„Ihr werdet von mir hören. Denkt daran, wenn ihr die Bomben explodieren seht."

Dass Kerim nicht zurückkehren würde, wusste Carlo genau so, wie er sich in Brighton sicher gewesen war, dass die beiden wieder auftauchten. Selbst wenn er zurückgekehrt wäre, hätte er ihn entweder nach Deutschland schicken oder die ganze Zeit eingesperrt lassen müssen. Fast war es ihm lieber so.

An Bord war die Aufregung weniger gross als befürchtet. Said missgönnte Kerim den Ruhm dessen, der es geschafft hat und zischte nur immer wieder in die Runde, was von Osman und Mohammed mit übertrieben lautem Lachen kommentiert wurde. Martina war zerknirscht und gab sich die Schuld, weil sie insistiert hatte, dass Bedran Kerim zum Einkaufen mitnehmen sollte, das sei motivierend und so, er hatte sich überreden lassen, ihr zuliebe, wie er meinte.

Bedran wollte die Jungs sofort wieder einschliessen, aber Carlo winkte ab.

„Wir machen uns ja lächerlich", sagte er bloss und dass er den Heimleiter anrufen wolle, denn alleine könne er nicht entscheiden, wie er sich nun weiter zu verhalten habe.

Das Telefongespräch kostete ihn Überwindung, weil er noch nie gerne Niederlagen eingestanden hatte. Er lehnte Stellas Begleitung ab und suchte eine Telefonkabine, damit er ungestört blieb.

„Einer weniger, der uns Steuerzahler auf der Börse lastet", war sein Kommentar und Carlo war einen Augenblick lang sprachlos. „Was willst du, der Junge ist Franzose, sein Vater ist dort geboren, die sind grosszügiger als wir, die Franzosen", meinte er noch und lachte schallend, „sollen die sich um ihn kümmern, bei uns ist nichts hängig, soll er doch in Frankreich bleiben. Das wäre doch die Ideallösung, lade doch die Jungs einfach in ihren Heimatländern ab. Die anderen, die inzwischen vorübergehend hier eingezogen sind, bleiben gerne noch länger. Immerhin geben wir ihnen die Möglichkeit einen Schulabschluss oder eine Lehre zu machen. Es warten genug andere auf einen Platz, sag das den anderen, die noch auf dem Schiff sind." Carlo war zunächst wirklich konsterniert, doch als er auflegte, fühlte er sich erleichtert. Tatsächlich, seine Argumentation war durchaus plausibel und entlastend und genau so teilte er es den Jungs auch mit und nahm ihnen damit den Wind aus den Segeln, da sie wohl geglaubt hatten, nun Druck auf die Leiter ausüben zu können.

Auch Martina schien sehr erleichtert, dass die Angelegenheit so reibungslos zu erledigen war, nur Bedran fragte ihn nachher noch, als die Jungs aufgeregt schwatzend über das Boot zerstreut waren, was denn somit der Zweck ihrer Reise sei.

„Der Zweck unserer Reise ist die Reise selbst", sagte er ohne viel zu überlegen, klang gar nicht einmal so schlecht, lobte er sich und vermied Bedrans zweifelnden Blick. Dann entschuldigte er sich und zog sich in seine Kabine zurück. Er wollte dem nachgehen.

„Wenn der Zweck der Reise die Reise selbst ist, dann frage ich mich, wieso wir uns so viele Umstände machen, sie unterrichten, sie erziehen wollen", wandte Martina ein, als sie im Team darüber berieten.

„Wir machen eine Reise und das ist alles. Wir lernen neue Länder kennen, neue Gegenden, wir lernen fischen und navigieren und miteinander auskommen, dann gehen wir zurück und bis zu ihrer Entlassung sollen die Jungs noch ihre Lehre oder Schule beenden. Dann müssen sie selber schauen. Vielleicht bleibt ihnen diese Reise in Erinnerung als ein grosses Abenteuer, dass sie gemeinsam bestritten haben."

„Ich will weg von Frankreich", meinte Stella bloss. „Jetzt sind wir tagelang der Küste entlang gefahren, die See ist rau, der Himmel grau", und sie konnte nicht mehr weiterreden, so begeistert waren alle von ihren Dichtkünsten, die sie nicht einmal bemerkt hatte, und ihre Anspannung löste sich in einem langen Gelächter, bei dem jeder den anderen immer wieder von neuem ansteckte.

„Die See ist rau, der Himmel grau" wurde zu ihrem Motto erhoben und als sie beschlossen, wieder loszufahren, erschien die Aussicht auf Sonne und Wärme als Rettung vor der Nässe und Kälte, die ihnen hier entgegenschlug. Martina und Oli hakten sich unter und sangen laut und falsch „Die Sonne scheint bei Tag und Nacht, evviva l'España." Bedran tippte sich an die Stirn und begann mit dem üblichen Durchchecken des Schiffes vor der Abfahrt.

Die Jungs waren etwas verwirrt über die Heiterkeit ihrer Leiter, doch sie hüteten sich vor zu vielen Fragen, sie waren wohl alle erleichtert, dass keine Massnahmen eingeleitet wurden, die sie in ihrer Freiheit eingeschränkt hätten.

113

Als sie der französischen Küste weiter entlang fuhren, stand Carlo an der Reling und blickte über den Atlantik. Es wurde ihm erstmals so richtig bewusst, dass vor ihnen Amerika lag. Dort auf der anderen Seite des Ozeans lag es, das unbekannte unerforschte Land am Ende der Welt. Ihr kleines Schiff konnte nicht übersetzen, sie mussten weiterfahren, der Küste entlang in den Süden, dessen Stimme ihn immer stärker rief.

Martina wollte unbedingt nach Fatima in Portugal, Stella hatte sich ihr angeschlossen. Als sie erzählte, dass in Fatima die Muttergottes Maria drei Hirtenkindern erschienen war, herrschte grosse Aufregung auch bei Said und seinen Jüngern, wie Carlo und Stella sie inzwischen schon nannten und diese wollten unbedingt auch dort hin.

„Fatima hiess auch die Tochter Mohammeds", erklärte Martina grinsend und sie beschlossen, die Jungs auf keinen Fall über ihren Irrtum aufzuklären. Wenigstens hatten sie nun ein gemeinsames Ziel.

Fatima

Als Martina und Stella beschlossen, nach Fatima zu gehen, hatten sie beide ihre Gründe dafür, einen solchen Wallfahrtsort aufsuchen zu wollen. Carlo hatte nachgebohrt, wieso ihr das plötzlich so wichtig sei, sie hätten ja auch nach Santiago de Compostela gehen können, das hätte näher an der Küste gelegen und Spanisch konnte er, und sie doch auch ein bisschen, aber portugiesisch, da habe sie doch auch früher schon gesagt, dass sie das kaum verstünde. Aber sie wollte es ihm nicht sagen, erst in Sizilien, wenn überhaupt, hatte sie sich vorgenommen.

Die Jungs waren auch davon begeistert, nach Fatima zu fahren, endlich wieder einmal weg vom Schiff, auf dem Landweg, einen Bus nehmen und sich unter Touristen mischen. Fatima klang verheissungsvoll, orientalisch. Osman und Anhänger waren der festen Überzeugung, es handle sich um einen muslimischen heiligen Ort. Sie klärten sie nicht wirklich auf, denn dass der Ort nach einer schönen Maurenfürstentochter Fatima, die ihrerseits nach der Tochter des Propheten Mohammed benannt wurde, das stimmte ja.

Stella fieberte dem Ort entgegen, als könnte ihr der Bussgang tatsächlich Reinwaschung gewähren, als könnte sie alles ungeschehen lassen und Carlo, der ihre Anspannung bemerkte, liess sie in den nächsten Tagen unbehelligt, wofür sie ihm innerlich dankte.

Sie waren alle angespannt, seit sie Kerim ziemlich rasch aufgegeben hatten. Das hätten auch die Jungs nicht gedacht, dass sie Frankreich fast fluchtartig verlassen würden. Kerim war zum Held avanciert und sie gönnte es ihm irgendwie, selbst wenn er seinen zweifelhaften Ruhm nicht mehr auskosten konnte. Er hätte sich auch in Deutschland absetzen können, es war wohl einfacher für ihn, als sie bereits im Geburtsland seines Vaters waren. Sein Abschiedsbrief hatten sie den Jungs nicht zeigen wollen, aber er hatte vorgesorgt und ihnen auch einen geschrieben, ausführlich hatte er ihnen von seinen Märtyrerphantasien vorgeschwärmt.

„Schockierend daran finde ich vor allem", meinte Stella zu Carlo, „dass er durch solche Phantasien bei den anderen aufgewertet wird. Kerim ist nun wer und wenn sie seine zerrissene Leiche in den Nachrichten sähen, würden sie ihn beklatschen und ihm die Anerkennung erweisen, die ihm zu Lebzeiten verwehrt wurde."

Fatima als Ziel schien ihr und Martina auch deshalb als nächster Fixpunkt geeignet, weil sich der Legende nach die schöne Maurentochter Fatima im zwölften Jahrhundert dort aus Liebe zu einem christlichen Ritter habe taufen lassen und dort auch ihre letzte Ruhestätte gefunden habe.

„Soviel zur islamisch-christlichen Versöhnung", meinten sie. Martina war genauso versessen auf Fatima wie Stella und diese fragte sich, was für Schuldgefühle sie mit sich schleppte, denn grösser als ihre konnten sie wohl kaum sein. Ob ihr allein mit einem Sühnegang auf Knien bis zur Kapelle der Erscheinung bereits geholfen war, bezweifelte sie ohnehin, doch es drängte sie nach einem Ritual der Busseleistung und wo konnte sie das erhalten, wenn nicht in Fatima?

Sie hatte wieder geträumt, ihr Vater trete in ihr Zimmer, an ihr Bett und fasse unter die Decke, an ihre Brüste, zwischen ihre Beine und sie wachte starr auf.

Starr und gelähmt lag sie auf dem Bett, als es das erste Mal geschah und dann immer mit der Angst, er könnte wieder kommen, sie wieder berühren. Und so träumte sie noch davon, als wäre es ihre Schuld und nicht seine, als wäre es ihre Schande und nicht seine, als habe sie etwas zu verbergen und nicht er, als müsste sie Busse tun und nicht er. Und so gingen sie nach Fatima, als würden dort Antworten bereitstehen. Selbst die Jungs liessen sich von der Ernsthaftigkeit des Unternehmens anstecken.

Stella vermied es, mit Bedran allein zu sein und Carlo beobachtet das alles immer misstrauischer, aber er sagte nichts. Warum er wohl nichts sagt, fragte sich Stella und dachte daran, dass sie nie etwas gesagt hatte zu niemandem, als ihr Vater kam in der Nacht, weil man nicht sagt, was nicht sein soll, weil man nicht fragt, worauf man die Antwort nicht hören will.

Als ein Selbstmordattentat in einer Hafenstadt in Frankreich bekannt wurde, rissen sich die Jungs um die Zeitung, um zu sehen, ob sie vielleicht Kerim erkannten.

„Die erkennt man nicht, die sind zerrissen von den Bomben, die sie sich umschnallen", kommentierte Oli sarkastisch.

„Alle ausweisen aus Europa, das ganze Pack", klang es von der einen Seite.

„Jetzt schlagen wir zurück" auf der anderen. Es entstanden Fronten, wo es vor der Reise noch keine gab.

„Ob es daran liegt, dass sie entwurzelt sind, hier auf dem Schiff und sich nach ihrer Identität sehnen, die sie nicht in sich selbst begründet haben, sondern die sich nur in der Gemeinschaft mit ihresgleichen bilden lässt und ihresgleichen bedeutet Nationalität und Glaubensrichtung und so verbinden sich hier auf dem Schiff Leute, die nie zuvor miteinander zu tun hatten", meinte Stella.

Yussuf hingegen blieb eigenständig, zumindest bis jetzt und ebenso David und Derek. Matthias war froh, wenn man ihn in Ruhe liess und Mauro stand ausserhalb der Fronten. Er blühte langsam auf, weil seine Mutter Portugiesin war und er als einziger portugiesisch sprach. Carlo schien beunruhigt, ob nun Mauro auch abspringen würde, weil sie sich seinem zweiten Heimatland näherten und Stella konnte ihm diese Sorge einmal mehr nicht abnehmen. Mauro war ebenfalls ein starker Verfechter des Ausflugs nach Fatima.

„Ob er so skrupellos ist, sich während einer Wallfahrt absetzen? Da ist er vermutlich zu stark katholisch erzogen worden von seinen Eltern", bemerkte Carlo.

„Ich kenne sie zufällig", ergänzte ihn Stella, „ich habe sie kennen gelernt, als sie Mauro ins Heim begleiteten. Die Mutter hoffnungsvoll und zuversichtlich, dass Mauro bei uns nochmals eine Chance bekommt. Wieso er ein Dieb geworden sei, wisse sie nicht, viel hätte sie nicht verdient, aber was sie ihm geben konnte, habe sie ihm gegeben, doch es hatte ihm nicht genügt für Markenkleider, für die Handys und Laptops und Geräte, für die im Fernsehen andauernd geworben wurde. Er habe ihr gesagt, er gehe arbeiten bei Leuten, Gartenarbeiten erledigen, Reparaturen und so. Stolz sei sie gewesen auf ihn, den Arbeitsamen und eine grosse Enttäuschung nun, als sie erkennen musste, das alles nur auf Lüge und Betrug beruht habe."

Die Luft wurde wärmer, die Farben der Küsten leuchteten stärker, die Gerüche intensivierten sich, die Stimmen klangen rauer, die Gesten und die Mimik der Menschen erschienen lebhafter. Spanien.

Nordspanien, sagten sie sich und drängten weiter nach Süden, sie wollten die iberische Halbinsel umfahren, an Portugal vorbei, durch die Strasse von Gibraltar. Afrika sehen, den afrikanischen Wüstenwind einatmen, ins Mittelmeer einmünden, weg vom kalten Atlantik zum Mittelmeer. Auf den Spuren Odysseus' zurück nach zehnjähriger Irrfahrt in die Heimat, dachte Carlo, als er steuerbord auf das offene Meer blickte.

Es war Mittagsruhe, die meisten lagen in ihren Kojen. Von Stella war in den letzten Tagen eine eigentümliche Unruhe ausgegangen, ein Ausweichen, wenn Carlo auftauchte, ein Sich-Zurückziehen, das er nicht recht zu deuten wusste, dem er aber auch nicht wirklich nachspüren mochte. Auch diese Idee nach Fatima zu gehen, konnte er nicht wirklich nachvollziehen.

Sie hatten viele grosse Städte ausgelassen, die an der Küste gelegen hatten, um den Menschenströmen zu entgehen. Selbst Brest hatten sie ausgelassen, weil Kerim verschwunden war. An verschiedenen *pointes, iles* und *caps* waren sie vorbeigezogen, manchmal hatten sie festgemacht, für eine Nacht oder länger. Nun hiessen die Orte *puntas, islas* und *capos.*

Nur das Schiff hatte gezählt und die Menschen darin und die Fahrt. Bis diese Idee entstanden war nach Fatima zu pilgern. Pilgern nannten es die anderen, selbst Stella war versessen darauf und als sich auch Osman, Said und Mohammed vehement für diesen Ausflug einsetzten, hatte Carlo nichts mehr dagegen gesagt. Bedran sagte nur, er bleibe auf jeden Fall auf dem Schiff. Stella sah ihn mit einer Mischung aus Erleichterung und Schrecken an, als er sich an der Teamsitzung anerbot, zusammen mit Bedran auf dem Boot zu bleiben. Ein Blick, den er nicht zu deuten vermochte und den sie ihm auch später nicht erklären konnte oder wollte, als er sie darauf ansprach.

Yussuf wollte auch nicht nach Fatima und seit er sich durch diesen Entscheid offen gegen Said und seine Schar gestellt hatte, wie sie es wohl empfanden, häuften sich die Gehässigkeiten gegen seine Person. Matthias und Axel wollten auch nicht mit und so würden die an Bord gebliebenen in den Tagen der Pilgerschaft der anderen das Boot überholen und putzen, so dass es Carlo fast bereute, nicht doch mitgegangen zu sein, als er stundenlang das Deck schrubbte, wozu er eingeteilt worden war.

Stella hatte ihm keine Gelegenheit mehr gegeben sich auszusprechen, es sei ihr schlecht, sie fühle sich unwohl, das ewige Schaukeln an Bord zehre an ihren Nerven, sie brauche festen Boden unter ihren Füssen, vielleicht stiege sie aus dem Projekt aus, zunächst solle er sie nach Fatima gehen lassen, davon habe ihr immer ihre Urgrossmutter erzählt, sie brauche das jetzt, diese Muttergottesbegegnung, wie sie sie nannte und Carlo hatte schliesslich nichts mehr gesagt.

Stella war es tatsächlich häufig schlecht, so dass sie erbrechen musste und sie ging auch nicht mehr ans Steuer, obwohl sie so stolz auf ihre neu erworbene Fähigkeit gewesen war. Deshalb war sie erleichtert, als sie endlich den Hafen erreicht hatten, von dem aus sie ihren Ausflug unternehmen konnten.

Endlich wieder ohne das ständige Schaukeln schlafen, dachte sie und wunderte sich in der ersten Nacht darüber, dass das Bett schwankte.

Sie waren in einer einfachen Pension untergekommen und niemand hatte sich gewundert, dass drei Erwachsene mit so vielen Jungs auftauchten, es gab sehr viele Jugendgruppen aus der ganzen Welt in Fatima, die hierher kamen.

Es wurde ihnen erzählt, dass jeweils am dreizehnten Mai eines jeden Jahres über eine halbe Million Menschen den Weg zur Gnadenkapelle fänden, aber dann gäbe es keinen Platz mehr für alle, und die meisten müssten am Boden übernachten.

Stella war froh, dass sie später gekommen waren und diese Pension gefunden hatten. Martina und Stella teilten sich ein Zimmer, Oli würde zusammen mit den Jungs übernachten, für eine Nacht mache ihm das keine Probleme, meinte er und es sei wohl sicherer so, auf diese Weise habe er wenigstens eine gewisse Kontrolle und Übersicht.

Die Jungs verhielten sich erstaunlich diszipliniert und akzeptierten Olis Führungsanspruch ohne zu murren. Es gab ein Mehrbettzimmer, welches sie gleich in Beschlag nahmen, Oli wählte das obere Bett an der Tür, Mauro wies er das untere zu, damit er ihn zur Verfügung habe bei Problemen. Eine seltsame Euphorie hatte die Gruppe erfasst, sie liessen sich anstecken von der Stimmung, die herrschte, seit sie in Fatima angekommen waren.

Überall sahen sie Leute mit Kerzen in den Händen, Menschen, die auf den Knien rutschend ihren Weg zur Kappelle fanden, Kranke, die sich im Rollstuhl zur Basilika fahren liessen und auf Heilung hofften. Auf Heilung hoffte auch Stella, doch von Martina, der sie in dieser Nacht von ihrer Schuld erzählte, weil sie es irgendjemandem erzählen musste, weil sie sich befreien wollte davon, erhielt sie keine Absolution. Im Gegenteil, Martina begegnete ihrem Geständnis mit soviel Unverständnis und Aggression, dass Stella sich ärgerte, sich überhaupt anvertraut zu haben.

„Du bist ja total verrückt", wetterte sie, „total verrückt, betrügst deinen Freund auf dem Schiff hinter seinem Rücken, gibst ihn der Lächerlichkeit preis, machst ihn zur Hanswurst, verdammt, damit untergräbst du seine ganze Autorität..", und sie hätte wohl weiter geschimpft, wenn sie Stella nicht entschieden unterbrochen hätte.

„Warum regst du dich so auf?" fragte sie nun auch ärgerlich geworden.

„Weil es schon genug anstrengend ist mit der ganzen Situation auf dem Schiff klar zu kommen, mit all diesen Jungs und Oli und Bedran und mit dir und Carlo als Paar und ich die einzige allein stehende Frau. Solche Sachen merkst du gar nicht, und dann machst du gleich mit anderen Männern rum, weil dir einer nicht genügt, du, du, du.." und sie sagte es nicht, aber Stella hörte das Wort in ihren Ohren hallen, als wäre es ausgesprochen worden.

Sie hatte am Steuer gestanden, Bedran hinter ihr, der ihr erklärte, worauf sie zu achten habe beim Navigieren, und sie hatte sich nichts gedacht zunächst, als er ihre Hand berührte. Sie hatten oft schon so gestanden, sie vorne, er hinter ihr. Bedran hatte hinter ihr gestanden und plötzlich fühlte sie seinen Atem an ihrem Nacken und seine Hände wanderten über ihren Rücken, dann unter ihren Pullover und sie stand da, die Hände auf dem Steuer, heiss war ihr, und sie stand da starr, wie sie erstarrt war, als die Hände ihres Vaters auf ihren Brüsten geruht hatten, weil man nicht spricht, wenn geschieht, was nicht geschehen soll, und doch war das anders hier, denn jetzt war sie erwachsen und wusste, was diese Hände bedeuteten. Er hatte sich ganz leicht an ihr gerieben und sie hatte gespürt, wie hart er war und sie hatte nicht gesprochen und sich nicht bewegt und geradeaus geblickt auf das Meer, das schwarz vor ihr lag. Immer noch sprachen sie nicht, dann fassten seine Hände an ihren Bauch und sie stand immer noch am Steuer und drängte sich ihm entgegen. Vor ihr ging Matthias vorbei und winkte ihr zu, das alles in Ordnung sei und sie winkte zurück, während sie begehrt wurde und begehrte und begehrt wurde und begehrte und er stand hinter ihr, die Hände um ihre blanken Hüften, die er zu sich zog, die sich ihm entgegen bewegten, weil sie begehrt wurden und begehrten und sie öffnete sich ihm und er erfüllte sie, während sie sich ans Steuer klammerte, und sie sah die Sterne am Himmel und es wurden immer mehr und sie funkelten und strahlten, bis sie in einem Sternschnuppenmeer ins Wasser glitten.

„Vielleicht regt mich dein Verhalten so auf, weil ich gern an deiner Stelle wäre", sagte Martina nach minutenlangem Schweigen, in dem Stella bereits ihren Gedanken nachgehangen war und fast die Frage selbst schon vergessen hatte.

Stella setzte sich auf und wollte das Licht einschalten, doch Martina kam ihr zuvor und im Dunkeln berührten sich ihre Hände.

„Ich habe mich ein bisschen verliebt in Bedran, weisst du", meinte sie nur noch und Stella sank beschämt in ihr Kissen zurück.

„Es tut mir Leid", murmelte sie bestürzt. „Zwischen Bedran und mir ist eigentlich gar nichts", sagte sie noch und erntete einen höhnischen Lacher von Martina, der sie aufbrachte. „Ich meine nur, dass Bedran und ich keine Beziehung haben und auch keine Beziehung wollen, das, was geschehen ist, das ist nur, wie soll ich sagen, das ist geschehen in jener Nacht, ungewollt von mir jedenfalls. Ich bin hineingeraten irgendwie und", sie wusste nicht recht weiter und Martina half ihr auch nicht, die richtigen Worte zu finden.

Sie lagen wieder eine Zeitlang ruhig und schweigend und Stella spürte, wie das Bett unter ihr schwankte. Sie war nach Fatima gekommen, um eine Entscheidung zu treffen, um sich von einer Bürde zu befreien und gegebenenfalls eine andere aufzunehmen. Sich von Carlo zu trennen vielleicht, wenn das die notwendige Konsequenz ihres Fehltritts sein müsste.

„Was denkst du?" fragte sie Martina, die nicht sogleich antwortete.

„Überlass ihm die Entscheidung", meinte sie dann und Stella erschrak vor dieser Antwort. Es würde bedeuten, dass sie ihm die Wahrheit sagen musste, dass sie sprechen musste, worüber man nicht sprach, weil man nicht sagte, was nicht sein durfte. Und sie erzählte Martina von den Übergriffen ihres Vaters. „Du ziehst das an", meinte sie dann und Stella war es, als hätte sie ihr nun das Wort doch gesagt, das vorhin nicht über ihre Lippen kam. Doch Martina entschuldigte sich sogleich, als sie gemerkt haben musste, wie tief Stella getroffen war, und diesmal griff sie zum Lichtschalter und wieder begegneten sich ihre Hände und berührten sich und wieder blieben sie im Dunkeln.

Danach lagen sie wieder beide mit verletzten Gefühlen in ihren Betten und starrten in die Nacht. In Stellas Bauch ziepte es unangenehm und sie fragte sich, ob sie ernstlich krank würde, und als Martina als erste das Schweigen brach, antwortete sie versöhnlich, so dass sie sich bis in die frühen Morgenstunden Dinge erzählten, die sie bis jetzt für sich behalten hatten.

So geläutert gingen die beiden Frauen an die Morgenfeier, in der jeweils das Gnadenbild der Muttergottes in einer Prozession vom Portal der Basilika zum Altar gebracht wird. Als schliesslich nach der Messe die Segnung der Kranken erfolgte, reihte sich Stella ein, ohne sich nach Martina umzusehen und war erfreut, sie neben sich zu sehen.

„Eine Segnung kann nie schaden", überspielte sie ihre Verlegenheit und Stella drückte ihr kurz die Hand. Martina hatte ihr anvertraut, dass sie sich schon lange nach einem Freund sehnte, denn aus irgendwelchen seltsamen Gründen hatte sie noch nie eine Beziehung gehabt. Dabei war Martina hübsch und intelligent und konnte auch lustig sein, was sie hier auf diesem Schiff noch nicht wirklich ausleben konnte, aber sie hatte so viel versprechende Grübchen auf den Wangen, hatte auch Oli einmal gesagt und Martina errötete, als es ihr Stella erzählte. Jedenfalls standen sie in der Reihe und hofften auf den Segen, der ihnen Heilung, Genesung und eine reiche Zukunft bescheren mochte.

Gegen Mittag wurde dann die Muttergottesstatue wieder zurück zur Erscheinungskapelle gebracht und überall wurde mit weissen Tüchern geweht und sie verabschiedeten sich von der Muttergottes und suchten erstmals nach Oli und den Jungs.

Sie fanden sie ziemlich rasch alle zusammen, nur Mauro fehlte. Er hatte eine Telefonkabine gesucht und gefunden und sprach gerade mit seiner Grossmutter, die in einem Dorf weiter südlich wohnte. Mauro kam wenig später zurück, aufgewühlt wie ihnen schien, doch er wollte zunächst nichts sagen. Erst auf dem Zug zurück zum Hafen, wo die Naval auf sie wartete, brach es aus ihm heraus, als ihn Oli fragte, ob und wann er die Grossmutter treffen wollte.

„Sie will mich nicht sehen, weil ich ein Dieb sei und zuerst solle ich meine Strafe absitzen und mich bessern und erst dann wolle sie mich wieder sehen."

„Hast du gesagt, dass wir in Fatima waren?" mischte sich Martina ein, die zugehört hatte und Mauro nickte.

„Ja, sie meinte, es sei ein guter Anfang und ich solle nun eine Arbeit suchen und finden und Geld verdienen und dann wieder kommen, sie würde dann auch mitkommen nach

Fatima." Mehr wollte er nicht mehr sagen, er hatte schon mehr gesagt, als sie zu hören gehofft hatten und sie waren froh darum.

Bevor sie wieder aufs Schiff stiegen, ging Stella nochmals zu Martina, um sich zu vergewissern, dass sie nichts erzählen würde.

„Ich will es ihm selber sagen, Martina, dazu muss ich eine gute Gelegenheit abpassen, aber ich verspreche dir, spätestens in Sizilien will und muss ich es ihm erzählen." Martina nickte nur, doch Stella schalt sich dennoch, bereits wieder ein Versprechen abgegeben zu haben.

Als sie das Meer wieder vor sich liegen sahen, war allen das Gefühl des Heimkommens gemeinsam. Auch Said und Osman und Mohammed hatten gebetet in Fatima, wie und zu wem genau hatte Oli nicht wirklich eruieren können, doch schien ihm diese Konstellation und eine solch gemeinsame interreligiöse Veranstaltung, wagte er fast zu sagen, zukunftgestaltend.

„Maria wird auch im Koran verehrt und Jesus als hoher Prophet geniesst höchste Anerkennung", meinte Mohammed auf Anfrage und Oli fragte sich nur, woher er das Wissen hatte.

Auf dem Boot wurden sie herzlich empfangen, Carlo und Bedran hatten gemeinsam mit den zurückgebliebenen Jungs das Schiff auf Vordermann gebracht und sie hatten ein tolles Abendessen vorbereitet. Alle schienen froh, wieder komplett zu sein und nur Kerims Fehlen war eine Lücke, die sich nicht schloss.

Inzwischen hatten die Zurückgebliebenen die Karten studiert und bereits vorsondiert, wohin es als nächstes gehen würde und gleich auch ein paar geschichtliche und politische Informationen vorbereitet.

Nach Gibraltar sollte es jetzt gehen, durch die Meerenge ins Mittelmeer. In Capo da Roca wollten sie noch anlegen, dem westlichsten Punkt des europäischen Festlands, das machte sich doch gut, nachdem sie den nördlichsten bereits gesehen hatten. Und von dort südwärts und um die Ecke an die berühmte Küste Portugals, die Algarven, dann weiter nach Spanien, bis nach Tarifa, Algecires und Gibraltar. Die Meerenge von Gibraltar erschien Carlo, je näher sie ihr kamen, immer stärker als Tor zur Hölle: Voi ch'entrate lasciate ogni speranza. Lasst alle Hoffnung fahren, ihr, die ihr eintretet.

Er wusste nicht zu sagen, woher diese Idee gekommen war. Vielleicht war es, weil er sich seiner Geburtsinsel näherte, die er so lange schon nicht mehr gesehen hatte, vielleicht war es auch, weil Stella immer noch so unnahbar war.

Er hatte gehofft, sie käme verändert zurück von Fatima, so wie früher, hatte er gedacht und ertappte sich dabei, dass er an früher dachte. Wie war sie denn früher gewesen, musste er überlegen. Und jetzt würden sie bald durch das Tor fahren, durch das Tor und die Freiheit hinter sich lassen, den Atlantik, der Freiheit und Ungebundenheit bedeutete, den Atlantik, von dem aus die Seefahrer nach Amerika gefahren waren und diese Weite tauschte er gegen die Enge des Mittelmeers aus, gegen die Enge des Heimatlandes, wo er wieder zu Carlo Carlino werden würde, dem Jungen, dem Fischersohn.

Er würde diesmal seinem Vater als erwachsener Mann entgegen treten. Er hätte gerne Stella an seiner Seite gespürt, hätte sie gerne an der Hand genommen, sie als seine Frau vorgestellt. Doch Stella zog sich weiter zurück, schloss sich in ihre Kabine ein, sagte, ihr sei übel auf dem Schiff und er fragte sich, wie lange sie dieses Versteckspiel noch mit ihm zu spielen gedachte.

Die Strasse von Gibraltar

Sie kamen dem schwarzen Kontinent näher, dem Ursprungsland aller Völker, der schwarzen Eva, der Urmutter der Menschen, deren Knochen dort gefunden wurden. Die Strömungen trieben das Schiff stärker, die Winde bliesen heftiger und die Menschen auf dem Schiff waren Spielball der Gezeiten, der Winde, der Strömungen, der Meere.

Alle waren an Bord, um einen ersten Blick auf Afrika zu werfen und als sie es erblickten, das Mutterland, wurde gerufen und gepfiffen und gejohlt, als hätten sie Amerika entdeckt. Und jeder wollte mal kurz ans Steuer, um das Gefühl zu erleben, ein neues Land zu entdecken, auf es hinzusteuern, Eroberer zu sein einer neuen Welt und dann, als sie dauernd den Kurs korrigierend ostwärts abdrehten, sahen sie die riesigen Schiffe, die ihnen entgegen flossen mit Kurs auf die grosse Weite, die ihnen verwehrt blieb in dieser kleinen Schaluppe. Sie zogen an ihnen vorbei und die an Bord winkten, und sie winkten auch.

Staunend fuhren sie durch die Meerenge und alle hingen an der Afrika zugewandten Reling, so dass sie einige Jungs nach backbord schicken mussten, denn der Seegang war heftig und die Winde wirkten fast wie Düsen. Der Schiffsverkehr war erstaunlich, so viele Schiffe hatten sie bis jetzt noch nie gesehen, ganz klein fühlten sie sich auf ihrem Boot.

Stella war immer noch übel und sehnsüchtig blickte sie auf das Land vor ihr, so nahe schien es, sie konnten gleich anlegen. Sie hatten entschieden, Kurs auf Lampedusa zu nehmen. Lampedusa, eine kleine Insel vor Sizilien, Hafen für viele Gestrandete, Flüchtlingsinsel für Asylsuchende aus Afrika, dorthin wollten sie gehen und den Jungs die Auffanglager zeigen, meinte Carlo und fand breite Zustimmung.

„Damit sie sehen, wie es ist, nach Europa kommen zu wollen, zu erfahren, was sie suchen, die Marokkaner, Tune-

127

sier, Algerier, Senegalesen, Sudaner, damit sie sehen, was sie bereits hätten, falls sie es nicht immer wieder neu aufs Spiel setzten, damit wir uns ein Bild machen von den Zuständen dort."

Lampedusa ist Sizilien, ist Heimatland, ist Carloland, dachte Stella. Vermutlich wollte er nach Lampedusa, um sich auf die Begegnung mit seinem Land vorzubereiten, damit es ihn nicht gleich so traf, wieder die Landessprache zu hören, den Dialekt seiner Heimat, seine Leute zu sehen.

Möwen begleiteten sie, die Luft war lau, sie waren durch die Meeresöse hindurch. Stella stand in diesem Augenblick nicht neben Carlo, der sehr bedrückt wirkte, er stand als einziger am Heck und blickte rückwärts und doch mochte sie nicht zu ihm gehen, denn sie wusste, worauf er zurückblickte, und sie konnte jetzt nicht über die Vergangenheit trauern, jetzt, wo sie glaubte zu wissen, dass neues Leben in ihr entstand. Sie erschrak ob diesem Gedanken, der sie überkommen hatte, ohne dass sie ihn bewusst gedacht hatte, er hatte sich selbst erschaffen und sich ihr zugewandt und sich ihr auf diese Weise offenbart. Jetzt, wo neues Leben in dir entsteht, dachte es, jetzt kannst du nicht mehr zurückblicken.

Die Jungs hatten ihr Interesse an Afrika bereits verloren, als sie durchgefahren waren, ein paar maulten, sie wollten nach Gibraltar, andere wollten auf die Partyinseln Ibiza oder Mallorca.

Carlo war ans Steuer gegangen um Bedran abzulösen, einige Jungs fischten, es wurde Karten gespielt. Stella blieb an Deck, die frische Luft tat ihr gut und half die Übelkeit zu bekämpfen, die sie seit Tagen schon spürte, für die sie gerade erst eine Erklärung erhalten hatte, und sie blickte auf Afrika, das an ihr vorbeizog und sie wünschte sich, dass das Kind in ihr allein durch den Anblick des Kontinents einen anderen Vater bekäme, einen schokoladenbraunen mit weissen Zähnen und breitem Lachen und schönen krausen Haaren, damit es diese Haut bekäme, die sie immer schon anzog. Und als sie an den Vater dachte, während das Land an ihr vorüberzog, begann sie zu rechnen und sie rechnete und rechnete und sie musste sich bestürzt eingestehen, dass sie nicht mit absoluter Gewissheit wissen konnte, wer der Vater war.

Und weil ich nicht weiss, wer der Vater ist, ist dieses Kind vaterlos, dachte sie, und ich weiss nicht mehr, warum ich überhaupt schwanger wurde, ich nahm doch die Pille, das kann ja gar nicht sein und seit das geschah mit Bedran, nahm ich sie nicht mehr, weil ich dies zuerst bereinigen wollte mit Carlo, bevor ich ihm wieder nahe sein wollte, denn das wäre erst Betrug gewesen. Das ist kein Seitensprung, wenn man nicht mehr zurückhüpft. Ich bin nicht zur Seite gesprungen und bin jetzt wieder mit Carlo zusammen und tue, als ob nichts gewesen wäre. Da war ein Bruch, da habe ich ein Abenteuer erlebt, könnte man sagen, da ist mir ein Fehler passiert, da bin ich weich geworden oder ich habe nicht aufgepasst, habe nachgegeben, habe mich nehmen lassen, ohne auf meine innere Stimme zu hören, die mir davon abriet und jetzt noch dieses Kind. Ein Kind ohne Vater.

Stella ertappte sich dabei, dass sie betete, lasse es bitte bitte bitte bitte Carlos sein, Carlos Kind und nicht das von Bedran. Was soll ich mit einem Kind von Bedran, dachte sie, ich wollte nie und nimmer ein Kind von Bedran. Warum hat denn die Pille nicht gewirkt? Vielleicht wegen der Seekrankheit, ich Idiotin, die Seekrankheit natürlich, als ich anfänglich dauernd erbrechen musste, da kannst du lang ein paar Pillen nehmen und sie gleich wieder auskotzen, das ist, als hättest du gar nichts genommen. Nur nicht Bedrans Kind sollte es sein, damit konnte sie gar nichts anfangen. Was für ein Unterschied macht es, dachte sie, was für ein Unterschied macht es, ob es Bedrans oder Carlos ist? Beide hatten schwarze Haare, dunkle Haut. Was für ein Unterschied konnte es machen, Carlo würde es nicht einmal merken, sie konnte ihn betrügen ein Leben lang und das Kind auch und Bedran auch. Wenn sie doch nur Martina nichts gesagt hätte.

Langsam brach die Nacht herein.

„Hast du nicht kalt?" Carlo stand neben ihr, sie hatte ihn nicht gesehen und zuckte zusammen. „Hast du nicht kalt oder Hunger? Du stehst seit Stunden schon da. Wir sind an Gibraltar vorbeigezogen, das wolltest du doch sehen", meinte Carlo und sie wusste gar nicht, dass sie es einmal sehen wollte, wie lange dies schon vorbei war. Warum sollte sie Gibraltar sehen wollen? „Ganz eng ist es da, wenn du ans Heck gehst, siehst du es noch." Und ohne zu sprechen gingen sie ans Heck und blickten der Gischtspur entlang, die das Schiff gemacht hatte, die Strasse von Gibraltar, dachte sie. Dort, der Felsen, auf dem Gibraltar gebaut wurde. Und es war ihr, als wäre das Tor zur Vergangenheit geschlossen worden und sie könnte nie mehr zurück, und Carlo stand neben ihr und sagte dasselbe:

„Mir ist, als wäre ich durch das Tor zur Hölle gefahren." Sie sagte nichts, er redete weiter. „Du bist in Deutschland aufgewachsen, Stella, du hast wohl kaum Dante gelesen." Sie verneinte. „Als Dante durch den Wald irrt und Vergil begegnet, da führt dieser ihn zum Tor der Hölle und dort steht *Ihr, die ihr hier eintretet, lasst jegliche Hoffnung fahren* und Dante tritt ein im Vertrauen auf Vergil, seinen Meister, auf dass er lernen möge und mir ist, Stella, als würde eine schwere Zeit auf mich zukommen." Und sie sagte nichts, denn sie wollte zuerst sicher sein, und sie beschloss in Acireale zum Arzt zu gehen.

„Ich muss zum Arzt, Carlo, wegen meiner dauernden Übelkeit. Aber ich möchte damit warten, bis wir in Acireale sind. So schlimm ist es wohl nicht, dass ich gleich in Lampedusa zum ersten besten muss. Deine Verwandten kennen bestimmt einen guten Arzt, denke ich mir." Carlo nickte nur und blickte traurig. Sie konnte ihm nicht sagen, was er hören wollte. Sie schwieg lieber, denn jedes Wort konnte verletzen. Sie standen eine Zeitlang da, bis zum Abendessen gerufen wurde, und Carlo liess sie vorgehen. Er wolle noch die letzten Erinnerungen einfangen, meinte er, doch wieder kam nichts von ihr, und sie musste ihn dort alleine zurücklassen, denn sie wusste ja selbst nicht, wie es wirklich um sie stand, und bis sie keine Bestätigung hatte, würde sie nichts sagen. Sie ging in den Speisesaal, wo sich Mauro und Detlev ins Zeug gelegt hatten, und um wenigstens sie nicht zu kränken, zwang sie sich zu essen.

Carlo ging an diesem Abend nicht in den Speisesaal, auch wenn er dadurch den Gerüchten noch mehr Vorschub leistete. Es war ihm unangenehm, dass nun die anderen mitbekamen, dass Stella und er Probleme hatten. Er war es gewöhnt gewesen, Arbeit und Privatleben zu trennen, deshalb hatte er sich wohl auch nicht gleich verliebt in Stella, als er sie kennen gelernt hatte im Erziehungsheim. Obwohl, aufgefallen war sie ihm sofort, durch ihre frische Art und wie sie sich gleich eingebracht hatte ins Team, etwas zu forsch fast, hatte er gedacht, als sie gleich bei der ersten Teamsitzung schon Verbesserungsvorschläge machte.

Der afrikanische Landstrich zog geheimnisvoll magisch an ihm vorüber. Vor wenigen Wochen erst hatte er in das Meer des Nordens geblickt und war den Wikingern nachgezogen, jetzt sah er die Griechen, Atlantis lag hinter ihm, er hatte nach unten geblickt, als sie durch die Meerenge schifften, ob er einen Giebel erspähen konnte der versunkenen Stadt, ihm war, als würde es wispern und raunen unter ihm.

Sie hatten nebeneinander gestanden wie Fremde vorhin, dachte Carlo, als hätten sie nie zusammen gehört. Zum Arzt wollte sie, hatte sie gesagt, um nicht mit ihm reden zu müssen vermutlich, dachte er. Carlo blickte dem Landstrich nach, der zu entschwinden begann, denn Bedran hielt wie abgesprochen Kurs auf Lampedusa. Lampedusa, sizilianische Erde, sizilianische Sprache - sein Land, sein Volk.

Carlo fühlte die Veränderung in ihm, seit sie Kurs auf seine Heimat hielten, und er war froh, dass sie zuerst auf dieser ihm unbekannten Insel anlegen würden. Der Besuch seines Heimatlandes stellte ihn vor eine besondere Herausforderung, als ob er für das Benehmen der Menschen dort selber verantwortlich wäre. Er hoffte auf schönes Wetter, auf ein sturmfreies Meer, auf gutes Essen, auf freundliche Menschen, als müsste er für alles Rechenschaft ablegen. Mein Land, dachte er, meine Region und er hatte nicht bemerkt, dass inzwischen Axel neben ihm stand, wohl seit längerem schon und das Gespräch mit ihm suchte.

Er versuchte seine Überraschung zu verbergen und sah ihn mit hochgezogenen Augenbrauen fragend an.

„Osman und Said belästigen Mohammed, glaube ich", brach es aus Axel heraus, ohne dass er einen einleitenden Satz dazu ausgesprochen oder herumgedruckst hatte oder mit ausschweifenden Ausführungen begonnen hätte. „Vielleicht auch Yussuf und David, ich bin mir nicht sicher", fügte er hastig hinzu und wollte wieder weg, weil Carlo nicht gleich antwortete. Er hielt ihn aber schnell am Ärmel fest und zog ihn bestimmt neben sich an die Reling zurück.

„Ich bin sprachlos, deshalb fand ich nicht gleich die richtigen Worte", meinte er und wusste nicht weiter. Sexuelle Belästigung, dass Axel davon sprach musste er nicht fragen.

„Vergewaltigung?" fragte er nur und betete innerlich, er möge es verneinen.

„Ich weiss es nicht", antwortete dieser nur, „aber Spielchen auf jeden Fall, aber ob die anderen freiwillig mitmachen, möchte ich bezweifeln."

„Wolltest du deshalb die Kabine tauschen?" fragte Carlo und hätte sich auf die Zunge beissen mögen, als Axel finster schwieg und nur nicht wieder ging, weil er ihn immer noch am Ärmel festhielt. Immer das gleiche Muster, dachte Carlo und hätte gerne später mit Stella unter vier Augen darüber gesprochen und nicht an der Teamsitzung, wo alle zuhörten und er gewisse Dinge nicht aussprechen durfte, um Stella nicht blosszustellen.

Carlo seufzte auf. „Genügt es, wenn ich Osman und Mohammed in eine Einzelkabine stecke?" Das war schon besser, dachte er, denn Axel entspannte sich und nickte. Eine Begründung musste er sich nur noch ausdenken, denn eine Einzelkabine war natürlich auch ein Privileg und weshalb gerade die beiden dazu kommen sollten, nach all dem, was sie sich geleistet hatten. Er hätte Axel fragen wollen, wie er von den Übergriffen erfahren hatte und welcher Art sie waren und inwiefern er selbst Opfer davon gewesen war und wie das überhaupt im Heim ablief, aber da hatten sie Einzelzimmer. Auf dem Schiff hatten sie keine Möglichkeit dazu, daran hätten sie denken müssen, schalt er sich und sagte es laut. Axel schüttelte bloss den Kopf.

„Im Heim kontrollieren wir uns gegenseitig, da passiert das weniger, da können wir auch mal weg in den Ausgang, hier sind wir immer zusammen und da haben sich andere Gruppen herausgebildet. Said und Osman glauben der Kopf zu sein und wehe, man kritisiert sie, die haben inzwischen weltweite Kontakte." Axel flüsterte dies erbittert.

„Wer, sie?" hakte Carlo verständnislos nach.

„Die Islamisten, darauf berufen sie sich doch und dass sie eben nur untereinander hacken, macht es ja noch schwieriger, solange sie uns in Ruhe lassen, kann es mir ja eigentlich egal sein, aber ich denke, das gibt noch Krieg hier auf dem Boot, wenn es so weiter geht, denn die Moslems hacken gegenseitig aufeinander rum, es geht um die Rangordnung, aber wir haben ruhig zu sein bei alledem und genau das passt mir nicht. Ich wäre gerne nach Ibiza oder Mallorca gegangen, da hat es auch viele Deutsche und es gäbe was zu feiern, aber inzwischen fahren wir nur noch und jetzt kommen wir auf deren Hoheitsgebiet, und da ist mir unwohl dabei." Er hatte sich in Fahrt geredet und Carlo blickte stumm aufs Wasser und fühlte fast körperlich, wie der Osten näher kam und mit ihm die andere grosse Religion, die Religion von Allah, dem Gebieter über die Länder und Meere und die Macht, die diese Religion in verstärktem Masse auszuüben begann.

Angst hatte in Axels Stimme gelegen, Angst vor der unbekannten bedrohlichen Macht, die aus Ohnmacht zelebriert wurde. Die Paarung von Macht und Sexualität war ja beileibe nichts Neues.

„Bist du dir sicher bei Yussuf?" fragte er nach, denn der war doch stets eigenständig geblieben, hatte er wenigstens gedacht, aber Axel war sich bei keinem sicher. Ob er selbst nicht doch auch Opfer geworden war, dachte Carlo, doch wenn er ihn wieder fragte, würde er wieder nur finsteres Schweigen ernten. Das war ein Tabu, darüber sprach man nicht, schon gar nicht, wenn es einem selbst geschah, die anderen, über deren Probleme konnte man sprechen, wohl deshalb verriet er die beiden wohl. „Gut, ich werde das weiter beobachten", sagte er deshalb nur und noch, „Wir werden nach Sizilien fahren, ein paar Tempel anschauen vielleicht, den Vulkan, wenn ihr möchtet. In die ehemaligen jugoslawischen Länder gehen wir nicht, da ist die Situation zu kompliziert für uns alle, aber Griechenland möchten wir noch umschiffen, um in die Türkei zu gelangen. Seit Ata Türk sind die säkularisiert", versuchte Carlo ihn zu beruhigen, aber Ata Türk und säkularisiert waren nicht gerade hilfreiche Formulierungen und Axel blickte sogar noch skeptischer.

„Hier gelten andere Regeln als im Heim, und dass ihr in der Leitung Troubles habt, merken wir ja auch, wir sind ja nicht blöd, aber das schwächt eure Position und verstärkt die ihre." Ihr in der Leitung, hallte es in ihm nach, ihr in der Leitung.

„Meinst du Frau Iovinella und mich?" fragte er deshalb nach, aber Axel zuckte nur mit den Schultern.

„Alle miteinander, man versteht ja gar nicht mehr, was da abgeht, wer mit wem wie steht und ich frage mich, warum wir nur fahren und kaum noch anlegen, das soll eine Europareise sein?"

Er war zu egoistisch gewesen, dachte Carlo, er hatte nur an sich gedacht, er hatte nach Lampedusa gewollt, er hatte ein erzieherisches Ideal vorgeschoben, aber es war ihm nur um sich selbst gegangen. Nach Sizilien hatte er gewollt, so schnell wie möglich.

„Ihr seid doch sonst nicht auf den Mund gefallen", wehrte sich Carlo dennoch, „weshalb habt ihr das nicht deutlicher gesagt?"

„Die anderen wollen doch möglichst rasch in die Türkei, ins Mutterland sozusagen."

„Aber Said zum Beispiel ist doch Kosovare", wandte er ein, was Axel mit einem verächtlichen Schnauben kommentierte.

„Es geht hier um die Religion, die Türkei ist der Vorhof zu den Ländern Iran und Irak, dort solidarisieren sie sich doch mit ihren so genannten bombenwerfenden Brüdern." Carlo fragte sich, ob Axel nicht seinerseits etwas gar militant auftrat, aber er hütete sich davor etwas zu sagen.

„Nun, gut, ich danke dir, dass du mich gewarnt hast, und ich werde an der morgigen Teamsitzung mit den anderen diskutieren, wie wir weiter vorgehen wollen. Für diese Nacht soll Osman in eine Einzelkabine verlegt werden."

„Erwähnen sie auf keinen Fall, dass ich den Tipp gegeben habe, sonst bin ich erledigt", sagte er noch und als er wieder weg war, fragte sich Carlo doch, warum er zu ihm gekommen war, und wie er jetzt weiter vorgehen sollte. Die meisten lagen wohl bereits in ihren Kabinen und mit welchem Argument sollte er diesen Wechsel in die Wege leiten? Wieder ertappte er sich dabei, wie er sich gerne mit Stella ausgetauscht hätte. Weder zu Bedran noch zu Oli noch zu Martina bestand diese Vertrautheit, diese Ähnlichkeit der Gedanken und Meinungen auch, die dazu geführt hätte, dass er eine Entscheidung hätte fällen können, die bestimmt die richtige gewesen und von der er auch überzeugt gewesen wäre.

Das war doch nicht möglich, dass er nicht einmal als Kollege mit Stella reden konnte, schalt er sich und beschloss, sie gleich heute noch um Rat zu fragen.

„Das Schiff ist ein enger, begrenzter Raum. Rundherum Wasser, das Land, das sie betreten, ist fremd. Sie sind zu zweit in einer Kabine, wenn wir etwas ändern wollen, müssen wir sie wohl isolieren. Du kannst sie ja nicht kontrollieren. Lass sie doch via Zettelchen oder Briefchen mitteilen, wer getrennt oder zu zweit in einer Kabine sein möchte", meinte Stella und die Idee leuchtete Carlo ein. Der eine oder andere mochte vielleicht gerne zu zweit in einer Kabine sein, und wenn sie selber entscheiden konnten, dann sollte alles geklärt sein und um das Mobbing während des Tages zu verhindern, konnten sie vermehrt Landausflüge machen.

Die Stunden an Bord wurden langsam anstrengend und auch das Unterrichten fiel ihnen allen schwerer als anfangs und die Konzentration hatte bei den Jungs merklich nachgelassen. Carlo blieb nicht lange in Stellas Kabine, weil sie sich zwar aufgesetzt hatte, um ihm zuzuhören, angespannt zu Beginn, aber sichtlich erleichtert, als er ihr das Problem darlege. Als wäre sie froh, dass es nicht um sie beide ging. Eigentlich hätte er mit ihr über den Missbrauch reden wollen, was er auslöst, was man tun, wie man damit leben, wie es dazu kommen kann. Aber die vertraute Nähe fehlte. Etwas war geschehen, dachte er und wusste nicht was, dass sie ihn kaum anschaute, als sie antwortete, nicht einmal einen Fremden würde sie so anschauen, dachte er. Sie sass in ihrer Koje, fest in ihre Decke eingewickelt, die Knie mit ihren Armen umspannend, so vertraut, so nah, er hätte sie berühren können, und doch so weit entfernt, so unnahbar, wie sie sich gab, wie sie ihn kaum anblickte. Er hätte die Hand ausstrecken können und sie berühren, aber sie hätte ihn weg geschoben, sie wäre ihm ausgewichen. Auch seine Fragen hätte sie wohl nicht beantwortet, und so verliess er die Kabine schnell, ohne weiter zu fragen, was mit ihnen war, wie es so kommen konnte, nicht ohne für ihren Rat zu danken, und ging nach unten in seine eigene Kabine um zu überlegen.

Axel war mit einer dringenden Bitte an ihn gelangt, die er Ernst nehmen musste, er durfte nicht bis Morgen warten.

Bedran war am Steuer, Martina neben ihm. Als Carlo eintrat, hatte er den Eindruck, als schienen sie verlegen. Es ärgerte ihn gleich, dass auch hier Spielchen abliefen, von denen er wohl nichts wissen sollte und so klang er schroffer als beabsichtigt, als er ihnen die Situation kurz zusammenfasste und ohne sie wie ursprünglich geplant nach ihrer Meinung zu fragen, befahl er den Kurs, zu ändern.

„Wir gehen nach Gibraltar", sagte er kühl. „Dort legen wir an und tauschen die Kabinen aus, wir vom Team können gegebenenfalls zusammenrücken." Er unterdrückte die Bemerkung, sie zwei könnten doch eine gemeinsame Kabine nehmen im letzten Augenblick und gratuliere sich innerlich dafür, dass er seinen Mund halten konnte. „Wir werden vermehrt anlegen. Auch auf einer der balearischen Inseln. "Weder Bedran noch Martina schienen Einwände zu haben, was Carlo überraschte.

Als er die Tür hinter sich schloss, um bei den Jungs vorbeizuschauen und ihnen die Kursänderung mitzuteilen und gleich die nötigen Schritte zum Kabinenwechsel einzuleiten, sah er noch aus den Augenwinkeln, wie sich Martina und Bedran kopfschüttelnd zuzwinkerten.

Er klopfte auch bei Oli und erstmals verstanden sie sich wieder richtig gut. Oli freute sich auf die Inseln und auf den Spass, den sie dort haben würden, wie er sagte und seine Unterstützung tat Carlo gut. Er bat ihn, ihm zu helfen und seine Freude und Euphorie übertrug sich auch auf die Jungs und niemand wurde stutzig, als sie gleich auch den Kabinentausch vorschlugen. Gleich gab es ein reges Umziehen und dann gingen alle an Deck, um wieder die Meerenge von Gibraltar zu sehen.

Stella, die gemerkt hatte, dass der Kurs wechselte, kam auch wieder nach oben, und es war eine grosse Aufregung entstanden, dass sie nun doch anlegten und Carlo war, als wäre ihm ein Aufschub gegönnt worden, als wäre er noch knapp davongekommen und müsste nun doch nicht in die Hölle, sondern als wäre er zur Busse im Fegefeuer begnadigt worden und er war fast dankbar.

Axel kam irgendwann unauffällig neben ihn und er sah verletzlich aus, wie er ihm danken wollte, aber nicht konnte, weil das ein Teil in ihm nicht zuliess. Dass er so verletzlich ist, dachte Carlo, dabei hatte er mit einer Eisenstange auf einen Mann eingeschlagen, um an sein Geld zu kommen und weiter geschlagen, als dieser längst schon am Boden lag und er hätte ihn fast getötet, wenn nicht ein beherzter Passant dazugekommen wäre und ihm die Eisenstange entrissen und ihm damit den Arm gebrochen hatte, das würde niemand vermuten, wie er so dastand, neben ihm und etwas sagen wollte, aber nicht sagen konnte.

Carlo blickte zum Felsen von Gibraltar hinauf und dachte, dass nicht Axel ihm zu danken hatte, sondern er ihm, dafür, dass er diese hektische Fahrt unterbrochen hatte. Er hatte ihn weggeholt von dieser Besessenheit zu fahren und zu reisen und weiterzukommen und er sagte es ihm, und Axel wurde rot und spielte verlegen mit seinen Händen und Carlo dachte wieder an die Eisenstange, aber er sagte nichts.

Im Hafen hatte es noch genug Platz für sie, und als sie anlegten, wollten alle Afrika vom Land aus sehen.

Spät war es geworden und Carlo kommandierte die Jungs ins Bett, damit sie am nächsten Tag frisch aufsteigen konnten, und als er in der Koje lag, Oli unter ihm, der längst schon schnarchte, wog seine Einsamkeit weniger schwer.

Schiffbruch

Gibraltar hatte den Bann gebrochen, diese britische Enklave im spanischen Mutterland, dieser Affenfelsen, von dem aus sich Afrika ausbreitet. Afrika, das Mutterland aller Völker, welches allen fremd war, die Mutter der Sonne schien es an diesem heissen Tag, als sie den Felsen zu Fuss erklommen hatten, nach vielen Wochen auf See, als sie wieder Erde bezwangen, diese unwegsame Strecke von Autos überholt, von hupenden Touristenbussen und sich die ganze Gruppe, um Geld zu sparen und um sich wieder zu spüren, um wieder zu erobern, um wieder eine körperliche Leistung zu erbringen, um den Gipfel zu stürmen nach oben quälte, um nochmals Afrika zu sehen.

Englischsprechende Menschen überall unter spanisch-afrikanischer Sonne. Sie fühlten sich alle mit neuem europäischem Stolz erfüllt. Von diesem Punkt aus schienen sie alle gemeinsam nur eins zu sein, und dieses Gefühl war neu.

Der islamische Maghreb, die Araber, die dieses Land e-robert hatten, gehörte auch zur europäischen Geschichte, der Islam nicht als Feind, sondern als Teil der Kultur. So versuchte Martina es den Jungs zu erklären, und selten hatten sie so zugehört, erzählte sie später in der Nacht Bedran, der ihr über den Rücken strich, so wie er Stella wohl über den Rücken gestrichen hatte, dachte sie, aber sagte es ihm nicht, zu nah waren sie sich schon gekommen, als dass sie dies hätte durch ein unbedachtes Wort zerstören wollen.

„Nur durch gegenseitigen Respekt können wir diesen Hass zwischen den Kulturen überwinden. Wenn sich die Völker gegenseitig wertschätzen würden und die Errungenschaften der anderen anerkennen und achten, dann gäbe es diese Kriege nicht, diese Machtkämpfe unter Männern", ereiferte sich Martina. Bedran lächelte dazu und strich ihr die Haare aus dem Gesicht. „Hörst du mir überhaupt zu?" murmelte sie noch, als seine Hände bereits unter ihren Rock gewandert waren, und er bat sie weiterzufahren, während er sie zu sich zog. „Das ist unsere Aufgabe als Pädagogen, dass wir diesen Jungs gegenseitige Wertschätzung vermitteln, dass wir ihnen auf dieser Reise die verschiedenen Kulturen und ihre Bedeutung aufzeigen, dass wir ihnen bewusst machen, dass es eine Vielfalt von Menschen gibt, mit verschiedenen Sprachen und Gebräuchen, und dass diese alle gleichrangig sind, verstehst du, gleichrangig."

Und Bedran bestätigte es, indem er ihr als letztes noch den Büstenhalter aufhakte und sie schliesslich nackt auf seinem Schoss sass, und während sie weitersprach und von Abraham erzählte, der der Stammvaters des Islam, des Christentums und des Judentums war, was so wenige wussten, und man müsste doch die Scheu überwinden und die Heiligen Bücher in die Hand nehmen und lesen, um zu begreifen, dass alles eins sei, stand Bedran auf, legte sie rücklings mit gespreizten Beinen auf den Tisch, und lachend erzählte er ihr vom Propheten Mohammed und der Wertschätzung, die der Prophet Isa - Jesus der Christus - im Koran erhalte, und wie er ihr diese Achtung beweisen wolle und zeigen, wie es sich in einem allen Menschen gemeinsamen Paradies anfühlen könnte.

Als sie es Stella erzählte, schien diese erleichtert, dass Bedran nun weitergezogen sei, wie sie sagte, was Martina beleidigte und einige klärende Gespräche erforderte.

Carlos Freundschaft zu Oli wuchs, aber über die Probleme mit Stella sprachen sie nicht.

Jeden Tag hielten sie an einem anderen Hafen entlang der spanischen Küste, bis sie schliesslich zu den balearischen Inseln gelangten. Ibiza, Mallorca und Menorca wollten die Jungs besuchen, vor allem in die Diskotheken wollten sie, und Mädchen aufreissen, wie sie grölten. Sie einigten sich schliesslich auf Ibiza und Menorca, wobei bei der zweiten mehr Gewicht auf die Erkundung der Natur gelegt werden sollte, was die Jungs mit Gähnen und Stöhnen quittierten.

Aber darin, dass sich die Jungs auch mal ein paar Tage aus-
toben sollten, waren sich alle einig.

Die Männer übernahmen das Einkaufen von Kondomen
und die entsprechende Aufklärung, was zu grosser Erheite-
rung führte, vor allem weil sich Oli zwecks Demonstration
mit einer Banane abmühte, allerdings nicht recht damit zurecht kam, wie Martina Stella kichernd erzählte, der es inzwischen etwas besser ging.

Die Sonne, das Baden im Meer, die Ferienstimmung, die
inzwischen aufgekommen war, hatte zu einer entspannten
Stimmung an Bord geführt, so dass Stella ihre Schuldgefühle und ihre Unstimmigkeiten mit Carlo auf die Seite
geschoben hatte. Auch die Übelkeit hatte sich gelegt, so dass
sie plötzlich gar nicht mehr sicher war, ob sie überhaupt
schwanger war oder nicht. Sie spürte eigentlich gar nichts
mehr, sagte sie sich und sie fragte sich, wie sie überhaupt
auf die Idee gekommen war, vermutlich nur Angst, dachte
sie, und doch hatte sie ein Gefühl, als geschehe Ausseror-
dentliches in ihr, ein Gefühl, das sie nicht mehr lokalisieren
konnte, seit die Übelkeit weg war, kein Ziehen mehr im
Bauch, kein Zeichen, aber dennoch eine Gewissheit, dass
Leben in ihr entstand. Sie beschloss, den Schwangerschaftstest erst auf Sizilien zu machen, in Acitrezza, dachte
sie, als könnte sie damit erzwingen, dass es Carlos Kind
würde.

Es ist ganz bestimmt von Carlo, sagte sie sich immer
wieder, es kann gar nicht von Bedran sein. Es war ganz und
gar unmöglich, dass sie ein Kind von Bedran erwartete. Den
Gedanken, einen Vaterschaftstest machen zu lassen und es
abzutreiben, falls es von Bedran wäre, verwarf sie erschrocken, dass sie sich zu solchen Überlegungen hinreissen lassen hatte.

Sie wollte nun auch diese Reise geniessen, und sie liess
sich von der unbeschwerten Stimmung anstecken, die aufgekommen war.

In Ibiza blieben sie ganze zehn Tage und verzichteten dafür auf Menorca. Carlo meinte, nun könnten sie durchaus auch nach Lampedusa gehen, ein ernsterer Teil der Reise war wieder angesagt. Auch die anderen waren interessiert daran, in die Auffanglager für gestrandete Flüchtlinge zu gehen. Jeden Tag erreichten unzählige Afrikaner auf schrottreifen Kähnen die Mittelmeerinsel auf der Suche nach einem besseren Leben. Der Unterschied zur Spassgesellschaft würde heilsam sein, erhoffte sich Carlo, und niemand widersprach.

Die Jungs waren erstaunlich friedfertig, jeder voll von Erlebnissen, Begegnungen und Eindrücken, die sie sich gegenseitig ausschmückten, und die wohl noch einige Zeit lang andauern wurden. Sie hatten Handynummern ausgetauscht von Mädchen aus Deutschland, die sie kontaktieren wollten, wenn sie wieder zurück waren. In Ibiza waren sie von den deutschen Touristinnen als Deutsche angesprochen und angenommen worden, das war für einige von ihnen neu auf diese Art.

Sie kannten es von ihren Herkunftsländern, dass sie die Deutschen waren, wenn sie in den Ferien dort weilten, aber das hatten sie nicht wirklich ernst genommen. Vielmehr hatte sie es geschmerzt, auch im Heimatland nicht wirklich zugehörig zu sein, auch dort als Fremde wahrgenommen zu werden. Deshalb waren ihre Eltern und Familien im Ausland teilweise konservativer als viele aus dem Ursprungsland. Als müssten sie sich ein Stück Heimat im Ausland bewahren, als müssten sie die Traditionen und Konventionen schützen, um wenigstens Zuhause akzeptiert zu werden.

Aber hier auf Ibiza waren sie alle fremd und die deutsche Sprache verband sie. Wer Deutsch spricht, gehört zusammen, ist vom gleichen Land. Das war die Devise hier an diesen Ferienorten und niemand fragte nach Herkunft oder Beruf oder Vorstrafen oder Familie. Solche Fragen waren tabu, man ging hierher um diese Dinge zu vergessen und die

Jungs waren seit langer Zeit erstmals entspannt, fast frei fühlten sie sich und der Traum schwebte ihnen vor, ein solches Leben zu führen.

Gerade deshalb wollte Carlo sie auch nach Lampedusa führen, damit sie diese anderen, neuen Ausländer sahen, die von viel weiter kamen, aus Afrika, die noch viel weniger Chancen hatten als sie, die ebenfalls einem Traum nachhingen, dem Traum von einem besseren Leben, einem Traum auf eine Zukunft in Europa. Derselbe Traum hatte ihre Eltern nach Deutschland geführt, um ihren Kindern eine bessere Zukunft zu ermöglichen. Sie hatten im fremden Land gearbeitet, um ihren Söhnen mehr Chancen auf einen Beruf zu ermöglichen.

„Wer weiss, vielleicht beginnen sie zu verstehen, wenn sie sehen, was andere auf sich nehmen, um das zu erhalten, was sie eigentlich alle schon haben und sich vermasseln durch ihre Kriminalität, durch ihre Aggressionen, durch ihre Wut auf die Gesellschaft, von der sie glauben, dass sie ihnen etwas schuldig sei", führte Carlo seine Motivation für den Besuch des Auffanglagers aus.

„Erstaunlich finde ich, wie oft gerade Ausländer der zweiten Generation besonders intolerant neuen Einwanderern gegenüber sind", gab Martina zu bedenken.

„Das ist ein Risiko, aber ich erwarte mir eine Art Gegenreaktion, vielleicht eine Art Nationalstolz auf Deutschland, eine Art Revierinstinkt, das man halt das schützen möchte, was zu einem gehört, aber gerade dadurch könnten sie erkennen, wie stark ein bestimmtes Quartier, ein Gebiet, ihre Strasse, dieses Land eben schon zu ihnen gehört und, wer weiss, vielleicht lernen sie dann kooperativer zu arbeiten, sich anzupassen, eine gewisse Dankbarkeit zu entwickeln, mehr Respekt auch für die anderen zu zeigen und sich zu freuen, wenn dann alles gut läuft."

Bedran blickte nicht sehr überzeugt, aber er widersprach nicht wirklich, und so nahmen sie nun Kurs auf Lampedusa.

Carlo meldete sich per Funk bei der Küstenwache an, damit sie nicht von der patroullierenden Militärpolizei angehalten würden.

Kein Problem, hiess es, sie könnten jederzeit anlegen, Platz gäbe es genug im Hafen, viel mehr Probleme machten ihnen die Boote, die aus Tunesien kämen, die Schlepperkähne, sie sollten aufpassen, die führen ohne Licht und es käme zu Zusammenstössen. Carlo wunderte sich noch, dass ihm der Verantwortliche Carabiniere dies alles so vertraulich per Funk mitteilte.

Haben wieder nichts zu tun, dachte er sich dabei, sizilianischer Schwätzer und Märchenerzähler, dachte er, bis sie in der zweiten Nacht der Überfahrt durch einen heftigen Ruck, der das ganze Schiff in Bewegung brachte, begleitet von einem dumpfen Geräusch, geweckt wurden.

Carlo war gleich hellwach, als er es hörte. Ein Zusammenstoss, erschrak er, schlüpfte in die Kleider und zog sich die Schwimmjacke an. Er klopfte an alle Kabinentüren und rief den Jungs zu, sich schleunigst anzuziehen und die Schwimmwesten überzuziehen. Dann rannte er die Treppe hinauf und riss die Tür zu Stella und Martinas Kabine auf, aber die waren schon nicht mehr dort. Er traf sie an Deck wieder, wo sie mit dem aufgeregten Oli verhandelten, der nervös hin und herrannte, bis ihn Carlo endlich anhalten konnte.

„Wohin rennst Du, ich weiss gar nicht, was du tust. Wer ist am Steuer? Was ist passiert?" rief er, aber niemand mochte ihm antworten. Es war stockdunkel draussen, und erst als wieder ein Ruck durch das Schiff ging, hörte er das dumpfe Geräusch nochmals. Das Schreien und Kreischen darauf kam vom Meer her.

Stella und Martina beugten sich über die Reling und riefen, dass sie nichts sehen konnten. Bedran schaltete vom Steuerhaus aus die Scheinwerfer ein und suchte das Meer ab, rundherum verstärkte sich die Dunkelheit, doch im

Lichtkegel sahen sie nichts. Oli kam mit einem tragbaren Scheinwerfer, um zu leuchten und da erblickten sie das Boot. Ein kleines, unstabiles Holzboot sahen sie, es musste ein Leck haben, denn es war schon mit Wasser angefüllt und darin sassen drei furchtsam blickende, erschreckte Männer, die ihnen ängstlich und flehend entgegenblickten.

„Wer seid ihr?" fragte Carlo, worauf eine aufgeregt schnatternde Antwort erfolgte.

„Französisch" meinte Oli und blickte ratsuchend in die Gegend.

„Französisch", zuckte Stella hilflos mit den Schultern und rief nach Carlo und Martina, die in der Dunkelheit kaum zu erkennen waren. Inzwischen waren auch die Jungs an Deck, aufgeregt nach Neuigkeiten haschend. Stella beschloss, erstmals wieder ins Steuerhaus zu gehen und Bedran abzulösen, damit er zum Rechten sehen konnte.

„Da ist ein Boot auf dem Meer draussen, scheint Schiffbruch erlitten zu haben, du weisst sicher, was zu tun ist", sagte sie, ohne ihn dabei länger anzusehen.

Bedran hatte die Naval längst gestoppt, der Motor lief noch, damit sie gleich weiterfahren konnten, sagte er. Natürlich sei es oberstes Gebot, Schiffbrüchige zu retten, egal, woher sie kämen und wer sie seien, beantwortete er ihre Frage und dann ging er hinaus, nicht ohne noch kurz ihre Hand zu berühren, die sie schnell zurückzog, als hätte sie eine Spinne gesehen oder eine Schlange berührt. Wenig später schien alles geklärt.

Es waren zwei Nordafrikaner und ein Senegalese, die nach Europa wollten, erzählten sie, als sie in warme Decken gehüllt im Speisesaal warmen Tee tranken, umringt von allen ausser denen, die Wache stehen mussten. Jung waren sie, nicht einmal achtzehn, schätzte Martina, sie selber behaupteten älter zu sein. Furcht lag in ihren Augen, sie hatten ihr Ruder verloren auf der Reise. Viel hatten sie bezahlt für das Boot, das sicher wurmstichig war, wie Bedran veräcHtlich schnaubte, sie hatten bald die Orientierung verloren in der Nacht und hätten nicht mehr gewusst, in welche Richtung sie rudern sollten. Von Libyen waren sie gestartet, sagten sie zunächst, Tunesien nachher. Auf einer sizilianischen Insel hätten sie hingerudert, Pantelleria wäre die nächste gewesen oder Lampedusa oder Malta. Sie widersprachen sich, als ob sie selbst nicht wüssten, woher sie kamen und wohin sie gehen wollten. Marokkaner seien sie, sagten sie zuerst, die Jungs lachten und zeigten auf die schwarze Haut des einen, der lachte dann auch, das erste Mal, und meinte nur „Senegal."

Das passte schon eher, dachten sie, die anderen zwei waren einmal Tunesier, einmal Spanier, ein andermal Libyer.

„Das sind Flüchtlinge, das sind Papierlose, was sollen wir mit denen tun?" berieten sich die Jungs, als läge es in ihrer Kompetenz, Entscheidungen zu fällen.

Said und Osman hatten vorgeschlagen, den Senegalesen ins Meer zu werfen und hatten damit einige Lacher geerntet.

„Das ist der beste Anschauungsunterricht, den ich mir denken kann", meinte Carlo später in der Teamsitzung, an der sie ihrerseits das weitere Vorgehen berieten.

„Warum der Kleine sich immer einen noch Kleineren aussucht, auf den er hinabsehen kann?" fragte Martina, ohne eine Antwort zu bekommen.

Sie hatten die drei in die Viererkabine im Unterdeck gebracht, nachdem sie ihnen mehrere Male zugesichert hatten, dass sie sie nicht bei den Carabinieri melden würden, die wohl gleich ein Schiff vorbeischicken würden, um sie abzuholen. Carlo hatte ihnen erzählt, dass sie sowieso nach Lampedusa gehen wollten und versprochen, sie heimlich abzuladen. Dort sollten sie sich in einem dieser Auffangzentren melden.

Oli fragte nach der Sicherheit, sie wüssten ja nicht, wer diese Menschen überhaupt seien. Sie beschlossen, im Unterdeck Wache zu schieben.

Nach Lampedusa

Die Hitze kam plötzlich, der Scirocco, der afrikanische Wind, meinte Carlo, als sich Stella beklagte und sich den Schweiss aus dem Gesicht strich. Der Fahrtwind kühlte zwar, doch konnte sie nicht immer auf Deck sein. Die Jungs mochten nicht wirklich zuhören heute, sie waren unruhig und ungehalten, dass die Neuankömmlinge pennen durften, wie sie sagten.

„Die lungern nur herum und faulenzen", maulten sie, dabei wussten sie genau, dass sie zu arbeiten angehalten worden waren. Carlo hatte sich ein paar Aufgaben ausgedacht, etwas zu schrubben oder zu schrauben gab es immer.

In dieser Nacht hatte Stella kaum geschlafen, dafür waren zu viele Dinge geschehen. Die Aufregung wegen des Zusammenstosses mit dem anderen Boot, das wohl eher ein Floss war, diese unverantwortlichen Schlepper, in was für einen Schiffbruchskahn hatten sie die drei nur gesteckt. Bedrans Berührung ihrer Hand, Carlos Augen vor ihr die ganze Nacht, wie er sie anschaute und sie fragen wollte.

Die ganze Nacht hatte sie hellwach gelegen und sich von der einen Seite auf die andere gewälzt und sich vorgestellt, wie es ihm ging, was er wohl dachte, dass er sie nie fragte, was los sei, fragte sie sich und wollte beleidigt sein. Die drei Schiffbrüchigen in der Kabine stellte sie sich vor, was sie jetzt wohl vorhatten und ob das schlau war, sie zusammenzupferchen, ob die sich vorher schon gekannt hatten?

Sie hatten sich nicht gekannt, fanden sie heraus, als sie fragten. Doch sie antworteten immer ausweichend, immer wieder anders und neu, hatten Angst, wollten nach Europa, wollten nicht ins Auffanglager nach Lampedusa, soviel verstanden sie doch.

„Das werden immer mehr Menschen hier an Bord", meinte Bedran. Oli und Martina blickten ratlos. Stella und Carlo schauten sich verstohlen an, in Einverständnis, sie brauchten nie viele Worte. Fast musste sie lachen, dass sie sich von dieser Reise eine wesentliche Änderung erhofft hatte, lächerlich erschien Stella plötzlich ihr Idealismus.

„Wir können froh sein, wenn wir heil nach Hause kommen, warf sie in die Runde.

„Wir können froh sein, wenn nichts geschieht auf dieser Reise", sagte Bedran, und Carlo widersprach für einmal nicht, er sah wieder Stella an, die fast loskichern wollte, hysterisch, schalt sie sich, so absurd war dies alles.

Heiss hatte sie; wirklich übel war ihr nicht mehr, die Schwangerschaft doch nur eingebildet? Verrückt. Hatte sie tatsächlich diese Sternschnuppen gesehen, als Bedran hinter ihr stand, war es nicht nur Phantasie, hatte sie geträumt, hatte sie sich dies alles nur vorgestellt? Sie wollte es wohl glauben, aber Bedrans vielsagendes Lächeln, wenn sich ihre Blicke zufälligerweise trafen, obwohl sie bemüht war ihm auszuweichen, belehrten sie eines besseren.

Sie wünschte, sie könnte das Rad zurückdrehen, das Rad der Zeit und sich umdrehen, und ihm eine knallen, dem frechen Macho, dem Schwein, der glaubt, alle haben zu können. Male chauvinistic pig, würde sie ihm ins Gesicht schleudern, glaubst du tatsächlich, du könntest alle Frauen haben? Mich nicht, mich sicher nicht, Carlo und mich bringst du nicht auseinander. Verdammt, dachte sie, verdammt, hätte ich ihm doch eine geknallt, warum nur habe ich einfach da gestanden und mich einnehmen lassen, ich, ich, fast hätte sie es selbst gesagt. Was war es, dachte sie, bin ich zu schwach, kann ich nicht nein sagen? Und warum hatte sie ihren Vater nicht in die Schranken gewiesen damals, als er ihr zu nahe kam, ein anderes Mädchen hätte doch schon vorher was gespürt, wäre schreiend und heulend zu ihrer Mutter gerannt. Sie hatte gar nichts getan, nur schwach abgewehrt, lass das, hatte sie gesagt, viel mehr nicht. Bei Bedran war es anders gewesen, sie war betrunken, vielleicht, sie war erregt, ja, zugegeben, aber es hätte ihr nicht passieren dürfen, nicht mit Bedran, nicht wegen Carlo.

Martina riss sie aus ihren Gedanken, ihr war die zündende Idee gekommen.

„Bei dieser Hitze können doch heute die, die wollen, auf Deck schlafen und wir schlagen gleich mehrere Fliegen auf einen Schlag. Wir haben den Überblick und die bessere Kontrolle, sie schwitzen nicht und wir entschärfen so die ganze Situation." Den Vorschlag fanden alle gut, und fast freuten sie sich auf die nächste Nacht. Stella wollte auch an Deck bleiben, sie würde nicht noch einmal eine Nacht diese Hitze in der Kabine ertragen.

Sommerhitze, afrikanische, die ihnen allen das Blut zu Kopf steigen liess. Wenn die Sonne lange genug auf den Kopf einstrahlt und sticht und hämmert und bohrt, dann könnte man jemanden erschlagen, dann könnte man jemanden töten, dann könnte man jemanden umbringen, und diese Aggression lag in der Luft, als sie kaum mehr aneinander vorbeikamen und nun auch diese Fremden, die das Gleichgewicht empfindlich störten, die nicht am Schulunterricht teilnehmen konnten, weil sie kein Deutsch verstanden, nur gebrochen französisch sprachen.

Martina dachte zunächst, es sei *die* Gelegenheit, endlich wieder diese Sprache anwenden zu können. Englisch probierten sie zunächst, das ging gar nicht, französisch also, doch Sidi, Ali und Sami, wie sie zu heissen vorgaben, verstanden auch dies kaum. Es war nicht nur ein Sprachproblem, es war ein allgemeines Kommunikationsproblem, denn sie konnten ihnen auf keinen Fall klar machen, was für eine Fahrt sie unternahmen mit diesem Schiff von Deutschland aus bis in die Türkei. Warum, fragten sie nur immer wieder und es war absolut offensichtlich, dass in ihren Gedanken kein Raum vorhanden war für eine solche Bootsfahrt. Niemand wollte ihnen genau erklären, dass die Jugendlichen aus einem Heim kamen und es eine Art Erziehungsfahrt war, auch das hätten sie wohl kaum verstanden und dadurch, dass sie es kaum erklären konnten, verstanden sie es halt selbst nicht mehr ganz, was sie auf diesem Schiff sollten.

Ali, Sami und Sidi ihrerseits erzählten unterschiedliche Geschichten, sie schienen auswendig gelernt und niemand glaubte auch nur ein Wort von ihren Verfolgungsgeschichten, ihren politischen Motiven, ihrem Protest.

„Mann, wollen die uns für dumm verkaufen?" schimpfte Axel und haute auf den Tisch. „Wir stehen da und müssen uns ihre Märchen anhören." Osman und Said, die unzertrennlich geworden waren, nickten heftig, aber wohl aus anderen Gründen, denn rein politisch gesehen, hatten sie das Gefühl, sie müssten solidarisch sein, sie waren immerhin Muslime, falls sie wirklich Nordafrikaner waren, keinesfalls aber mit dem Senegalesen, der blieb ihnen suspekt, der war auch der Schwärzeste und überhaupt, was hatten die für eine Religion?

„Woodoozauber und so", meinte Matthias abschätzig und die anderen blickten ihn respektvoll an.

Matthias hatte mit ein paar anderen zusammen einen Dunkelhäutigen spitalreif geschlagen, erzählte Carlo den anderen, die bemerkt hatten, wie heftig dieser reagierte, seit die drei an Bord waren.

„Bis jetzt haben wir fast nichts gemerkt von ihm", bestätigte Martina den allgemeinen Eindruck.

„Wie ein Bluthund kommt der mir vor", Stella sah nicht in die Runde. „Wie einer dieser Hunde, die man speziell auf die Ausdünstung der Sklaven aus Afrika abrichtete, genau so bleckt der die Zähne, wenn er Sidi nur sieht." Tatsächlich war die Ablehnung so stark, dass sich der bis jetzt eher unauffällig und still verhaltende Matthias, kaum kam Sidi nur in seine Nähe, laut lachte oder zischte oder irgendwohin trat oder mit der Faust draufhaute.

„Hau ab", rief er ihm jeweils zu, was dieser zwar nicht verstand, doch auch ihm entging die offene Aggression, die von Matthias ausging, nicht und er begann ihm aus dem Weg zu gehen, so wie man auf einem Schiff jemanden aus dem Weg gehen kann. Matthias gelang es, mit seiner offen zur Schau getragenen Feindseligkeit zu mobilisieren, und so bildete sich um ihn herum eine neue Gruppe.

Die Deutschen nannten sie sich, erfuhr Oli, den sie eingeweiht hatten, weil sie dachten, dass er am meisten noch verstünde, worum es ihnen dabei gehe.

„Wir haben genug", vertrauten sie ihm an, nicht ohne Stolz auf ihre neue Identität. „Ein Spaghettifresser leitet das Team, ein Kanake führt das Boot, mehr als die Hälfte der Jungs an Bord sind Ausländer. Wie wenn das nicht genug wäre, müssen wir noch drei Asylanten aufnehmen, die uns nur Scherereien bringen werden. Jetzt kommen wir in den Süden und dann geht's in den Osten. Wir müssen uns zusammenschliessen, bevor es uns an den Kragen geht." Das hätten sie gesagt, erzählte Oli an der Teamsitzung, eine Entrüstungswelle erwartend. Carlo blickte betroffen, Bedran meinte nur „Nazis" und erntete dafür einen strafenden Blick von Martina, bei der er sich später entschuldigte.

„Wir können nicht nach Lampedusa. Habt ihr gesehen, wie weit weg von der Route das ist?" Bedran zeigte auf die Insel zwischen Afrika und Sizilien.

„Wenn wir mit den dreien an Bord auftauchen, bekommen wir nur Scherereien, wie sollen wir deren Anwesenheit erklären?"

„Dann gehen wir nach Acitrezza, wenn ihr einverstanden seid", schlug Carlo vor und blickte in die Runde. „Dort kennen mich die Leute im Hafen, da können wir anlegen und bleiben unbehelligt. Ich muss nur meinen Vater benachrichtigen und der wird dafür sorgen, dass die richtigen Leute an den Hafen kommen."

„Mafiosi", meinte Bedran diesmal, aber es klang respektvoller als das „Nazis" vorher.

151

Heimkehr

Sie näherten sich der Küste, von weitem sahen sie schon den Ätna rauchen. Carlo erblickte die Zyklopenfelsen und kam sich wirklich vor wie Odysseus. Sein Herz schlug höher, wie er an der Reling stand, alleine, und in das Land zurückkehrte, das er mit neunzehn verlassen musste. Er kehrte zurück mit jugendlichen Straftätern an Bord und nicht mit Gold und Schätzen, wie er es sich in seinen jugendlichen Abenteurerträumen vorgestellt hatte.

Per Funktelefon hatte er mit Carmelo sprechen und ihm seine Situation schildern können. Er meinte, es sei kein Problem, er würde selber an den Hafen kommen, es würde schon keine Scherereien geben, er solle ihn nur machen lassen. Gut, sagte er, gut, dachte er, dagegen hast du angekämpft damals, das hat dir ein paar Ohrfeigen von deinem Vater eingebracht und die Emigration nach Deutschland, genau das wolltest du nicht mehr, diese Gefälligkeiten, diese Vetternwirtschaft, diese Beziehungen, die dir helfen, wenn du sie hast, die die Dinge arrangieren können, damit du das Gesetz umgehst, damit du trotzdem das bekommst, was du brauchst, und jetzt bist du noch nicht einmal zurück, hast nicht einmal den heimatlichen Boden unter den Füssen und schon bist du eingespannt in das von dir abgelehnte System. Und er war sogar froh darum, wie hätte er sonst die drei Flüchtlinge an Land gebracht, ohne seinerseits Unannehmlichkeiten zu bekommen?

Die Küste kam näher, er erkannte bereits einzelne Häuser, da überkam ihn auf einen Schlag die ganze Traurigkeit, die in ihm gesteckt haben musste die letzten Wochen, und sie vermischte sich mit den Jahren der Sehnsucht nach der Heimat, das er verdrängt haben musste hinter vielen Türen in seinem Innern, die jetzt so unvermittelt aufbrachen. Der vehemente Druck der Fluten dahinter, der alle Dämme, die er sich aufgebaut hatte, durchbrechen liess, drohte ihn zu überschwemmen. Wüstengelb und meeresblau und schwarze Lava am Himmel. Er raucht wieder, der alte Freund, und lässt Asche regnen auf die Häuser, die staubigen, von denen der Verputz längst schon abgefallen ist und die nicht erahnen lassen, wie sauber und schön eingerichtet sie innen auch bei den ärmsten Fischern noch sind. Auf jedem kleinen Tischchen ist noch ein selbst gehäkeltes Deckchen zu finden und schöne Vorhänge und Bilder von der Hochzeitsreise nach Venedig und Fotos von den Hochzeiten der Kinder und den Taufen der Enkelkinder, und die Sofas sind noch wie neu, denn darauf setzt man sich nur, wenn Besuch kommt und dann auch nur kurz, wenn der Kaffee serviert wird und die Kinder nicht, die sollen draussen spielen, in der Küche bekommen sie Süssigkeiten und Getränke.

Der Wind wischte ihm die Tränen gleich aus den Augen, der Wüstenwind trieb ihm roten Sand ins Auge, so dass sich die Tränen der Erinnerung erklären liessen. Nur Stella konnte er nicht täuschen, die neben ihn getreten war und ihm stumm die Hand hielt, die er dankbar drückte, dass sie ihn nicht so ankommen liess zu Hause - allein. Schon hörte er die ersten wohlbekannten Schreie, den Tonfall, die Stimmlage, das kannte er, war Teil von ihm, und die Gerüche, das Meer roch so wie es immer gerochen hatte, es war diesmal das Meer seiner Kindheit, das furchteinflössende, anziehende, schreckliche, geliebte Meer seiner Jugend.

Als sie anlegten und er auf der Hafenmauer seinen Vater stehen sah, die Hände in den Taschen, die Mütze über dem zerfurchten Gesicht, wie er ihm entgegenblickte, nicht ohne Stolz, da war er der Sohn, der aus dem fernen Land zurückkehrte, der verlorene Sohn, der heimkehrt zu seinem Vater.

Carmelo rief ihm etwas zu in seinem Dialekt und er verstand es zunächst nicht, weil er es nicht mehr gewohnt war, diese Sprache zu hören und Mauro blickte ihn fragend an, ob es Italienisch war, fragte er und Carlo verneinte, Sizilianisch sagte er, und sie banden das Schiff an und er stieg als erster aus, seine Schwester stand dort und sein Bruder und es war, als hätte er eine Eroberung gemacht und käme zurück mit seiner Beute. Er umklammerte Stellas Hand, damit sie ihn nicht verliess, obwohl sie nicht geredet hatten, nichts geklärt, aber Hauptsache sie war jetzt hier bei ihm und auch sie wurde bereits umarmt von Maria, seine Mutter war bestimmt zuhause und kochte, dachte er und so war es.

Als sie ins Haus eintraten, in dem Carlo aufgewachsen war, überströmten ihn die Gefühle so heftig, dass er sich nur stumm an den Küchentisch setzen konnte, bevor er in die anderen Zimmer ging. Die Mutter hatte ihn umarmt und gedrückt und geküsst, ging dann aber gleich wieder geschäftig in die Küche zurück. Maccheroni hatte sie ihm zu Ehren gemacht, die durfte man nicht unbeaufsichtigt kochen lassen, es kam auf die genaue Kochzeit an, sonst waren sie entweder zu weich oder zu hart.

Die ganze Verwandtschaft hatte sich angekündigt, alle wollten sie Carlino wieder sehen, wie ihm Maria erzählte. Er hatte sie einmal nur in Deutschland gesehen, aber da war sie ihm fremd erschienen unter all den deutschen Mädchen, hier war sie wieder Maria, seine schöne Schwester, inzwischen wollte sie bald heiraten, Francesco hiess ihr Verlobter und Carlo hatte ihn gleich auf Anhieb gemocht, wie er seine Schwester neckte, sie am Ohrläppchen zog, sie zum Lachen brachte.

Sebastiano hingegen war jetzt neunzehn und nicht viel älter als die Jungs, die er mitgebracht hatte. Er hatte soeben die Schule abgeschlossen, was in Sizilien meist bedeutete, dass er nun arbeitslos war, wie die Hälfte aller Jugendlichen in seinem Alter. Er würde mit seinem Vater über Sebastiano reden, nahm sich Carlo vor, doch jetzt war nicht der richtige Zeitpunkt dazu.

Er sah sich um: da war immer noch der gleiche Küchentisch von damals mit dem farbigen Plastiktischtuch, das seine Mutter stets darüberlegte. Am hellblau gestrichenen Küchenschrank hingen noch die gleichen Fotos von seinen Grosseltern und eines von ihnen drei, als sie klein waren. In der Vase auf dem Kühlschrank die immer gleichen Plastikblumen, die nicht verwelkt waren in all den Jahren, und die gelbe Lampe über dem Tisch, die man in ihrer Höhe verstellen konnte, allerdings hatten sie das als Kind so oft wiederholt, bis sie nicht mehr recht funktionierte.

Sebastiano schlief jetzt in seinem Zimmer, das ihm fremd geworden war durch all die Posters von Stars, deren Namen ihm nichts sagten. Carlo fragte ihn danach, doch Sebastiano blieb wortkarg, auf Abstand. Mein Bruder, dachte er, und kannte ihn kaum. Als er ihn zuletzt gesehen hatte, war er ein Kind gewesen, sie hatten noch gelacht und gespielt damals, aber zu diesem jungen Mann hatte er keinen Zugang. Fremder war ihm sein eigener Bruder noch als die Jungs auf dem Schiff. Er setzte sich auf einen Stuhl und sah sich um. Sebastiano lag auf dem Bett, das Handy in der Hand, auf dem er dauernd rumdrückte, wohl um Nachrichten zu schreiben, dachte Carlo und störte sich für einmal nicht an dieser Unhöflichkeit, an die er sich nicht gewöhnen konnte, dass man in der Gegenwart eines anderen auf einen Gegenstand blickt und mit anderen kommuniziert, obwohl daneben noch jemand konkret da ist.

„Wenigstens raucht er nicht", hatte ihm Maria erzählt, aber dafür sitzt er dauernd am Computer, den er kürzlich gekauft hatte von Fulvio, der sich stets das Neueste leistete, das wusste er auch von Maria.

„Das war mein Zimmer", sagte Carlo, bloss um etwas zu sagen. Sebastiano schaute nur kurz auf, murmelte „Ich weiss" und schrieb gleich weitere Nachrichten an unbekannte Freunde und Freundinnen.

„Ich war so alt wie du, als ich nach Deutschland ging", probierte er es weiter, doch Sebastiano sah diesmal nicht einmal auf. „Komm doch mit!" hörte sich Carlo plötzlich sagen, damit endlich eine Reaktion käme von seinem Bruder, damit dieser ihn ansähe und in Kontakt träte mit ihm, rechtfertigte er sich später vor seinen Eltern, als sie es ihm vorwarfen.

„Kann ich auf eurem Schiff mitfahren?" fragte Sebastiano sogleich und hatte sich sogar aufgesetzt und sah ihn erstmals direkt an, schwarze Augen wie meine, dachte Carlo und sah in den glänzenden Pupillen seine eigenen einstigen Hoffnungen und Sehnsüchte. Deshalb wohl hatte er gleich zugesagt, ohne den Rat des Vaters einzuholen, was der ihm ebenfalls vorwarf.

Vielleicht auch um ihn von der Strasse wegzuholen, wie ihm Maria in wenigen Worten schon angedeutet hatte, dabei war Francesco ernst geworden und das hatte er gelernt nach wenigen Stunden, nach denen er Franco erst kannte, dass wenn dieser ernst wurde, die Sache tatsächlich ernst war, deshalb wohl war es besser, Sebastiano mitzunehmen.

Denn ein junger, intelligenter Bursche aus einer unvermögenden Familie, die keine Privatschule bezahlen oder ihren Sohn nicht in den Norden schicken konnte an die Uni, und an die nach Catania wollte er nicht, um diesen Jungen hatten sich schnell ein paar gut gekleidete Herren gekümmert und ihm bereits einige Angebote unterbreitet, wo er einsteigen konnte und sich nach oben arbeiten. Auf den Vater wollte Sebastiano nicht hören, was weisst du armer Fischer schon vom Geschäftsleben, von der Welt des Business, habe Sebastiano ihn angeschrien. Ihn hatte der Vater nie geschlagen, den Jüngsten nie. Maria nicht, weil sie ein Mädchen war und Sebastiano war der Kleinste, der Schwächere.

Dreiundzwanzig war der Vater gewesen bei Carlos Geburt. Nicht viel älter als Sebastiano jetzt. Er hatte die Rolle des Vaters erst noch lernen müssen, dafür hatte er herhalten müssen, dachte Carlo, das war sein Los als der Ältere, er hatte seinen Geschwistern den Weg bereitet. Vorwerfen mochte ihm dies Carlo nicht wirklich, aber nur dieses eine Mal wollte er es doch noch gesagt haben.

„Ihn hast du nicht geschlagen, ihn behandelst du mit Samthandschuhen, keine Ohrfeigen für sein Herumlungern. Warum genügt ihm die Universität in Catania nicht, was für ein Herrensöhnchen will er sein, dass ihm nur die Universitäten in Mailand oder Bologna fein genug sind?" Carlo hatte sich doch noch hinreissen lassen, und es tat ihm gleich wieder Leid, es war dem Vater im Grunde hoch anzurechnen, dass er aus seinen Fehlern gelernt hatte. Der Vater erwiderte nichts, doch dessen Bruder klopfte ihm lachend auf die Schulter.

„Hör ihm zu, deinem Sohn aus Deutschland, er ist erwachsen geworden, ein Mann, jetzt bist du der Grossvater. Hör ihm zu, er hat Recht, nur ihn hast du immer geschlagen, Maria nicht und Sebastiano nicht, du warst ungerecht."

Der Vater leerte sein Weinglas in einem Zug und brummte nur „Dann nimm ihn mit auf dein Schiff, nimm ihn nach Deutschland, wenn er will, in die Fänge dieser Männer", und dabei schnaubte er verächtlich, „gebe ich ihn nicht", und so hatte Carlo nicht nur die Jungs, sondern nun auch noch die Aufsicht über seinen jüngeren Bruder.

Den ganzen Abend über hatte auch Stella bei ihnen gesessen, Maria hatte sie in den Kreis der Frauen genommen, und ab und zu winkten sie sich zu. Noch immer hatten sie nicht gesprochen, aber Carlo wollte gar nicht weiterdenken. Er war ihr dankbar, dass sie zu seinen Eltern gekommen war, dass er sie als seine Freundin vorstellen durfte, ohne lange Erklärungen abgeben zu müssen.

Oli, Bedran und Martina hatten die Aufsicht auf dem Schiff übernommen und liessen ihm diesen ersten Abend wieder zuhause.

Sie gingen erst morgens um drei wieder aufs Schiff zurück, wo sie übernachten wollten, weil in seinem Elternhaus kein Platz für sie war, vor allem für Stella nicht. Obwohl sich die Sitten auch in Sizilien geändert hatten, sah es Carlos Mutter nicht gern, dass Stella bei ihnen übernachtete, wo sie doch nicht einmal verlobt seien, denn auch Francesco dürfe unmöglich je bei ihnen übernachten und Maria auch nicht bei ihm, deshalb wollen wir sobald wie möglich heiraten, scherzte Francesco und erntete dafür einen Klaps von Maria und einen Kuss.

Stella und Carlo setzten sich auf die Mauer am Meer. Die Wellen schlugen plätschernd an den Stein, die Luft war mild und roch süsslich.

Hier also kommt er her, dachte Stella und fasste seine Hand stärker. Sie sassen wortlos beieinander, Carlo war von seinen Gefühlen und Eindrücken so überwältigt, dass er gar nichts mehr sagte. Stella kannte das, es war seine übliche Reaktion auf heftige Emotionen. Lieber nichts sagen, als zu viele Gefühle zeigen, so in etwa seine Devise, er hatte Angst, sie könnte vielleicht noch eine Seite von ihm entdecken, die er nicht zeigen wollte. Da ist er also aufgewachsen, dachte sie, da hat er gespielt, das ist das Meer, auf das er sehnsüchtig geblickt hat, das wollte er erobern, das wollte er befahren. Sie blickte auf das Meer vor ihr, hinter ihr rauchte der Ätna und spuckte knurrend Lava aus und vor sich sah sie die Zyklopenfelsen, von denen ihr Carlo erzählt hatte, von denen sie schon gehört hatte, die Polyphem dem Odysseus nachgeworfen hatte. Ich muss, ich muss, ich muss es ihm sagen, hämmerte es in ihr drinnen mahnend. Ich muss, ich muss, ich muss es ihm sagen. Was sagen? Wie sagen? Nicht jetzt, dachte sie, nicht jetzt alles schon zerstören, denn dass es etwas in ihm zerstörte, wusste sie jetzt, nachdem sie Maria gesehen hatte, ihren Verlobten Francesco, Sebastiano und seine Eltern. Aber wenn es eine Zukunft geben soll für uns, dann muss ich es ihm sagen, muss es ihm sagen, dachte es in ihr, aber auch, hätte ich doch Martina nichts gesagt, dann müsste ich ihm gar nichts sagen, aber ich muss mit ihm reden, vielleicht bin ich ja gar nicht schwanger.

„Ich muss zum Arzt", sagte sie deshalb und Carlo riss sich von den Wellenkämmen los.

„Ja, klar, wir werden morgen einen Termin vereinbaren, am besten privat, sonst musst du tage- bis wochenlang warten", meinte er.

„Ich muss dir dann noch etwas sagen", wagte sie sich doch ein bisschen vor, denn so ganz unerwartet und unangekündigt mochte sie ihn nicht treffen, morgen oder übermorgen, wenn sie es ihm endlich sagen würde, aber zunächst wollte sie das Testergebnis.

„Was musst du mir sagen? Etwas Schlimmes?" fragte er sie dennoch und sie nickte. Er senkte den Kopf, aber er hakte nicht nach. Besser so, dachte sie, wenigstens ist er gewarnt. Sie trennten sich ohne Kuss, als sie leise aufs Boot schlichen, um die anderen nicht zu wecken.

Oli hatte ihnen die Gangway hinübergelegt und fragte nicht viel, er sah müde aus. Carlo bot sich an ihn abzulösen, er könne eh nicht schlafen, zu viele Eindrücke, zu viele Ereignisse, er wolle noch seine Heimatstadt vom Boot aus betrachten und die Gesichter und Gespräche an sich vorbeiziehen lassen. Oli war überzeugt und legte sich zwischen die Jungs, die wegen der Hitze wieder an Deck geblieben waren.

Am nächsten Morgen war Sidi weg.

„Hoffentlich ins Meer gefallen", geiferte Matthias, doch Carlo sah ihn weggehen mit seinen Brüdern, wie er erklärte.

„Eine Gruppe Senegalesen ging am Boot vorbei, und als hätte Sidi nur darauf gewartet, stand er bereits an der Reling und mit einem Sprung war er unter ihnen. Und obwohl ich nicht verstanden habe, was sie sagten, sah ich, dass sie erstaunt waren und lachten und sie sprachen lebhaft miteinander, und dann sind sie miteinander weg."

„Das System funktioniert auf der ganzen Welt gleich",
meinte Bedran. „Untereinander erkennt man sich gleich auf
Anhieb und es herrscht unter Emigranten ein Einklang, eine
Brüderlichkeit und eine Solidarität, die man in seinem eigenen Land oft vermisst. Das hast du bestimmt auch erlebt?"
wandte er sich an Carlo. Dieser nickte bestätigend und nahm
den Ball gleich auf, um ihn Matthias zuzuwerfen.

„Das erlebt ihr jetzt auch, dass ihr euch zusammen-
schliesst und verbrüdert im Namen eures Deutschseins, dabei konntet ihr euch nicht ausstehen in Deutschland."
Bedran konnte sich ein Grinsen nicht verkneifen, aber Matthias brauste auf.

„Gerade Sie müssen etwas sagen, gerade Sie, die Sie aus
diesem Fischerdorf hier stammen, jetzt können wir einmal
sehen, woher Sie kommen, aus einem armen, herunterge-
kommenen Fischerdorf und Sie wollen uns etwas beibringen. Sie sollen auf uns aufpassen, Sie wollen uns erziehen.
Sie sind doch nur Erzieher geworden, weil Sie nichts anderes machen konnten, weil Sie kein Geld hatten um zu studieren, das ist doch die Wahrheit." Und er hätte wohl noch
lange so weiter gegeifert, wenn ihn nicht Yussuf unterbrochen hätte.

„Gerade weil er aus diesem armen Fischerdorf kommt,
sehe ich endlich, dass er weiss, wovon er spricht. Und du,
was hast du aus deinem Deutschtum, worauf du so stolz bist,
gemacht? Dein Vater ist Kaufmann, das erzählst du jedem,
auch dem, der es nicht hören will. Warum hast du nichts
gelernt, du als Deutscher hättest ja genug Möglichkeiten
gehabt? Warum gibst du immer den Ausländern die Schuld
für dein eigenes Versagen? Du bist eine Null, und indem du
Schwarze hasst, glaubst du, wer zu sein, du bist der Deutsche, der Schwarze hasst, das ist alles. Ist das etwas wert?
Das ist überhaupt nichts wert, was machst du jetzt, wo Sidi
weg ist, wen hasst du jetzt? Die Türken, die Italiener? Wen?
Im Ausland bist du noch vielmehr eine absolute Null, weil

du hier überhaupt gar nichts mehr hast, hau doch ab, du Nichts, du Null, du."

Matthias hatte sich wutschäumend ein Ruder aus dem Rettungsboot geschnappt. Oli konnte gerade im letzten Moment noch verhindern, dass Matthias das Ruder auf Yussufs Kopf knallen liess. Er riss es ihm aus der Hand, und Bedran und Carlo hielten sich bewusst zurück dabei, denn Oli war der einzige, auf den Matthias zurzeit noch hörte.

„Verdammt nochmals, der Senegalese ist weg, was macht ihr jetzt noch Ärger, die beiden anderen werden wir auch noch los, also hör mit diesem Scheiss auf", schrie er Matthias an, der vor Hass glühte.

„Ich haue auch ab, ich bleibe nicht in diesen verdammten Ländern, kein Pferd bringt mich von der Mafiainsel noch in den Balkan zu den islamischen Terroristen. Lieber bleibe ich zwei Jahre länger im Erziehungsheim oder lasse mich freiwillig in ein Jugendgefängnis einweisen, Hauptsache die Führung ist deutsch."

Der hört nicht mehr auf, dachte Carlo, und es kamen ihm wirkliche Bedenken, wie sie die Reise auf diese Weise weiterführen sollten. Axel und Derek hielten sich in der ganzen Diskussion bedeckt, doch es war ihnen anzumerken, wie unwohl ihnen war. Matthias erwartete wohl, dass sie sich zu ihm bekannten, doch weder Derek noch Axel verspürten grosse Lust, sich gegen den Rest der Gruppe aufzulehnen.

„Am besten du gehst tatsächlich zurück nach Deutschland", lenkte Carlo überraschend ein. „Von Catania geht ein direkter Zug nach Deutschland, den habe ich vor zehn Jahren genommen, den gibt es sicher heute noch. Ich werde den Direktor benachrichtigen, du bist bald volljährig, das schaffst du schon, vielleicht finde ich noch jemanden, der dich begleitet. Und jetzt hau ab, damit ich dich nicht mehr sehe heute." Und Matthias wusste nicht recht, ob er triumphieren sollte oder nicht, jedenfalls zog er es vor zu verschwinden und sich die Sache in Ruhe im Unterdeck zu überlegen. War das jetzt ein Sieg oder eine Niederlage?

Die nächsten Tage hatten die Jungs genug Gelegenheit, sich davon zu überzeugen, dass Acitrezza mehr als nur ein kleines, unbedeutendes Fischerdorf war. Die Touristen-Saison hatte begonnen, und aus vielen Ländern kamen sie hierher, um die sagenumwobenen Felsen zu bewundern, gingen weiter nach Taormina mit seinem griechischen Amphitheater, seinen Gässchen, seinen steilen Pfaden zum felsigen Strand hinunter, zur kleinen Isola Bella und zur Grotta Azzurra. Die Jungs waren beeindruckt von der atemberaubenden Aussicht auf den Ätna, dorthin wollten sie, möglichst nahe zum feuerspeienden Krater. Aber als sie oben waren, zitterten sie vor Kälte, obwohl es vierzig Grad heiss gewesen war bei ihrer Abfahrt, aber auf dreitausend Metern blies ein frostiger Wind über die schwarz zerklüfteten Lavahänge.

Uferlos

Stella hatte einen Termin beim Arzt für den nächsten Tag, fünf Tage Wartefrist sei nicht viel, beteuerten ihr alle, auf einen Schwangerschaftstest aus der Apotheke wollte sie sich nicht verlassen. Sie rechnete nach, falls sie tatsächlich schwanger war, dann wäre es jetzt schon die Woche sieben oder acht und man könnte schon etwas erkennen vermutlich, sie wollte gleich Ultraschall machen lassen und sich nach den Möglichkeiten eines Vaterschaftstests erkundigen, aber vielleicht nicht gerade hier in Sizilien, weiss Gott, was der Arzt sonst von ihr dachte.

„Ich werde mit Matthias nach Deutschland zurückfahren", hatte sie dem Team mitgeteilt, das sprachlos auf ihr Angebot reagierte.

„Du allein mit einem Schlägertypen vierundzwanzig Stunden im Zug? Das kannst du unmöglich machen", rief Oli entrüstet, und als Carlo nicht sprach, schaute er ihn entgeistert an und fragte, was los sei mit ihm, dass er seine Freundin einfach so kommentarlos ziehen lasse. Carlo war vor den Kopf gestossen, fand keine Gedanken und schon gar keine Worte.

„Ich wusste es gar nicht", murmelte er nur zu seiner Verteidigung. Er war ihr dankbar gewesen, dass sie an seiner Seite gestanden hatte bei seiner Ankunft, vor seinen Eltern. Fast hätte er vergessen, dass sie kaum mehr miteinander sprachen, dass sie auf Distanz waren, sich nicht mehr berührt hatten. Streit hatten sie keinen, dachte Carlo, es war eine Mauer zwischen ihnen und er wusste nicht, wie sie dahin gekommen war. Er wusste immer noch nicht, was Stella ihm wohl Schlimmes zu sagen hatte, ob es mit dem Arzttermin zu tun hatte? Martina meinte nur, dass jeder selber wissen müsse, wie er sich zu benehmen habe, es seien schliesslich alle erwachsen hier, und ihr giftiger Blick galt

Bedran und nicht Stella, was sowohl Oli wie auch Carlo verwirrte.

Sie wollte weg von ihm, dachte er, sie verliess das Boot, sie verliess das Projekt, das sie monatelang zusammen erarbeitet hatten, sie ging nach Deutschland zurück mit dem Vorwand, Matthias zu begleiten, es musste ein Vorwand sein, was konnte sie schon ausrichten alleine mit Matthias.

„Natürlich kannst du nicht alleine gehen", meinte er nur, denn eine andere Idee hatte er nicht. Das Problem mit Ali und Sami war auch noch nicht gelöst, er hätte sie gerne in ein Auffanglager gebracht, aber es gab in der Nähe von Acitrezza keines, und sie hätten dort auch nicht hingewollt, und wie hätte er sie zwingen sollen.

„Lass sie arbeiten", hatte der Vater gesagt, „die Bauern suchen überall Handlanger, unsere Jungen arbeiten nicht mehr für solche Löhne. Sebastiano würde lieber auf seinen Computer verzichten, als für die paar Euros Tomaten ernten."

Carlo erinnerte sich, wie er einen Sommer lang für wenig Geld den Bauern aushalf, um der Mutter neue Teller zu kaufen und für Maria ein Fahrrad und für sich selber ein paar Hosen und Turnschuhe, die er sich längst schon gewünscht hatte. Der Vater erinnerte sich auch. „Es waren andere Zeiten damals", brummte er, „aber deinen Jungs würde die Arbeit gut tun und solche wie die zwei Tunesier hat es schon viele auf den Feldern, die können gleich hier bleiben, dann bist du sie los."

Auch die anderen fanden den Vorschlag gut.

„Das ist besser als jeder Besuch in Gefängnissen oder Asylantenheimen, wo sie stets den Blick von aussen bewahren, den rein beobachtenden Besucherblick, sollen sie doch mal unter sengender Sonne für wenig Geld schuften." Oli war sofort überzeugt, einzig Bedran blickte skeptisch.

„Mir macht Matthias Sorgen, ob der mitzieht? Unter armen Immigranten für wenig Lohn in einem Emigrantenland zu arbeiten, ich weiss nicht, ob er mithält."

„Er hat keine Wahl", meinte Carlo trocken, und so war es auch. Am nächsten Tag fuhr ein Lastwagen zum Hafen und lud die Jungs auf, einzig Mauro war nicht dabei, der war seit drei Uhr früh auf dem Meer. Er hatte Carlos Vater gefragt, ob der ihn mitnehmen würde aufs Meer, er wolle Fischer werden, und zum grossen Erstaunen aller hatte der Vater sogleich eingewilligt.

Und so ging Mauro jeden Tag mit Carlos Vater auf das Meer hinaus und lernte fischen. Seine Grossmutter habe ihm gesagt, er solle einen Beruf lernen und dann erst wiederkommen. Sie lebe auch am Meer und bestimmt können sie dort Fischer gebrauchen, aber er wolle es hier in Acitrezza lernen und dann bereits ausgebildet zu ihr gehen, um gleich von Anfang an dort zu arbeiten und Geld verdienen zu können. Sie solle sich nicht mehr schämen müssen, hatte er dem Vater erklärt.

„Der Junge will das Handwerk lernen, es ist ihm ernst, er will arbeiten."

„Warum nimmst du ihn, einen fremden Jungen, gleich mit aufs Meer und lehrst ihn alles und mich wolltest du fernhalten, damit ich etwas anderes lernte?"

„Du hättest weiter gewollt, du hättest es mir vorgeworfen, du hattest andere Möglichkeiten. Dieser Junge hier ist anders. Fischer sein ist für ihn mehr als eine Berufung, es wird sein Leben sein, und diese Einstellung braucht es, um das harte Leben eines Fischers leben zu können."

Carlo fragte nicht weiter, wer wusste schon, wie ernst es Mauro wirklich war, nach ein paar Tagen auf dem Meer würde es wohl bald anders aussehen.

Doch Mauro bat ihn schon am nächsten Tag um Erlaubnis, in Acitrezza bleiben zu dürfen. Um Zeit zu gewinnen, schob Carlo den Direktor vor, die Entscheidung liege bei ihm, sagte er. Doch nach den Erfahrungen mit Kerim wusste er, dass der Direktor nichts dagegen haben würde, zumal Mauro die italienische Staatsbürgerschaft besass. Formell musste er natürlich sein Einverständnis holen, doch das kam wie erwartet rasch. Allerdings lief es hier nicht ganz so unbürokratisch wie bei Kerim, denn der Fall sei anders gelagert. Bei Kerim handle es sich um eine Flucht, und als Flüchtiger sei er auch registriert, bei Mauro sei es ein vorzeitiger Austritt und er müsse sich noch informieren, ob das juristisch überhaupt möglich sei, aber da es sich um eine Berufslehre handle, solle sein Vater doch noch die Formalitäten erledigen, die es dafür brauche, er müsse den Jungen wohl als Lehrling registrieren lassen in Italien, das gehöre ja auch zur Europäischen Union. Und seine Eltern müssten natürlich auch noch ihr Einverständnis geben.

Carlo seufzte am Telefon unhörbar auf. Papierkram, dachte er, aber wir sind in Sizilien, wenigstens waren hier Formalitäten überhaupt kein Problem, wirklich gar keins, wenn er nur die richtigen Leute kannte. Willkommen im System, beglückwünschte sich Carlo, als er aufhängte, nicht ohne versprochen zu haben, die entsprechenden Papiere zu senden, und er überlegte schon, wen er damit beauftragen konnte und wie viel es kosten würde.

Carlo blieb skeptisch, doch der Vater vermochte ihn zu überzeugen.

„Er kann in Sebastianos Zimmer schlafen, in deinem früherigen, du nimmst ja Sebastiano mit auf das Schiff, nimm ihn ruhig mit, das wird ihm sicher gut tun, Fischer wollte der nie werden. Sebastiano war gleich von Anfang immer das pure Gegenteil von dir in allem. Am besten wäre wohl, du nähmest ihn ganz nach Deutschland mit, er kann ja dort studieren oder arbeiten, hier gerät er bloss an die falschen Leute."

So würde auch der zweite Sohn nach Deutschland gehen, diesmal aus den genau gegenteiligen Gründen. Der erste, weil er gewagt hatte, öffentlich gewisse Leute zu kritisieren und der zweite, weil er genau mit diesen Leuten zusammenspannen wollte. Sie schwiegen eine Zeitlang und blickten übers Meer.

„Wenn du vom Ufer aus aufs Meer blickst, dann siehst du nur das Meer und den Horizont und du denkst, das Meer ist unendlich und grenzenlos weit und uferlos, dann bist du auf deinem Boot auf dem Meer und blickst ans Ufer und siehst, dass das Meer eigentlich gar nicht uferlos ist. So ist es mit meinen beiden Söhnen, sie sind beide uferlos, denn euer Blick ist aufs Meer gerichtet." Uferlos, dachte Carlo, so fühlte er sich genau.

„Und du, Vater, wie bist du?" fragte er ihn erstmals nach Jahren der Trennung, die begonnen hatte, als er ihn gepackt hatte damals und zwischen seine Knie geklemmt und ihn geschlagen, auf dass er nicht zum Fischer werde.

„Ich bin ein geborener Fischer, Carlo, ich stehe um zwei Uhr auf, damit ich um drei in der Nacht auf dem Meer bin, um die Fische zu fangen, die ich verkaufen muss, um Geld zu bekommen, damit wir davon leben können. Da steht kein Traum dahinter, keine Sehnsucht, keine Abenteuerlust, das ist reine Notwendigkeit. Mein Blick ist vom Meer aus fest aufs Ufer gerichtet. Dort will ich hin, dort liegt mein Ziel, dort habe ich meinen Halt. Deine Träume gingen in die entgegengesetzte Richtung."

„Was weisst du schon, was meine Träume waren, du hast sie mir von klein auf ausgetrieben."

„Da konnte nicht viel dahinter stecken, wenn eine einzige Tracht Prügel schon genügt hat, dir die Idee vom Fischerleben auszutreiben", versuchte sich der Vater zu rechtfertigen.

„Ich hatte keine Wahl", wehrte sich Carlo, „deine Sprache war deutlich." Der Vater winkte ab.

„Alte Geschichten, nun bist du ja doch mit einem Boot gekommen, zum Menschenfischer bist du jetzt geworden." Menschenfischer, schüttelte Carlo den Kopf, so sprach der

Herr zu Simon Petrus und Andreas, auf dass sie ihre Netze verliessen: ,Ich will euch zu Menschenfischern machen.'

Menschenfischer. Kerim war abgehauen, Matthias wollte zurück nach Deutschland, Mauro wollte in Sizilien bei seinem eigenen Vater bleiben. Aber er hatte Recht, der Vater, es waren alte Geschichten.

„Wir werden in zwei, drei Tagen weiterfahren" wechselte Carlo deshalb das Thema. „Stella muss noch zum Arzt und dann sehen wir weiter."

„Deine Mutter sagt, sie sei schwanger" sagte der Vater und blies den Rauch seiner Zigarette durch die Nase.

Stella, schwanger, sagte seine Mutter. Carlo blickte ohne einen klaren Gedanken fassen zu können über das Meer. Dort unten lauerten sie, die Ungeheuer, die schlangenhäuptige Medusa, die Riesenkraken, die ihn hinunterziehen wollten auf den Grund.

„Das kann nicht sein, sie nimmt die Pille." Carlo schämte sich, mit seinem Vater über diese Dinge zu sprechen, er hatte nie zuvor mit ihm über Frauen geredet.

„Du kennst deine Mutter", sagte er nur noch. Carlo kannte sie, sie wusste viele Dinge, die man sich nicht erklären konnte. Stellas Arzttermin, dachte Carlo, aber er schwieg. Auch der Vater sagte nichts mehr.

Sie rauchten noch einige Zigaretten, blickten über das Meer zum Horizont, sie hörten die Grillen zirpen und Carlo war sich des bevorstehenden Abschieds bewusst. Bald würde er sein Land wieder verlassen und weiterziehen. Heimisch war er nicht wirklich geworden. Den ,Deutschen' nannten ihn die alten Kollegen, die älter aussahen als er, die meisten waren schon verheiratet und hatten Kinder, doch nicht darin lag der Hauptunterschied zwischen ihren Leben. Die Fremdheit lag vor allem in ihrer absoluten Begrenztheit auf Sizilien und das Leben dort. Es gab kein anderes Land, es gab kein anderes Leben. Ihre Vorstellungen von Recht und Unrecht waren glasklar, sie wussten genau, wie sie ihre

Leben gestalten wollten, wie es weitergehen würde für die nächsten fünfzig Jahre. Sie waren ohne grössere Wünsche oder Sehnsüchte, keine Reisen, die sie unternehmen wollten, weil das Geld ja ohnehin nie reichen würde, keine Gegenstände, die sie zu besitzen trachteten, weil sie ausserhalb ihrer Reichweite lagen. Er war auch hier ein Fremder geworden.

„Mir ist, als wäre ich vollkommen uferlos, wohin soll ich gehen, an wen mich wenden, womit mich identifizieren?", sagte er an diesem letzten Abend noch, bevor er in den tiefen, hässlichen Schlund seines Selbst zu blicken gezwungen war, wo die gewaltigen Urkräfte des Menschen brodeln, die zu Totschlag und kaltblütigem Mord führen können.

Hölle oder Fegefeuer?

Stella blickte auf den Bildschirm, wo ihr Kind zu sehen war. Händchen sind dran und Füsschen, den Kopf sieht man, ein vollkommenes Wesen, wenige Wochen alt, dachte sie. Das Herz rast wie verrückt, dachte sie, als sie der Arzt seine Töne hören lässt. Man sah nicht, ob es ein Mädchen wurde oder ein Junge, sie wollte es auch gar nicht wissen, sie fragte nicht einmal danach. Ein vollkommener, perfekter Mensch entsteht in mir, dachte sie, wie sie sogar Finger und Zehen erkennen konnte und einen kleinen Mund und die Augenhöhlen und die Nabelschnur, die es mit ihr verband. Für immer verbunden sind wir beide, dachte sie, und ich schwöre, dass ich dieses Wesen in mir immer und ewig beschützen werde und bewahren vor allem, was auf es zukommen mag.

„Ich bin schwanger", sagte sie zu Carlo, als sie alleine auf dem Bett in seinem ehemaligen Kinderzimmer sassen. Zu ihrer Enttäuschung reagierte Carlo nicht. Er legte sein Gesicht in seine Hände und schüttelte bloss den Kopf.

„Du nimmst die Pille", meinte er leise, und sie antwortete nicht sofort.

„Am Anfang der Reise war ich oft seekrank und musste erbrechen, damit war der Schutz nicht mehr gewährleistet. Steht sogar in der Packungsbeilage." Carlo blieb immer noch stumm. Ihr Herz begann zu klopfen, denn jetzt musste sie es ihm sagen, jetzt war der Moment der Wahrheit gekommen. Es wird eine Explosion geben, dachte sie plötzlich, es gibt einen Knall, ich bin sicher, es gibt einen ganz fürchterlichen Knall.

„War dies das Schlimme, das du mir sagen wolltest?" fragte Carlo, das Gesicht immer noch mit seinen Händen bedeckt, als wüsste er genau, dass er jetzt mit voller Wucht getroffen würde. Sie sagte es ihm.

Totenstille. In Carlo war luftleerer Raum. Einen Augenblick lang war er gestorben, erdolcht mit einem Stich mitten ins Herz. Den Schmerz spürte er zunächst gar nicht, so genau und messerscharf wurde ihm dieser Stich zugefügt. Professionell fast, dachte es in ihm, ein sauberer Stich, kein grosses Blutvergiessen.

Er atmete nicht mehr. Stella neben ihm atmete auch nicht mehr, sie sah ihn nur an, mit diesen grossen, braunen Augen, die mich verraten haben, dachte es in ihm, und die Gedanken begannen wieder Form anzunehmen, wurden schneller und lauter. Es darf nicht sein, dass es wahr ist, was sie mir gerade erzählt hat, es kann nicht sein, dass sie mit Bedran, dass Bedran sie nicht in Ruhe gelassen hat am Steuer, dass er mir tatsächlich die Frau, er durfte nicht weiterdenken, dass diese Frau tatsächlich. -

Wut überkam ihn, überrollte ihn, aggressive, verzehrende zersetzende Wut. Sein Herz, das zunächst wie rasend klopfte, verlangsamte plötzlich seinen Rhythmus. Eine eiserne Ruhe überkam ihn, er stand auf, er sah sich aufstehen und er sah sich ausholen, er sah und fühlte, wie jemand, der seine Hand führt, ausholt und Stella vom Stuhl, auf dem sie gesessen hatte, wegfegt.

Etwas in ihm sieht, wie sie sich aufrappelt, sich die Haarsträhnen aus dem Gesicht wischt, Striemen in ihrem Gesicht, Striemen auf ihrer Wange, es kann nicht sein, dass es meine Hand war, es kann nicht meine Hand gewesen sein, ich schlage nicht, habe noch nie jemanden geschlagen, hämmert es in ihm, und bevor er sich abbremsen kann, holt die Hand, die die seinige zu sein scheint, wieder aus und schlägt wieder zu und wieder und wieder und wieder, und er hört eine Frau weinen und schreien, es klingt nach Stella, dachte er, aber warum weint sie, und der Wirbel in ihm zog ihn immer stärker hinunter, und eiskalt war er, bis plötzlich eine Tür aufgerissen wurde.

Seine Mutter mit angsterfüllten, aufgerissenen Augen riss Stella vom Boden und umarmte und wiegte sie, wieso schreit sie so, dachte er, und wieso schreit sie mich an, wieso mich, dachte er.

„Wie kannst du eine schwanger Frau schlagen, wie kannst du sie schlagen, wo sie doch schwanger ist, denkst du nicht an das Kind, denkst du nicht daran, dass in ihr dein Kind wächst? Bist du mein Sohn, ich kann nicht glauben, dass du mein Sohn bist", schrie sie, und Carlo konnte nicht glauben, dass er tatsächlich ausgeholt und eine Frau geschlagen hatte, mehrmals, mit voller Kraft, Stella geschlagen, die schwanger ist von mir, dachte es, oder von ihm? Und er spürte, dass er nun einfach weg musste.

Wenn ich dort im Zimmer bleibe, wusste er, dann bringe ich sie um, ich schlage meine Mutter, ich schlage, bis ich nicht mehr schlagen kann, ich schlage sie tot. Er rannte davon, weil er keine Kontrolle mehr hatte über seine Gewalt und diese Gewalt durfte nicht mehr Stella treffen, durfte nicht seine Mutter treffen, sie sollte ihn treffen, sie sollte ihn verletzen, sie sollte ihn schwerstens verletzen, sie sollte ihn töten, dachte er.

Töten, schrie es in ihm, ich bringe ihn um, ich töte ihn, ich töte ihn, ich töte ihn. Aber nicht mit meinen Fäusten, ich brauche eine Waffe, dachte es, eine Waffe, woher bekomme ich eine Waffe, woher bekomme ich eine Pistole, damit ich ihn erschiessen kann, damit ich ihm die Mündung des Laufs an seine Schläfe halten kann, damit sein höhnisches Lachen gefriert, dieses Schwein, dachte es in ihm, das verdammte.

Und er rannte ins Zimmer seiner Eltern, dort ist eine Waffe, dort hatte sein Vater seine Pistole, das wusste er als Kind schon, ehrfürchtig blickten sie als Kinder auf die silbern glänzende Waffe, die der Vater manchmal putzte und zum Glänzen brachte.

„Die dürft ihr niemals berühren, niemals, hört ihr. Diese Waffe darf nur im äussersten Notfall berührt werden, im äussersten Notfall, wenn etwas ganz ganz Schlimmes geschieht, jemand euch grosses Leid antun will, welches ihr nur mit dem Griff nach dieser Waffe verhindern könnt."

Genau dies war jetzt eingetroffen, dachte er und hörte nicht auf das Geschrei seines Bruders und seiner Eltern. Sein Vater war ihm nachgerannt und wollte ihm die Waffe entreissen, aber er stiess ihn weg. Das erste Mal in seinem Leben, stiess er ihn weg seinen Vater. Er fiel rücklings aufs Bett.

„Zerstör dein Leben nicht", rief er ihm nach. „Wirf die Waffe fort", rief er noch, aber Carlo rannte schon aus dem Haus, die Strasse hinunter auf die Piazza zu.

Ich bringe ihn um, das Schwein, dachte er, ich bringe ihn um. Er bog in eine Seitengasse ein, damit ihn sein Vater nicht gleich fand. Bestimmt hatten sie bereits angerufen, vielleicht die Polizei, sicher schon Bedran und ihn vorgewarnt, dass er auftauchen würde, ihn heimsuchen und dass er bewaffnet sei. Sollte er sich nur fürchten, sollte er sich doch auch bewaffnen. Das ginge auch, ein Duell wäre auf sizilianischem Boden klassisch.

Seine Schritte wurden langsamer, die Sonne brannte heiss, kein Mensch war auf der Strasse um diese Zeit, alle waren in ihren Häusern und warteten darauf, dass es sechs Uhr wurde, wenn man es wieder langsam wagen konnte aus den kühlen Häusern zu kommen. Die Sonne brannte ihm auf den Kopf, die Waffe glänzte in seiner Hand. Ich werde ihn mit einem einzigen Schuss in den Kopf umbringen, dachte er, Schuss und tot und ich bin gerächt und alles ist vorbei.

Carlo stand auf der Piazza, die Bar war geschlossen, ein Strassenhund hechelte im Schatten einer Palme. Als er an der Kirche vorbeiging, in der er getauft worden war, überkam ihn eine tiefe Wehmut und Trauer, weil er erkannte, dass sich auch mit dem Schuss in Bedrans Hirn nichts mehr geradebiegen liess. Stella und ich, das ist zerstört, dachte er, für immer und er hat es zerstört, und wieder begann in ihm die Wut zu kochen.

Dafür musste er sich rächen, wenn er sich nicht rächte, dann würde er für immer der Verlierer sein, der Gehörnte, mit diesem Bild von sich konnte er unmöglich leben. Auch wenn es nichts bringt, auch wenn es nichts ungeschehen machen lassen kann, ich muss reagieren, ich muss etwas tun, ich muss.

Hinter sich hörte er Schritte, sein Vater, dachte er und verschwand in einer Gasse. Die Schritte hielten inne. Carlo spähte vorsichtig hinter einem Mauervorsprung, hinter dem er sich verborgen hatte, hervor. Bedran.

Sein Herz begann hart an seine Rippen zu klopfen, so hart, dass es fast schmerzte, er würde ihn noch hören, so laut klopfte es. Bedran sah sich um und ging dann zur Kirche. In der Kirche also, dachte Carlo und presste die Hände auf seine Schläfen, in denen das Blut pulsierte, dass er Angst hatte, die Adern würden gleich platzen. In der Kirche konnte er ihn stellen, dachte er und schlich ihm nach.

Die Kirchentür war offen. Die Kühle in den hohen, dunklen, steinernen Räumen überraschte ihn. Automatisch tauchte er seine Hand ins Weihwasserbecken, benetzte die Finger und bekreuzigte sich mit einer kurzen Verneigung Richtung Kreuz, dabei schielte er in alle Ecken, um Bedran zu entdecken.

Ein Geräusch liess ihn herumwirbeln. Bedran. Und neben ihm Don Andrea. Don Andrea, bei dem er als kleiner Junge ministriert hatte.

Er hatte nie mehr daran gedacht an diese Messdienste. Sein Vater hatte es nicht gern gesehen, dass er zu den Papsttreuen ging, wie er sagte, diesen Pomp, dieses Drumherum, das brauchst du gar nicht. Wir sind keine Katholiken, hatte der Vater gesagt, du brauchst diesen Kirchendienern und Götzenverehrern keinen Dienst zu verrichten.

Älter war er geworden. Weisshaarig und gebrechlich, er hätte ihn wegfegen können, wie er Stella weggefegt hatte, dachte es in Carlo. Das Tor zur Hölle stand sperrangelweit offen, das Feuer brodelte lodernd und züngelnd in seinem Innern, das Feuer des Hasses, das Feuer der Vergeltungssucht, das Feuer der Ohmacht und der Wut drohte ihn zu verzehren.

„Gib mir die Waffe, Carlo", ertönte Don Andreas Stimme so laut, dass es widerhallte in den hohen Räumen.

„Nein", Carlo umklammerte den Griff noch stärker. Er könnte abdrücken, er könnte sie beide auf der Stelle abschiessen, dachte er.

„Mach keinen Scheiss, Mann", hörte er Bedrans Stimme. Der hatte auch schon selbstsicherer geklungen, dachte er fast schon erheitert.

„Ich will den Mann töten, der meine Freundin besessen hat", sagte er zu Don Andrea gewandt, aber die Worte galten Bedran. Er sah ihn immer noch nicht an, denn was dann geschehen würde, wusste er nicht zu sagen, er würde ihn auf der Stelle erschiessen müssen, dachte er, er ertrug es nicht, ihn anzusehen. Nur der leiseste Spott oder Hohn in dessen Augen und er würde ihn auf der Stelle wegblasen, dachte er grimmig.

„Du sollst nicht töten, heisst es in den Geboten", kam nach einem kurzen Schweigen die etwas unbeholfen klingende Antwort.

„Ich kann nicht anders, ich muss es tun", und Carlo war sich sicher, dass er von diesem Weg, den er jetzt begonnen hatte, nicht mehr wegkonnte, er musste es tun, er musste es tun, er musste es tun.

Don Andrea ging entschlossen auf ihn zu und nahm ihm die Pistole aus der Hand. Carlo hätte sich wehren können, er hätte sie ihm an die Schläfe hauen können, ihn wegstossen, ihn zu Boden werfen, aber der Respekt vor den grauen Haa-

ren dieses Mannes und die Erinnerung an seine Ministran-
tenzeit hielten ihn zurück.

Don Andrea hantierte fachmännisch mit der Pistole und
warf die Patronen ins Weihwasser. Die Pistole liess er unter
seiner Sutane verschwinden.

„Die behalte ich, damit sie keinen Schaden anrichtet."
Carlo fühlte sich auf eine Weise entmachtet, dass ihm war,
als wäre ihm auch noch der letzte Boden unter den Füssen
weggezogen worden.

„Mann, Carlo, dass du so ausrastest, ehrlich, das hätte ich
nicht gedacht, das wollte ich nicht", meinte Bedran etwas
hilflos, und Carlo musste mehrer Male tief durchatmen, damit er nicht gleich auf ihn losging und ihn mit blossen Händen erwürgte; ich erwürge ihn gleich auf der Stelle, dachte
er. Diese Gedanken gaben ihm die Sicherheit zurück, dass
er doch noch eine Möglichkeit hatte, sich zu wehren, wenn
es darauf ankam, und sich zu rächen.

Carlo vermied nach wir vor den Augenkontakt zu
Bedran, wie ein Panther fühlte er sich, wie ein verletzter
Tiger, ein angeschossener Löwe, wehe, man blickte ihm
direkt in die Augen, er konnte für nichts garantieren. Bedran
versuchte es nochmals: „Mensch, wir waren betrunken an
diesem Abend, ich weiss doch genau, das weiss doch jeder,
dass du und Stella, dass ihr zusammen gehört und .."

„Wenn du noch *ein* Wort sagst", Carlo flüsterte fast, um
seine Stimme in den Griff zu bekommen, die sonst vor Wut
und unterdrücktem Hass, der ihn zu zerreissen drohte, ge-
zittert hätte, „wenn du noch ein Wort sagst, dann schlag ich
den Pater nieder, entreisse ihm die Pistole und schiesse dich
mit der einen Kugel, die noch im Lauf steckt, nieder. Ich
schwöre es dir bei Gott, so wahr wir in einer Kirche stehen."

Bedran schwieg und blickte Hilfe suchend zu Don Andrea. Der bedeutete ihm mit der Hand die Kirche zu verlassen, und als ihm Carlo reflexartig folgen wollte, stellte er
sich ihm in den Weg und hielt ihn am Arm zurück. Carlo

liess es geschehen, er hatte keine Kraft mehr. Später, dachte er, später. Er konnte auch warten, sollte Bedran doch davonrennen, sollte er doch Angst haben vor ihm, sollte er sich ruhig fürchten.

„Mir wurde erzählt, du seist mit einem Erziehungsschiff nach Acitrezza gekommen. An Bord sollen sich angeblich Mörder und Vergewaltiger befinden, die umerzogen werden sollen." Carlo schnaubte verächtlich durch die Nase.

„Mörder und Vergewaltiger, die Leute von Acitrezza haben sich nicht geändert in den letzten Jahren, immer Klatsch und Tratsch und glauben immer zu wissen, was los ist, glauben immer zu wissen, wer was warum tut."

„Aber dass die Jugendlichen straffällig waren, stimmt doch, oder? Das hat mir ja deine Mutter selber gesagt." Don Andrea schien müde geworden zu sein und setzte sich schwerfällig auf einen Stuhl neben der Statue der Muttergottes Maria und ihrem Sohn. „Zünd eine Kerze an!", forderte er Carlo überraschend auf. Dieser gehorchte schweigend, nahm gewohnheitsmässig seine Brieftasche hervor, legte einen Euro in den Opferstock, nahm die Kerze und zündete sie mit den bereitgelegten Streichhölzern an. „Wir wollen um dein Seelenheil beten", meinte Don Andrea und faltete bereits die Hände. Um mein Seelenheil, dachte Carlo und erinnerte sich an seine Gedanken bei der Durchfahrt in der Meerenge von Gibraltar. Der Eingang zur Hölle. Wieder sah er die Flammen züngeln und sein Herz versengen. Verzweifelt liess er sich auf den Stuhl neben Don Andrea fallen.

„Wenn ich nicht reagiere, Don Andrea, wenn ich nicht reagiere, verliere ich meine Ehre. Die Jungs werden niemals mehr auf mich hören, sie werden auf mich herabsehen, sie werden mich verachten. Ich werde mich selbst verachten." Und er erzählte ihm von seiner ganzen Situation. „Verstehen Sie jetzt, Don Andrea, verstehen Sie?" fragte Carlo und hoffte auf eine Rettung, auf einen Ausweg aus diesem dumpfen Loch, in dem er sich jetzt befand und nicht mehr herauskonnte.

„Was sagst du den Jugendlichen, die geschlagen haben, die Gewalt angewendet haben, die gestohlen und geraubt haben? Was sagst du ihnen jeweils, wenn sie aggressiv auftreten, wenn sie sich schlagen wollen?"

Carlo schloss die Augen und schüttelte resigniert den Kopf.

„Gar nichts sagte ich, gar nichts, denn alles, was ich je gesagt oder gedacht habe, war wertlos. Wenn man so fühlt, wie ich fühle, sind diese Worte nur Schall und Rauch, sie sind bedeutungslos. Ich sagte ihnen nur Bedeutungsloses, deshalb konnte ich ihnen nicht helfen, deshalb konnte ich sie nicht verstehen, deshalb verhöhnten sie mich. Gar nichts sagte ich."

„Aber was sagtest du genau?", insistierte Don Andrea dennoch, und Carlo versuchte sich zu erinnern.

„Vom Verzeihen sprach ich und Verstehen und Vergessen, so in etwa." Die Worte klangen lau und leblos in Carlos eigenen Ohren. Leere Worte waren das gewesen, dachte er, wie konnte man verzeihen, wenn einem solches Unrecht widerfahren war wie ihm, wie konnte man verzeihen, wenn der Vertrauensbruch grösser war als das Mass an Kraft und Grösse, das man besitzen musste, um verzeihen zu können.

„Ich kann nicht verstehen, ich kann nicht vergessen", sagte er deshalb und Don Andrea nickte.

„Führst du ihnen nie vor Augen, dass sie sich nur selber schaden, wenn sie ausführen, was ihnen ihr animalischer Instinkt gebietet?" Animalischer Instinkt, dachte Carlo, so etwas in dieser Art hatte er vielleicht auch schon gesagt. Zerreissen wollte er ihn, den Hund, mit seinen Zähnen, zerfetzen mit seinen Krallen. Animalischer Instinkt. „Wenn der Mensch seine animalische Seite auslebt und seinen Urinstinkten folgt, wird er sich nie von der Kette des Leids befreien. Redetest nicht auch du in früheren Jahren gegen die

Blutrache, die doch genau auf diesen Gesetzen begründet ist?"

„Das ist etwas anderes" wehrte Carlo ab.

„Wenn du ihn tötest, zerstörst du nicht nur dein Leben, sondern auch das Leben deines Kindes, deiner Eltern, deiner Geschwister, deiner Frau", das Wir-sind-nicht-verheiratet von Carlo schlug er mit einer Handbewegung in den Wind. „Du könntest dich natürlich mit ihm schlagen, aber was für ein Vorbild gibst du deinen Jungs ab? Wolltest du nicht eine friedliche, gewaltfreie Welt?" Wann wollte ich das, dachte Carlo, das musste viel viel früher oder in einem anderen Leben gewesen sein.

„Der versteht keine andere Sprache, es gibt für mich keine andere Möglichkeit, mein Gesicht hier ehrenvoll zu retten. Keine", bekräftigte Carlo noch einmal. Er stand entschieden auf, um Bedran zu suchen. Wohin konnte er denn schon gehen, wo sollte er sich schon verstecken? Bestimmt war er auf dem Schiff.

„Denk an meine Worte", rief ihm Don Andrea noch nach, nachdem er ihn gegen Carlos Willen noch gesegnet hatte. „Meinen Frieden gebe ich dir", sagte er zuletzt noch und Carlo murmelte aus einer alten Gewohnheit heraus „Amen".

Dann stand er wieder auf der Piazza unter der sengenden Sonne des sizilianischen Sommers. Meinen Frieden gebe ich dir, meinen Frieden gebe ich dir, klangen ihm die Worte Don Andreas nach.

Ohne nach links oder nach rechts zu blicken, stürmte er zum Hafen. Er musste diese Angelegenheit jetzt bereinigen, dachte er, nur sie beide, Mann gegen Mann.

Von weitem sah er schon die Naval, wie sie auf- und abwippte. Die Jungs waren wohl auf dem Feld, wenn er Glück hatte, konnte er ihn allein antreffen. Ob er sich inzwischen bewaffnet hatte? Carlo wollte unbemerkt an Bord gelangen und dann wüsste er schon, was zu tun war, er würde spontan reagieren, zuerst mal seine Reaktion abwarten.

Mit einem Satz war er an Bord und schlüpfte über die Treppe in den Speiseraum, wo niemand zu sein schien. Vorsichtig sah er sich um, wer wohl da war, als er hörte, wie der Motor angelassen wurde. Er nahm die Stufen zum Steuerhaus und dort stand sein Vater, den Blick konzentriert aufs Ufer gerichtet. Er rüttelte vergeblich an der Tür, sie war abgeschlossen.

„Sie ist abgeschlossen", hörte er eine Stimme und er drehte sich überrascht um. Yussuf stand vor ihm.

„Warum bist du nicht auf dem Feld?" fragte er ihn.

„Ihr Vater hat mich abgeholt und hierher gebracht, er sagte, sie bräuchten Hilfe und wer von uns dazu bereit wäre. Ich habe mich gemeldet." Carlo blickte wütend zu seinem Vater. Wieder mischte er sich in sein Leben ein, wieder wollte er ihn dominieren, wollte er ihn zwingen, nach seinen Regeln zu leben.

„Du kannst mir nicht helfen", sagte er deshalb schroff und wandte sich ab. Am liebsten wäre er weggerannt, aber er wusste nicht, wohin er auf diesem Schiff gehen sollte. Es schien ihm überall zu eng, deshalb begann er auf und ab zu gehen.

„Hast du Bedran gesehen?" fragte er ihn in einem möglichst lockeren Ton, um sich nicht preiszugeben. Yussuf antwortete nicht sofort, deshalb hielt Carlo in seinem Auf- und Abgehen inne und blickte ihn an. „Was weisst du?" fragte er ihn stattdessen und setzte sich neben ihn. Er hörte, wie sein Herz lauter pochte, von dessen Antwort hing seine Zukunft ab, dachte er und schalt sich gleich irrational, wie konnte seine Zukunft von Yussufs Antwort abhängen.

„Ich weiss nur, dass Ihr Vater sagte, Sie bräuchten Hilfe und hier bin ich. Wie ich helfen kann, weiss ich nicht und wobei Sie Hilfe benötigen, weiss ich auch nicht." Das letztere sagte er allerdings nicht ganz überzeugt, so dass Carlo bitter auflachte.

„Bestimmt mache ich schon die Runde als Witzfigur bei euch Jungs" meinte er dann und liess Yussuf keine Zeit zu antworten, weil er mehr gesagt hatte, als er verraten wollte. „Ich kann mir eure Sprüche genau vorstellen, habt ihr eigentlich schon lange gewusst, was läuft?" fragte er nun dennoch und hätte sich am liebsten auf die Zunge gebissen, aber gleichzeitig war er zu neugierig darauf zu erfahren, wie viel die Jungs mitbekommen hatten. Yussuf blieb zurückhaltend.

„Sehen Sie, Frauen auf diese Reise mitzunehmen, war vielleicht ein Fehler", und er klang dabei so altklug, dass Carlo trotz des Schmerzes und der Bitterkeit aufrichtig lachen musste. „Jetzt lachen Sie wieder, Sie denken wirklich, Sie seien klüger als wir. Jetzt hat es Sie auch einmal getroffen, jetzt können Sie mal sehen, wie das ist, wenn man niedergemacht wird, wenn man der Verlierer, der Lächerliche, die Null ist." Er hatte Yussuf gekränkt vorhin durch sein Lachen, doch er hatte nicht anders gekonnt, als mit Hohn und Spott zu reagieren. Nun war auch er gekränkt.

„Ach, so seht ihr mich also? Gut zu wissen. Gut für euch, dass ihr nicht wisst, was *ich wirklich* denke", warf er aus verletztem Stolz unbedacht hin.

„Das wissen wir schon, Sie denken, wir sind Gescheiterte und Gestrandete, Sie denken, wir seien Unglücksraben, die man bei geeigneter Führung und Erziehung vielleicht noch auf den rechten Weg bringen könnte. Dabei gibt es diesen Weg gar nicht für uns, der linke Weg, der, der von der Strasse wegführt, ist der richtige für uns, immer. Ihre Bemühungen sind also absolut sinnlos. Wenn ich draussen bin aus dem Erziehungsheim, mache ich weiter wie vorher, ein Jahr, zwei Jahre, dann erwischt man mich halt wieder, komme wieder rein, gehe wieder raus, komme wieder rein, gehe wieder raus. Ich kann mich nicht mehr anpassen, verstehen Sie. Sie sehen ja selbst, wie es ist, wenn man gebissen wird: Man beisst zurück." Man beisst zurück, dachte Carlo, man beisst zurück.

„Ich bringe ihn um", platzte Carlo plötzlich heraus und Yussuf sah ihn so perplex an, dass er es gleich wiederholte: „Ich bringe ihn um." Man sah Yussuf an, dass er auf eine solche Antwort nicht vorbereitet gewesen war und auch nicht wusste, was er damit anfangen sollte.

„Das können Sie doch nicht", sagte er dann nur.

„Warum nicht?" fragte Carlo provozierend, aber Yussuf blieb ihm die Antwort schuldig.

Inzwischen waren sie weit vom Ufer entfernt und tuckerten der Küste entlang Richtung Messina. Carlo blickte sich zu seinem Vater um, der immer noch starr am Steuer stand, den Blick stets konzentriert. Der Abstand vom Ufer, von Acitrezza, von Stella, von Bedran war heilsam. Es war ihm, als könnte er nun klarer erkennen, was geschehen war.

Ein Seitensprung. Mit Bedran. Schmerzhaft. Nicht mehr. Nicht weniger.

Carlo stand auf, ging an die Brüstung und liess den Wind durch sein Haar wehen. Sein Vater hatte ihn hinausgebracht aufs Meer, sein Vater hatte ihn vom Ufer weggebracht, wo er fast seine ganze Zukunft aufs Spiel gesetzt hätte. Er atmete tief durch. Er spürte die salzige Gischt auf seinen Wangen. Lange stand er so, während sich die Naval langsam durch den stärker werdenden Wellengang pflügte. Sie näherten sich der Strasse von Messina, den beiden Strömungen Skylla und Charybdis.

Den Meermann hatten sie nicht mehr freigegeben, als er auch ein zweites Mal nach dem Kelch des Königs getaucht war. Er wünschte, er könnte in die Strömung springen und eintauchen und sich verlieren in den Klippen und alles vergessen.

Eine Hand legte sich auf seine Schultern. Sein Vater. Er blickte kurz zum Steuerhaus - Yussuf stand dort. Er blickte ebenfalls konzentriert auf das Meer vor sich, ganz allein hatte er das Boot noch nie geführt. Er begann das Steuer zu wenden, sie drehten ab. Carlo spürte gleich, wie eine Welle von Übelkeit hochkam, er müsste sich der Situation stellen. Sehnsüchtig blickte er nochmals zu Skylla und Charybdis, den Meeresgöttinnen, die ihn gelockt hatten mit dem Versprechen des Vergessens. Er seufzte tief auf.

„Du wirst dieses Boot in die Türkei führen", begann der Vater zu sprechen. „Bedran wird nach Deutschland zurückkehren, mit Matthias und Stella. Die andere Frau will nicht allein mit euch Männern bleiben und geht auch nach Hause. Sebastiano wird dich und den deutschen Koch unterstützen." Carlo blickte wehmütig auf den Meeresgrund unter sich. Sein Vater hatte wieder alles eingefädelt für ihn, dachte er, nicht ohne Dankbarkeit.

Bedran würde mit Stella reisen. Gut, dachte er, es war also kein Seitensprung oder Betrug, die beiden waren jetzt das neue Paar, gut, damit konnte er fast besser leben, dachte er, hätte sie es ihm doch nur so gesagt, dachte er, das wäre vielleicht leichter gewesen für ihn.

Wann war es gewesen, als sie es ihm gesagt hatte? War es Minuten, Stunden her? Sein Vater nahm die Hand von seinen Schultern.

„Kommst du klar mit den Jungs bis in die Türkei? Du kannst ja kein Türkisch. Du könntest das Boot auch wenden und zurückkehren..."

Carlo schüttelte den Kopf und sprach erstmals.

„Nein, es geht schon, ich habe ja die Jungs, Yussuf kann mir helfen oder Osman." Warum hast du Yussuf mitgenommen, hatte er fragen wollen, aber er war zu müde, zu ausgebrannt, um noch Fragen zu stellen. Er wünschte, sie würden immer nur fahren und er müsste nie mehr anlegen. „Sind sie schon fort, wenn wir zurückkommen?" fragte er und zu seiner grossen Erleichterung bejahte es der Vater.

„Francesco und Sebastiano haben die Fahrkarten gekauft und sie nach Acireale gebracht. Morgen sind sie schon in Deutschland."

Weg, sie waren weg. In Gedanken zog er ihnen nach, Stella und ihrem Baby, das vielleicht seines war, und Martina und Matthias und Bedran, den er von Anfang an gehasst hatte. Hätte er doch auf sein Gefühl gehört.

Stella im Zug nach Deutschland. Seine Stella mit seinem Kind im Bauch. Sein Sohn oder seine Tochter verliessen ihr Ursprungsland. Sein Kind. Vielleicht.

Rückkehr

Als sie wieder in Acitrezza anlegten, erschien es Carlo, als käme er von einer langen Reise zurück. Ihm war, als käme er erst jetzt wirklich wieder Zuhause an, ihm war, als sei er um Jahre gealtert.

Sein Gewaltausbruch hatte etwas in ihm zerstört und er war schockiert zu erkennen, dass auch eine gewisse Befreiung und Befriedigung darin steckte. Etwas in ihm war explodiert, ein Ausbruch von längst verschütteten, unterdrückten Kräften, die an die Oberfläche geschleudert worden waren, und er hatte ein Gewaltpotential in sich entdeckt, von dessen Vorhandensein er vorher kein Bewusstsein hatte.

Die Jungs warteten schon am Hafen, als sie ankamen und blickten ihnen neugierig entgegen. Yussuf steuerte das Boot unter der Anleitung seines Vaters ganz alleine in den Hafen, so dass ihm Carlo gleich die Aufgabe des ersten Steuermanns für den letzten Teil ihrer Reise übertrug.

Den letzten Teil ihrer Reise, dachte Carlo, würden sie in dezimierter Form weiterfahren. Nur Oli und er waren noch übrig vom ursprünglichen Leitungsteam und er fragte sich, ob sie es aufnehmen konnten mit den übrigen Jungs. Axel und Derek waren noch dabei, Osman, Said, Mohammed, Yussuf und David. Und sein Bruder Sebastiano. Er würde allen Verantwortung übertragen, dachte er, nur so ging es, kein Schulunterricht mehr, keine Lehrer und Schüler mehr.

Carlo wollte kein Erzieher mehr sein, dazu fühlte er sich nicht mehr ermächtigt, nicht auf dem letzten Teil ihrer Reise, nicht auf diesem Schiff. Sie mussten sich alle für das Schiff und die Fahrt verantwortlich fühlen, als Besatzung mit klaren Rollenverteilungen und Hierarchien. Alleine konnte er das Schiff nicht in die Türkei fahren.

Allein. Und wieder meldete sich der dumpf rollende Schmerz in ihm.

Er unterrichtete Oli kurz über die neueste Entwicklung, er sollte die Verantwortung für das Schiff übernehmen.

„Derek kann die Küche haben", meinte Oli und er würde es ihm in diesem Sinne mitteilen. Er stellte nicht viel Fragen, auch die Jungs waren eher zurückhaltend. Carlo vermisste die faulen Sprüche, wie viel sie wohl mitbekommen hatten, überlegte er.

Oli übernahm die Leitung der Truppe, damit Carlo noch nach Hause konnte, um sich zu verabschieden, denn sie wollten schon am selben Abend weiterfahren, um diese unschöne Geschichte zu erledigen, meinte sein Vater und die Münder zum Schweigen zu bringen.

Immer muss ich gehen, dachte er, damit nicht geredet wird über mich, damit nicht andere die Konsequenzen meines Handelns tragen müssen.

In Antalya würde die Reise zu Ende gehen. Das Boot konnte dort überwintern. Nach Deutschland würden sie mit dem Flugzeug zurückkehren und die zweite Gruppe der Jungs konnte die Reise in umgekehrter Reihenfolge machen. Ob er allerdings noch dabei sein würde, daran mochte er jetzt noch gar nicht denken.

Als sie nach Hause zurückkehrten, fragte Carlo seinen Vater doch noch, warum er Yussuf aufs Schiff mitgenommen hatte.

„Hätte es nicht vollkommen genügt, dass du alleine gekommen wärst auf das Boot?"

„Ich wollte dich an deine Rolle erinnern, ohne Yussuf hättest du dich vermutlich wieder als gekränkter Sohn aufgeführt, ohne Rücksicht darauf, ob deine Geschichte jemanden interessiert oder nicht. Mit Yussuf an Bord hingegen wurdest du daran erinnert, dass du sein Erzieher bist, und auf diese Weise musstest du dich auch dementsprechend benehmen."

Carlo schämte sich für sein unakzeptables Benehmen vor seiner Mutter, und tatsächlich, als er in die Küche trat, sah sie ihn weder an, noch sprach sie ein Wort mit ihm. Sie koche ein Abschiedsessen, sagte sie zu Maria, die auch noch dazu gekommen war und die ihn ebenfalls vorwurfsvoll anblickte. Schliesslich sassen sie alle um den Tisch und assen fast schweigend. Carlo hatte das Bedürfnis, sich zu entschuldigen, aber er wusste nicht bei wem, also liess er es bleiben.

Nach dem Essen wollte seine Mutter ihn unter vier Augen sprechen, und natürlich machte sie ihm Vorwürfe, eine Frau schlagen, sagte sie, niemals, und schon gar nicht, wenn sie schwanger ist. Carlo versuchte nicht, sich zu verteidigen. Er fragte nur, ob ihr Stella auch gesagt hatte, dass das Kind vielleicht gar nicht von ihm sei.

„Kein Zweifel, du bist der Vater, ich habe es in ihren Augen gesehen." Meine Mutter und ihre abergläubischen Volksweisheiten, dachte er. Aber dann sagte sie dennoch, er solle einen Vaterschaftstest machen.

Er musste lächeln. Sie sah es in ihren Augen, aber er sollte dennoch einen Test machen lassen. Darin lag für sie keinerlei Widerspruch. Carlo umarmte sie zum Abschied und entschuldigte sich endlich.

Am Abend fuhren sie los, Yussuf stand am Steuer, Oli und Axel unterstützten ihn dabei, das Schiff aus dem Hafen herauszunavigieren. Carlo sah mit den anderen Jungs vom Heck aus seine Heimat entschwinden.

Alle waren an den Hafen gekommen und Carlo umarmte seine Eltern. Seine Mutter ermahnte ihn nochmals, Stella zu heiraten, sobald er definitiv wüsste, dass es sein Kind sei, er nickte, um sie nicht zu beunruhigen.

Sein Vater hatte nie viele Worte verloren und auch jetzt nicht, er gab ihm noch ein paar Netze mit und sie küssten sich. Carlo umarmte Maria und Francesco, der ihm solidarisch auf den Rücken klopfte und dann fuhren sie los.

Sein kleiner Bruder war dabei, der fuhr das erste Mal alleine weg und seine Augen leuchteten und Carlo wusste nicht, ob es Freude oder Trauer war oder beides. Er überliess ihn seinen Gefühlen und drehte sich ab zu den Jungs, die immer noch konsterniert über die überraschende letzte Wendung waren und nicht wussten, wie sie mit diesen Neuigkeiten umgehen sollten.

„Der letzte Teil dieser Reise wird zur Vorbereitung auf euere baldige Selbstständigkeit dienen", sagte er und „Schule ist gestrichen." Die Jungs brachen in Begeisterungsstürme aus, als hätte er gesagt, ihre Strafe sei ihnen erlassen worden.

Sie gingen in den Essraum, um auf die Ferien anzustossen, wie sie sagten, ein paar Kisten Bier hatten sie ohne sein Wissen an Bord gebracht, er bemerkte es, sagte aber nichts. Sollten sie doch, dachte er und ging an Deck, um die Lichter von Acitrezza entschwinden zu sehen.

Sebastiano gesellte sich kurz zu ihm, aber sie fanden keine Worte. Fast entschuldigend fragte er, ob er zu den anderen gehen könne. Es mutete Carlo seltsam an, dass er ihn fragte, als wäre er sein Vater. Sein grosser Bruder, dachte er, er war sein grosser Bruder, den er in den letzten zehn Jahren nur wenige Male in der Fremde gesehen hatte.

„Sicher, geh nur", sagte er und „trink nicht zu viel Bier", wenn er schon den grossen Bruder spielen sollte, dann wollte er das doch gesagt haben. „Du bist die See nicht gewöhnt, du wirst alles rauskotzen, wenn du nicht aufpasst." Er würde seine Warnung natürlich in den Wind schlagen, das sah er an seinem Gesichtsausdruck, aber er sagte nichts mehr.

Sein Blick wanderte zurück nach Acitrezza und den Ätna dahinter. Die Sonne war längst hinter ihm untergegangen und hatte ihn mit einem rotleuchtenden Wolkenkranz zurückgelassen. Carlo fühlte eine starke Verbindung zum Vulkan, wie er breit und mächtig und scheinbar unberührbar über die Dörfer wacht. In ihm brodelt und kocht es und ohne Vorwarnung wird er sein heisskochendes Magma ausspucken und die Leute werden ihre Häuser verlassen, die sie dann wieder neu an seinen Hängen bauen. Unbeirrbar, nach Jahrhunderten von Erfahrung der Zerstörung durch seine Ströme, beginnen sie immer wieder von vorn.

Carlo dachte an das Feuer in sich, das kochend brodelnde Feuer des Hasses, das der Schmerz um den Verlust, um den Verrat, um den Betrug entfacht hatte. Er sah Stella vor sich, wie sie sich aufrappelte, nachdem er sie vom Stuhl geschlagen hatte, zu unvorbereitet hatte sie sein Ausbruch getroffen. Keine Rauchzeichen waren je von ihm sichtbar gewesen, er selbst hatte nicht einmal gewusst, dass er ein Vulkan war, der je ausbrechen könnte. Er versuchte den Gedanken an Stella zu verdrängen, sie war jetzt unterwegs nach Norden, nach Deutschland, sie selber fuhren in den Osten.

Er wollte zu den griechischen Inseln, wollte Moussaka essen, Retsina und Ouzo trinken und vergessen. Ich will endlich voll und ganz in dieser Reise aufgehen, ich will mit den Jungs etwas erleben, dass wir niemals vergessen, dachte er und verdrängte Stella aus seinen Gedanken.

Er ging zu den Jungs und liess sich ein Bier geben, um auf ihre nächsten gemeinsamen Wochen ohne Schule, sagte er, anzustossen, und ohne Weiber, rief jemand vorlaut, er lachte lauter, als es nötig war, und ohne Kapitän, rief ein anderer, durch sein Lachen wohl mutiger geworden und Carlo dachte, dass es besser wäre, er würde jetzt gehen und er sagte, er würde Yussuf ablösen und das tat er auch.

Auf dem Weg in die Türkei wurde es immer heisser. Sie schliefen alle auf Deck. In der Nacht gingen sie vor Anker, zwei hielten stets Wache und leuchteten über das Meer, damit niemand auf sie auflief. Dann frühstückten sie und badeten und fischten. Sie fuhren das Boot inzwischen abwechselnd, jeder wollte an die Reihe kommen, jeder wollte sich als Kapitän fühlen. Yussuf wachte eifersüchtig darüber, dass ihm niemand sein Amt streitig machte, aber er brauchte sich nicht zu fürchten, nach ein paar Tagen legte sich die Euphorie und das Steuern war nicht mehr gleich aufregend wie zu Beginn.

Sie legten planlos an jeder Insel und jedem Hafen, der ihnen gefiel, an. Die Grenzen zwischen Erwachsenen und Jungen, zwischen Deutschen und Nicht-Deutschen, zwischen Erziehern und Straftätern verwischten sich. Erstmals waren sie ein echtes Team, eine Einheit. Carlo fühlte keinen Unterschied mehr zwischen sich und den Jungs. Sie hatten geraubt, sie hatten gestohlen, sie hatten geschlagen - wie er - dachte er - genau wie er. Niemand war ein Mörder geworden, reiner Zufall, dachte Carlo, reines Glück, es hätte nicht viel gefehlt und auch er wäre zum Mörder geworden. Wie Yussuf, der auf einen Verkäufer geschossen hatte, als dieser den Alarm ausgelöst hatte, reiner Instinkt, hatte er ihm erzählt, und Carlo hatte es nie verstanden, reiner Instinkt wusste er jetzt. Die Kugel war im Oberarm steckengeblieben. Und Mohammed, der einem Gegner eine Flasche über den Kopf gezogen hatte und dann davon gerannt war, der wäre fast verblutet, hätte ihn nicht ein Passant gefunden, das war knapp, ich konnte ihm doch nicht zuerst eins über die Rübe ziehen und ihn dann noch wie eine Krankenschwester pflegen, wäre ja wohl lächerlich. Ja, lächerlich, dachte Carlo jetzt und sah seine Jungs mit anderen Augen.

„Und doch darf es nie so weit kommen, dass ihr wirklich zuschlagt", sagte er, als sie in einer Taverne sassen und gekühlten, harzigen Retsina tranken. „Ihr müsst vorher schon gehen, ihr müsst abhauen, solange ihr noch klar denken könnt, denn wenn ihr in der Situation drin steht, wenn die Wut oder die Angst kommt, dann ist es schon zu spät, dann könnt ihr euch nicht mehr bremsen." Und die Jungs hörten ihm zu und nickten.

Am Abend beantwortete ihm Yussuf die Frage, die er ihm in seiner Verzweiflung gestellt hatte, auf dem Schiff.

„Warum nicht?" hatte er gefragt. „Warum kann ich Bedran nicht töten?", aber Yussuf hatte keine Antwort gewusst.

„Ich habe nachgedacht", sagte er ihm an diesem Abend, als sie beide wegen der Hitze nicht schlafen konnten und sich in der Küche etwas zu trinken holen gegangen waren.

„Lass uns an den Tisch sitzen", schlug Carlo vor und sie setzten sich mit ihrem Glas in der Hand.

„Sie können Bedran nicht töten, weil sich dann alles, was Sie uns je gesagt haben, als falsch erweist. Weil Sie dann nicht nur sich selber belogen haben, sondern uns ebenfalls." Carlo nahm einen Schluck Wasser, setzte das Glas ab und strich sich mit den Händen durch die Haare.

„Du hast selbst gesagt, dass alles, was ich je gesagt habe, dich nicht davon abhalten kann, deinen Weg zu gehen. Du hast selbst gesagt, dass du dein Leben, sobald du aus dem Heim entlassen wirst, wieder genau wie vorher weiterführen wirst, dass alles, was ich sage oder versuche euch beizubringen, überhaupt gar keine Wirkung auf dein zukünftiges Verhalten haben wird, hast du doch gesagt." Carlo blickte fragend auf Yussuf.

„Habe ich gesagt, ja, und vielleicht wird es auch so sein, wie ich gesagt habe. Aber vielleicht hoffe ich ja doch irgendwo, dass es einen anderen Weg für mich geben könnte. Vielleicht werde ich erst in ein paar Jahren daran denken, an das, was Sie gesagt haben, vielleicht braucht es einfach Zeit, dass sich das, was Sie versuchen, uns zu erklären und beizubringen, überhaupt zeigen kann. Wer weiss, vielleicht habe ich ja auch Glück und finde einen Job oder eine Freundin und dann komme ich doch raus. Aber dazu muss ich wissen, dass Sie selbst glauben, was sie sagen, dass Sie selber das leben, was sie predigen. Wenn alles auf einer Lüge gebaut ist, das merken wir." Yussuf trank sein Glas in einem Zug aus, er hatte sich den Mund trocken geredet.

„Im Grund respektiert ihr doch einen aggressiven Mann viel mehr." Carlo biss sich ärgerlich auf die Lippen, weil er dies gesagt hatte.

„Herrn Günüt respektierten wir als Kapitän des Schiffes. Wenn Sie ihn getötet hätten, dann hätten wir das alle verstanden, denn wir hätten genau gleich reagiert. Aber wollten Sie uns nicht zeigen, wie man eben auch sonst handeln könnte? Das bringt Ihnen nicht unseren Respekt ein, aber unsere Verwunderung. Und aus dieser Verwunderung heraus entstehen Fragen, und vielleicht ergeben sich dann irgendwann auch mögliche Antworten." Yussuf hatte genug geredet, er stand auf, wünschte ihm noch eine gute Nacht und liess Carlo dann alleine und nachdenklich am Tisch zurück.

Tatsächlich würde er wohl kaum je erfahren, ob diese Reise bei den Jungs etwas bewirkt hatte, ob sie ihr Leben aufgrund dieser Erfahrung anders bewältigen würden. Er würde nie wissen, ob seine Ausführungen, seine Anleitungen und Anregungen jemals umgesetzt würden. Er würde nie erfahren, was für Leben diese Jungs führen würden und ob seine Erziehungsmassnahmen in irgendeiner Form auf fruchtbaren Boden gefallen waren. Er musste akzeptieren, dass er nur säen konnte und nicht ernten. Es konnten Jahre vergehen, bis ein Samenkorn überhaupt aufgehen würde und daraus eine Frucht entstehen. Er konnte nichts anderes tun, als weiter an seine Ideale zu glauben, ihnen offen und ehrlich begegnen, sie unterstützen in ihren Zukunftsplänen, ihnen helfen alte, Unheil bringende Muster zu durchbrechen, ihnen Wege und Möglichkeiten dazu aufzuzeigen, aber Dankbarkeit dafür erwarten durfte er nicht.

Carlo brachte die Gläser in die Küche, stellte sie in die Spülmaschine und ging gelöst an Deck zurück. Er konnte nichts erwarten von den Jungs, wusste er nun, aber es bestand Hoffnung, sogar Yussuf sprach davon. Eine Arbeit, vielleicht sogar eine Freundin.

Die nächste Zeit würde er viel gelassener angehen, dachte Carlo.

Auch Oli war viel entspannter, er spielte sich zwar gerne ab und zu als Chef auf, aber das nahm ihm niemand wirklich übel, im Gegenteil, die meisten waren froh, wenn jemand da war, der sagte, was zu tun war.

Eine wichtige Funktion im ganzen Gruppengefüge kam Sebastiano zu, weil er weder zu den einen noch zu den anderen gehörte und auf diese Weise zusätzlich als Vermittler zwischen Oli und Carlo einerseits und den Jungs andererseits funktionieren konnte. Er übernahm die Aufsicht über das Fischen, das er beim Vater ausreichend gelernt hatte. Carlo war erstaunt, wie geschickt sein Bruder die Netze auslegte, einholte, bei Bedarf reparierte, die Fische fing, tötete und ausnahm.

Die Jungs halfen tatkräftig mit und als bei einem etwas stärkeren Seegang Sebastiano ausfiel, konnten sie alle Arbeiten selbständig ausführen.

Zwischendurch gab es auch harte Worte, ein paar Mal mussten sie dazwischen fahren, als Axel und Derek wieder mal laut über den Islam schimpften und Osman, Mohammed und Said sie zum Schweigen bringen wollten. Flaschen seien nicht unbedingt eine angebrachte Waffe, bemerkte Carlo, sie hätten zu wenig Verbandzeug dabei, falls eine Ader geöffnet würde dabei, meinte er sarkastisch und entschärfte einstweilig die Situation.

Als sie die griechischen Inseln hinter sich gelassen hatten, wurden die beiden etwas ruhiger, denn jetzt kamen sie in unbekanntes Territorium, wo nicht mehr sie die Herren waren. Osman und Mohammed begannen sich aufzuplustern, doch indem sie gleich in die Navigation und in das Dolmetschen des Funkverkehrs eingebunden wurden, waren sie bald zu beschäftigt, um noch allzu viel Mist zu bauen, wie Oli grinsend erklärte. Vor allem zeigte es sich auch in ihrem Fall wieder, wie limitiert ihre Kenntnisse der heimatlichen Sprache waren und dies zu erfahren, war ein willkommener Dämpfer, der sie wieder vom hohen Ross herunterholte.

Als sie in den Hafen von Antalya einfuhren, packte doch noch alle die Wehmut, dass die Reise jetzt schon vorbei sein sollte. Eine Woche wollten sie noch in der Türkei bleiben und dann zurückfliegen.

In dieser Woche in Antalya war Carlo am meisten überrascht, wie modern die Stadt war. Kaum Kopftuch tragende Frauen, sondern Frauen und Männer in westlicher Kleidung, breite Sandstrände mit Liegestühlen und Sonnenschirmen, ansprechende Restaurants und einladende Bars, öffentliche Toiletten, alles sauber und hygienisch. Da könnte Sizilien etwas davon lernen, dachte Carlo. Auch Axel, David und Derek mussten zugeben, dass sie kein einziges ihrer Vorurteile bestätigt sahen. Oli hatte schon Urlaub in der Südtürkei gemacht und fühlte sich als alter Hase.

Sie genossen die spätsommerliche Sonne, die immer noch brannte, und gingen jeden Tag an den Strand. Einzig die Moscheen und der Bazar erinnerte daran, dass sie weit im Osten waren, in Asien gar, erklärte Oli und weidete sich vergnügt an den erstaunten Blicken. Einmal fuhren sie in eines der Amphitheater, griechisch, wie Sebastiano erklärte und darauf längere Zeit mit Osman über das Kulturerbe der Türkei stritt. So wie sie auch stritten, warum das Essen in der Türkei und in Griechenland gleich war, der griechische Salat ein türkischer war und umgekehrt. Yussuf hielt sich bei diesen Gesprächen zurück, denn als Kurde fühlte er sich eben nicht als Türke, wie er Carlo auf dessen Frage erklärte. Als Kurde kannte er viel gewichtigere Probleme und dass die Türken schon seit Jahrhunderten als Eroberer aufgetreten waren, das konnte man ja in jedem Geschichtsbuch nachlesen, ausser in den türkischen vielleicht, meinte er. Doch niemand wollte wirklich politisch werden. Mohammed interessierte die Debatte herzlich wenig, und so musste Carlo seinen Bruder ermahnen, aufzuhören mit seinen Sticheleien, um nicht in den letzten Tagen ihrer Reise noch einen ernsthaften Streit zu provozieren.

Die drei Türkisch sprechenden Jungs waren wieder eine Einheit und voll in ihrem Element, wenn es darum ging, einzukaufen und zu organisieren. Es musste ein Hafenplatz gefunden werden, damit die Betreuung des Schiffs über die Wintermonate sichergestellt war. Und Flugtickets nach Deutschland, nur die allerbilligsten, wiederholte der Direktor mehrmals, im Flugzeug ins Erziehungsheim, so etwas wolle er nicht an die grosse Glocke hängen.

Nach einer Woche war alles geschafft. Sie räumten das Schiff noch auf, packten ihre Sachen zusammen und schliesslich fuhren sie im Bus zum Flughafen, um nach Deutschland zurückzufliegen. Das Abenteuer war zu Ende, nun ging es zurück in den Alltag, zurück in die graue Kälte, meinten die einen, zurück ins Gefängnis die anderen, zurück in die Langeweile, in die Härte, in die Realität, in die Arbeitswelt, zu den anderen Jungs, zu den anderen Erziehern, zu den Eltern, zu den Geschwistern, zu Kollegen und Kolleginnen. Zurück nach Deutschland.

Heimweh

Carlo kam wie jeden Morgen an den Hafen, setzte sich auf die Bank und blickte über das kalte Meer des Nordens. In wenigen Wochen würden sie losfliegen nach Antalya und das Boot zurück in diesen Hafen bringen.

Seine Augen wanderten nach Dänemark, woher sie kommen würden und hier einfahren nach sechs Monaten auf den Meeren Europas. Diesmal würde er keine Frauen mitnehmen und auch auf Schulunterricht würden sie verzichten. Diese Fahrt würde die rein handwerklichen Tätigkeiten ins Zentrum stellen.

Sebastiano wollte zunächst wieder mitkommen, er hätte ihn gerne mitgenommen, aber vor kurzem hatte dieser einen Arbeitsvertrag und eine Wohnung in der Pizzeria bekommen, in der er sich bis zum Pizzaiolo hochgearbeitet hatte. Er kam gut an, sein kleiner Bruder, dachte Carlo lächelnd. Deutsch kam noch ziemlich radebrechend über seine Lippen, aber er hatte sich gleich in die ganze Italogemeinde der Stadt eingebracht. Er ging an die einschlägigen Treffpunkte, an die verschiedenen organisierten Anlässe, sogar in die italienische Messe, um dort auf Landsleute zu stossen. Um ihn brauchte er sich keine Sorgen mehr zu machen.

Die Resonanz auf ihre erste Reise war gut ausgefallen, aus England war eine Anfrage an den Direktor eingegangen, die waren an ihren Erfahrungen interessiert.

Martina hatte bis nach Sizilien alles eingehend dokumentiert, und was ihr noch fehlte, erfuhr sie aus Interviews.

Die Presse berichtete über das Projekt und die Stadt genehmigte einen zweiten Versuch, um Vergleichswerte zu haben. Der Direktor genoss die Aufmerksamkeit, die das Erziehungsheim genoss, sichtlich.

Die Abenteurer, wie er sie gerne nannte, schienen viel mehr Eifer in ihre Arbeit zu legen und zeigten grösseres Interesse für zukünftige Förderprojekte, Lehrstellenintegration und ähnliches, meinte er, wenn er danach gefragt wurde. Bei entsprechender Führung und Einsatz könnte eine Entlassung auch durchaus früher erfolgen, was die Staatskasse entlasten würde, ein Argument für die Gegner, wie er augenzwinkernd zu Carlo bemerkte. Die Rückkehrer schienen generell viel konzentrierter und eifriger als vor ihrer Reise, erzählte er begeistert. Auch im Umgang mit den anderen liessen sich Veränderungen feststellen, als wären sie etwas schneller gereift, als hätten sie Lebenserfahrung gemacht, nennt man das, meinte Carlo ungeduldig, als der Direktor lange nach dem richtigen Wort suchte.

Martina hatte ebenfalls einige positive Veränderungen feststellen können und nicht einmal Matthias' vorzeitiger Abbruch der Reise und Kerims Verschwinden konnte die Bilanz der Auswertung signifikant verschlechtern.

Carlo war bei der ganzen Euphorie zurückhaltend geblieben. Dass sich Matthias seit seiner Rückkehr auffällig verändert hatte, bemerkte Martina auch in ihrem Bericht und wertete sein auffällig korrektes und betont diszipliniertes strenges Auftreten durchwegs positiv. Carlo hingegen war nicht überzeugt.

Er sah die Springerstiefel, den schwarzen Mantel und ihm gefiel Matthias' Entwicklung überhaupt nicht. Bei ihm hatte die Reise eher ein Gegeneffekt bewirkt, dachte er, eine Radikalisierung. Das Herausreissen aus der Heimat hatte bei Matthias einen ungesunden, fanatischen Nationalismus erweckt und ihn in die Arme der Rechtsradikalen getrieben.

Auch Said und Osmans Hinwendung zum Islam erschienen ihm suspekt. Plötzlich wollten diese ihre Arbeit jeweils unterbrechen, um zu beten, wie sie sagten, und auch dies wertete Martina positiv und der Direktor wusste nicht recht, ob er sich über die neuen Gewohnheiten wundern oder freuen sollte.

„Jedenfalls haben wir dadurch eindeutig weniger Schlägereien", meinte er und Carlo zuckte nur mit den Schultern.

Es war wie die Ruhe vor dem Sturm, dachte er, aber wer weiss, vielleicht konnte die Religion diesen Jungs tatsächlich einen Halt geben, doch er hatte auch bei ihnen Angst vor einer Radikalisierung.

Bei Mohammed, David und Axel schien die Reise überhaupt nichts verändert zu haben, weder in die eine noch in die andere Richtung, dachte Carlo. Wie sich allerdings diese Erfahrung auf ihr zukünftiges Leben auswirken würde, konnte niemand voraussehen.

Einzig bei Derek und Yussuf war er sich sicher zu sein, dass etwas Bedeutendes geschehen war. Derek war vermehrt in der Küche anzutreffen, er beantragte Wochenendurlaub, um seinem Vater in der Kneipe zu helfen, und er schien sich zu bewähren.

Yussuf blieb vordergründig unverändert, aber aufgrund der Gespräche, die sie auf dem Schiff geführt hatten, glaubte Carlo, dass in Yussuf der Samen irgendwann aufgehen würde. Jedenfalls wurden in den wöchentlichen Sitzungen keine nennenswerten Vorfälle mehr erwähnt, in die er verwickelt worden wäre. In der Schreinerei erlebten ihn die Lehrmeister zwar eher lustloser als vorher, aber er brauste weniger schnell auf als früher und kam seinen Pflichten stets nach. Carlo nahm sich vor, mit ihm bei Gelegenheit über seine Zukunft zu reden.

Die zweite Reise sollte wieder dokumentiert werden, doch Carlo wollte keine Frau mehr an Bord und die Argumente, die er aufführte, konnten überzeugen. Martina war nicht wirklich unglücklich über den Entscheid, sie fand einen Studenten, dem sie die Aufgabe anvertrauen konnten. Die Fragebogen waren vorbereitet, die zu beachtenden Punkte aufgeführt, so dass Michael die Daten bestens für sie sammeln und ihr dann auch berichten konnte.

Den Kapitän wählte Carlo diesmal selber aus, ein ruhiger, gemächlich wirkender norddeutscher Mann meldete sich auf das Inserat. Er hatte lange Rheinschiffe geführt, aber er besass auch das nötige Patent für die Naval. Flussschifffahrt, das klang gut, meinte Carlo und stellte Norbert gleich ein.

Oli würde wieder mitkommen, als Koch, als Fischer, als Einkäufer, als Mädchen für alles, nicht alles, lachten sie lange, als wären sie pubertäre Jünglinge, aber sie hatten etwas zu viel getrunken an diesem Abend, als sie erfuhren, dass auch die zweite Reise bewilligt würde und dass sie sie gemeinsam erleben würden.

Als der Direktor das ganze Team zusammengetrommelt hatte, für die Presse, hatte er gemeint, und für die Leute, die euch unterstützen, war es zur Begegnung mit Bedran gekommen.

Es hatte ihn grosse Überwindung gekostet, da hinzugehen, aber Carlo hatte sich gezwungen. Er konnte nicht den Rest seines Lebens ständig mit dieser Angst durch die Strassen gehen, dass er plötzlich an irgendeiner Hausecke auf ihn stossen würde. Er hatte Angst vor seiner eigenen Reaktion auf eine solche Begegnung, er hatte Angst vor den unergründlichen Kräften in seiner Tiefe, die ihn schon einmal weggerissen hatten und die eine Gewaltbereitschaft ausgelöst hatte, von der er nicht einmal gewusst hatte, dass sie in ihm steckte.

Er zwang sich hinzugehen, weil er sich stellen wollte, denn sobald er sich vorstellte, dass er Bedran nur schon von weitem sehen würde, begann sein Herz heftiger zu klopfen und er fühlte, wie sein Adrenalinspiegel stieg.

Das war es also, was seine Jungs fühlten, dachte er, das war die unkontrollierbare Wut, der Hass, die Bereitschaft, beim kleinsten Widerstand gleich dreinzuschlagen. Eine Art Ich-Schwäche, dachte er, war es, wenn man mit Worten nicht weiterkommt, wenn die eigene Grenze verletzt wurde und man keine Möglichkeit hat, sich adäquat zu verteidigen. Wenn er Bedran unvorbereitet begegnen würde, dann konnte er für nichts garantieren, dachte er.

Er hatte noch keine Gelegenheit gehabt, die Geschichte zwischen ihnen zu klären, er war immer noch in der Verliererposition, dachte er. Erst wenn er sich auf einer Ebene mit ihm fühlen konnte, würde er wieder zur Ruhe kommen, wusste er. Deshalb musste er an dieses Treffen gehen. Wenn er sich vorbereiten konnte, dachte er, wenn er genügend Zeit hatte, um sich mental auf diese Begegnung einzulassen, dann würde ihn dies vielleicht auch von diesem angestauten Hass befreien können.

Martina hatte ihm gleich bei seiner Rückkehr schon gesagt, dass Stella und Bedran kein Paar seien, gar nie ein Paar gewesen seien. Sie selbst sei für kurze Zeit seine Freundin geworden, es habe allerdings nicht lange gehalten.

„Schon auf der Rückreise drifteten wir auseinander, und als wir in Deutschland waren, holte uns die Realität ein. Er hatte wohl das Ausmass seines Ausrutschers, wie er es mir gegenüber nannte, unterschätzt und es beschäftigte ihn mehr, als er zugeben wollte. Er wollte auch nie darüber sprechen, aber es war nicht nur das. Auf dem Schiff sahen wir uns beide mit anderen Augen. In Deutschland wurden unsere Unterschiede augenfällig. Auf alle Fälle war sein One-night-stand mit Stella nicht gegen dich gerichtet, falls du das je geglaubt hast und Bedran ist auch nicht der Vater von Stellas Kind, falls du Zweifel gehabt haben solltest."

Carlo hatte verneint, aber sie sprach zu seiner Erleichterung trotzdem weiter. „Er benutzt immer Kondome, aus reinem Selbstschutz, erzählte er mir, so brauche er sich weder um Ansteckungen noch um Vaterschaftsklagen zu sorgen." Er hatte die ganze Zeit zugehört und nur ab und zu gebrummt oder genickt oder bestätigt, aber er hatte jedes einzelne Wort von Martina aufgesogen.

Stellas Kind doch sein Kind, Stella doch nicht Bedrans Freundin, also doch ein Seitensprung, ein One-night-stand mit diesem Arschloch, dachte er wieder verletzt, wieder beleidigt, hatte sie das tatsächlich nötig gehabt, mit ihm, hatte sie ihm versichert, sei sie zu den schönsten Orgasmen gekommen, die sie je hatte, toppen könne das kaum jemand, nicht einmal er selbst, und dann mit diesem Typen.

Stella hatte er seit seiner Rückkehr nicht mehr gesehen. Sie müsse liegen, erfuhr er. Sie habe ihren Mutterschaftsurlaub frühzeitig antreten müssen, wegen Komplikationen, hiess es.

Carlo fühlte sich schuldig, bestimmt wegen ihm, er war Schuld, hoffentlich ging es Stella gut, hoffentlich war dem Kind nichts geschehen. In Gedanken sah er nur noch ihren erschrockenen Blick über seinen Gewaltausbruch, und in der Erinnerung daran überkam ihn stets Scham.

Zuerst wollte er die Geschichte mit Bedran klären, und dann würde er zu Stella gehen, er musste sich immerhin entschuldigen.

Es war ja ihre Entscheidung, wenn sie fremdgehen wollte, wenn sie ihn betrügen wollte, dann konnte sie das tun, dass er dann nicht mehr mit ihr sein wollte, das war wieder eine andere Angelegenheit. Niemand zwang ihn dann, bei ihr zu bleiben. Aber seine Reaktion, die war unakzeptabel gewesen, die entsprach ja genau dem Machobild, dem er nie hatte entsprechen wollen.

Bedran kam im Anzug und Carlo würdigte ihn zunächst keines Blickes. Ein einziger, schräger Blick, dachte er, und mit meiner Selbstbeherrschung ist es gleich zu Ende. Es brauchte ihn Kraft, gelassen zu wirken. Er hatte ihm weder die Hand gegeben, noch begrüsst, noch ein einziges Wort mit ihm gewechselt, um nicht Gefahr zu laufen, sich lächerlich zu machen.

„Du spielst die Rolle des schweigsamen Mafioso grossartig", flüsterte ihm Oli ins Ohr.

„Omertà und Vendetta", sagte Carlo grinsend, obwohl ihm nicht nach lachen zumute war, aber das passte, die beiden Mafiagebote, Schweigepflicht und Rache. Aus den Augenwinkeln sah er mit einer gewissen Genugtuung, dass

Bedran nervös an seiner Krawatte zupfte und so sagte er mehr zu Bedran als zu Oli, als sie für das Foto nebeneinander stehen mussten:

„Wir Mafiosi können jahrelang warten mit unserer Rache." Oli grinste in die Kamera.

Zur anschliessenden Pressekonferenz kamen auch Norbert und Michael und wurden vorgestellt.

„Warum fahren Sie nicht mehr mit?" fragte ein Journalist Bedran, und Carlo hörte sein Herz pochen. Eine falsche Antwort von dir, hämmerte es in ihm, eine einzige falsche Antwort und ich weiss nicht, was ich tun werde. Bedran zögerte und Oli blickte nervös von Bedran zu Carlo und wieder zu Bedran.

„Wir hatten Meinungsverschiedenheiten", meinte er dann etwas vage. Oli wollte sich schon einmischen, aber Carlo gab ihm zu verstehen, dass er schweigen sollte. Er wollte hören, wie sich Bedran aus der Schlinge zog. Natürlich hatte der Journalist gleich nachgefragt.

„Was für Meinungsverschiedenheiten?" Bedran zögerte und zeigte dann auf Carlo. „Er ist der Projektleiter, er wird ihnen besser Auskunft geben können."

Carlo sah Bedran erstmals direkt in die Augen, doch keine Spur von Hohn war in ihnen zu entdecken. Er meinte es tatsächlich ernst, er übergab ihm das Wort, nicht weil er ihn blamieren wollte, sondern damit er seine Version erzählen konnte. Aber Carlo wollte den Journalisten auf keinen Fall eine Geschichte liefern, deshalb winkte er ab.

„Wie schon gesagt wurde, es gab unüberbrückbare Meinungsverschiedenheiten im Team, unter denen das Projekt nicht leiden sollte. Deshalb schien es mir angebracht, die Besatzung auszuwechseln. Andere Jungs, andere Crew." Die Journalisten wollten mehr wissen, aber sie bekamen keine weiteren Auskünfte.

Nach der Pressekonferenz begegneten sich Bedran und Carlo kurz beim Apéro. Sie wussten beide nicht recht, was sie sagen sollten, um nichts Falsches zu sagen. Sie standen mit ihrem Glas in der einen Hand und griffen mit der anderen zu Salznüssen, um sich zu beschäftigen, um die Leere zu überbrücken, um die Stille nicht mit Worten füllen zu müssen. Zu ihrer beider Erleichterung trat Norbert zu ihnen.

„Wär gut, wenn du ihn einführen könntest", hörte sich Carlo sagen. Es folgte ein kurzer Blickwechsel zwischen ihnen, den Oli gespannt verfolgte. Dann nickte Bedran kurz und wandte sich gleich Norbert zu, der ihn nach den Eigenheiten der Naval ausfragte.

„Tolle Idee", meinte Oli und klopfte Carlo begeistert auf die Schultern, doch dieser verabschiedete sich bei dieser Gelegenheit gleich.

Ein einziger falscher Blick von Bedran, eine falsche Bewegung oder ein falsches Wort, und er hätte ihn auf der Stelle niedergeschlagen, dachte Carlo. Er war überhaupt nicht weitergekommen in den letzten Wochen, es würde nicht mehr vergehen, dieses Gefühl der ohnmächtigen Wut, des Hasses, der Verletzung.

Bedran hatte sein Friedensangebot angenommen, damit hatte Carlo für sich einen Waffenstillstand erreicht. Zum Abschied hatte Bedran das Glas erhoben, nochmals ein kurzer Blickwechsel, der Carlo bestätigte, dass er einen Schlussstrich ziehen konnte. Diesmal nickte Carlo und ging.

Wie Carlo mit Stella verfahren sollte, wusste er immer noch nicht recht. Sie war zuhause bei ihren Eltern, weil sie liegen musste. Er wollte nicht gern zu ihren Eltern, vor ihrem Vater hatte er Respekt, der würde ihn vielleicht seinerseits verprügeln, falls ihm Stella erzählt hatte, was geschehen war. Die Calabresi hatten ein Temperament, das dem sizilianischen in nichts nachstand.

Er hatte den Besuch immer weiter aufgeschoben, bis er die Geburtsanzeige in seinem Briefkasten sah. Stellas Schwester hatte sie ihm geschickt. Es war ohne Foto, ohne Namen. Nur der Tag und die Uhrzeit standen dort und dass

Mutter und Kind wohlauf seien. Mehr nicht. Immer noch wusste er nicht, wie er reagieren sollte. Ein Geschenk konnte er doch nicht einfach vorbeibringen, sie anrufen, ihr gratulieren? Er rief seine Mutter an.

„Jetzt ist das Kind geboren. Du rufst an und sagst, du wollest deinen Vaterpflichten nachkommen, sobald deine Vaterschaft endgültig feststehe."

„Meine Vaterpflichten?" hatte er verständnislos gefragt.

„Unterhaltsbeiträge, mein Lieber, was hast du denn gedacht. Das Kind muss unterstützt werden. Und wenn du weisst, dass du wirklich der Vater bist, dann sieh selber zu, ob du nur bezahlen willst, oder ob du auch sonst Vater sein willst. Und jetzt gib mir die Telefonnummer vom Spital, denn ich will mein Enkelkind sobald wie möglich sehen."

Mein Enkelkind, hatte sie gesagt, die widersprüchliche Logik seiner Mutter, dachte er. Er seinerseits sollte auf einem Vaterschaftstest bestehen, andererseits glaubte sie fest daran oder wollte vielleicht glauben, dass Stellas Kind sein Kind und somit ihr Enkelkind und sie dessen Grossmutter war. Seine Mutter Grossmutter.

Carlo beschloss Stella anzurufen. Sie war nicht mehr im Spital. Als er zuhause anrief, kam wie befürchtet der Vater an den Apparat. Carlo widerstand nur knapp dem Impuls, den Hörer gleich wieder aufzulegen.

Er wollte das mit dem Vaterschaftstest bestimmt nicht Stellas Vater darlegen, was für ein Licht hätte das auf sie geworfen, aber gleichzeitig wollte er sich auch nicht bedingungslos zu Unterhaltsbeiträgen verpflichten, deshalb blieb er auf Abstand und verlangte nur Stella an den Apparat.

Doch der Vater wimmelte ihn ab, sie wolle nicht mit ihm sprechen, sie wolle nichts mehr mit ihm zu tun haben, und er hätte ihn wohl auch noch beleidigt, wenn Stella nicht von irgendwoher zugehört hatte.

Er hörte, wie sie fragte, wer am Apparat sei, und der Vater wollte lügen, aber sie hatte schon zu viel gehört, mit wem will ich nichts mehr zu tun haben, wer ist am Apparat, Carlo, fragte sie und im nächsten Augenblick hörte er ihre Stimme.

„Carlo?" Sie klang erfreut und sein Herz schlug höher, als er ihre Stimme hörte und er wusste nicht, wo beginnen und sie fragte nochmals „Carlo?", diesmal etwas zweifelnder, fast traurig, dachte er und wollte nicht, dass sie so klang, deshalb sagte er:

„Ja, ich bin's, Carlo", und dann nichts mehr, weil er nicht wusste, wo beginnen und wie enden und sie sagte nur:

„Hallo", und dann wartete sie. Im Hintergrund hörte er, wie gezischt und geflüstert und gestritten wurde, dann schien es einmal fast, als wäre aufgelegt worden, aber vermutlich hatte Stella nur die Verbindung unterbrochen, damit sie die anderen zurechtweisen konnte, sie sollten sie in Ruhe telefonieren lassen. Dann hörte er sie wieder.

„Bist du noch da?"

„Ja." Und wieder warteten sie, aber diesmal hatte das Schweigen Raum und Zeit. „Wie geht es dir und dem Kind?" fragte er dann und sie antwortete kurz:

„Gut, danke." Sie wollte nicht das hören, er wusste es. Natürlich musste er sich entschuldigen, aber sie auch, dachte er, hätte sie nicht, dann hätte er auch nicht, dachte er, aber seins wog vielleicht schlimmer oder ihres, er wusste es auch nicht, und so schwiegen sie wieder und warteten, und als sie sich endlich entschuldigten, entschuldigten sie sich gleichzeitig, so dass der eine nicht hörte, was der andere gerade gesagt hatte, weil sie nicht sicher waren, ob die Entschuldigung ein Echo ihrer eigenen Worte gewesen war oder eine Entschuldigung für den Fehler des anderen, und so wiederholten beide nochmals gleichzeitig die Entschuldigung und waren sich wieder nicht sicher, so dass Carlo sich entschlossen durchsetzte.

„Basta, stopp, jetzt rede ich einmal und dann kannst du." Und obwohl sie lange miteinander sprachen und versuchten zu erklären, zu begreifen, zu benennen, zu verstehen, löste sich der Schmerz bei beiden nicht auf, im Gegenteil, er brannte nur noch heftiger, und als sie auflegten, weil das Baby weinte, er hörte es im Hintergrund, war nichts erledigt, war nichts geklärt.

Die Entschuldigungen, damit überhaupt noch ein Gespräch möglich war, waren gefallen, aber es schien ihm fast, als wären sie noch viel weiter voneinander weg als vorher.

Sie war jetzt Mutter eines Kindes, das er noch nie gesehen hatte. Er hatte vergessen zu fragen, ob es ein Mädchen war oder ein Junge. Er hatte es wohl auch nicht wirklich wissen wollen. Solange er nicht wusste, ob er der leibliche Vater war, wollte er nichts wissen von diesem Kind.

Er würde ihr Tütchen und Wattestäbchen schicken, sagte er zum Schluss noch, sie müsse diese genau nummerieren und in der Innenseite jeder Wange dreissig mal drehen, bei sich und bei dem Kind, die Stäbchen dürften sich nicht berühren, sie müsse natürlich zuerst die Hände waschen, sei ja klar, und dann die Wattestäbchen mit der Speichelprobe in die nummerierten Tütchen stecken und genau anschreiben, welche Probe von wem käme.

Er würde dann bei sich ebenfalls so verfahren, und diese Tütchen könne man dann einschicken und für knapp zweihundert Euro wisse man dann Bescheid. Der Test sei sogar vom Jugendamt anerkannt, er murmelte noch etwas von Beitragspflicht und so, aber er wusste genau, wie tief er Stella mit seinen Worten traf und doch konnte er nicht anders, er konnte dieses Kind niemals akzeptieren nur auf die Aussage hin, Bedran hätte ein Kondom benutzt. Von Stella hatte er dies nicht so gehört und fragen wollte er auf keinen Fall. Er brauchte diesen Test für sich und selbst wenn er sie damit verletzte, erst nachher könne er weitersehen, weiterdenken.

Sie war in ihrem Tonfall ebenfalls sachlich geworden, und so verabschiedeten sie sich kühl voneinander, als wären sie Fremde, die über ein Geschäft mit Seidenraupen oder Importwein verhandelt hätten.

Der Wind blies kalt an diesem Morgen und Carlo drehte den Umschlag, den er in den Händen hielt, nervös hin und her. Der Bericht vom Labor. Wolken zogen auf, die Regen bedeuteten.

Stella trat neben ihn und legte ihm die Hand auf die Schulter.

„Ich habe Raffaele gleich mitgebracht", sagte sie und zeigte auf ihren Mantel. Der war zugeknöpft bis zur Brust und dort guckte eine Mütze hervor.

„Selbstgestrickt?" fragte er.

„Deine Mutter", antwortete sie und setzte sich neben ihn. „Er schläft", meinte sie auf seinen fragenden Blick und zeigte auf den Brief. „Und, willst du ihn nicht öffnen?"

Carlo zögerte noch. Er blickte wieder auf Stella und auf die Mütze unter ihrem Mantel.

„Raffaele ist ein schöner Name", meinte er dann und Stella lächelte.

„Das hast du mir einmal erzählt, dass du deinen Sohn so nennen würdest."

„Wieso kann ich ihn nur lieben, wenn ich schwarz auf weiss lese, dass dieses Kind aus mir entstanden ist, dass es meine Gene sind, dass er mir gleichen wird, dass er vielleicht meinem Vater, meinem Onkel, meinem Bruder gleichen wird. Warum nur, Stella?" Carlo hatte, um seine Worte zu unterstreichen, mit dem Brief herumgewedelt, so dass der nächste heftige Windstoss ihn ihm aus der Hand riss und er ihm nachrennen musste, und dabei wäre er fast ins Meer gefallen und Stella musste so lachen, dass sie dabei Raffaele weckte, der zu weinen begann, so dass sie den Mantel öffnete und ihn aus dem Tuch nahm.

Wie klein er war, dachte Carlo und blickte auf seine Füsschen, die durch winzige Wollpantoffeln geschützt waren.

„Deine Mutter", beantwortete Stella seine stumme Frage. Entschlossen riss Carlo den Brief auf und las mit bangem Herzen und voller Hoffnung auf eine Zukunft mit diesen beiden Menschen an seiner Seite die Ergebnisse des Vaterschaftstests.

Die Buchstaben tanzten vor seinen Augen, er verstand die Formulierung kaum, was bedeuteten die Zahlen, die Prozente, die Wahrscheinlichkeit der Übereinstimmung der DNA.

Er gab den Brief Stella, die ihn gespannt aber zuversichtlich angeschaut hatte. Sie hatte es schon lange gewusst, dass es Carlos Kind war, nur Carlos Sohn sein konnte. Sie hatte es gefühlt mit absoluter Gewissheit und brauchte keinen Brief, der ihr dies bestätigte.

Natürlich hatte es sie erleichtert, als ihr Martina die Geschichte vom Kondom erzählt hatte, und sie erinnerte sich auch, wie sie dagestanden hatte am Steuer in dieser Nacht, als sie ihren Verstand ausgeschaltet hatte, sagte sie später, als ihr Carlo endlich einmal in Ruhe zuhörte, als sie sich hinreissen liess von dieser Reise, von den Eindrücken, von den Sternen und von der Sinnlichkeit jener lauen Luft und sie hatte ihn nicht genau gesehen, wie er stand, hinter ihr, nur gespürt, seine Hand, seinen Körper, es hätte irgendjemand sein können, und er hatte etwas genestelt hinter ihr, natürlich hatte sie dieser Gedanke erleichtert.

Aber sie hatte es auch schon vorher gewusst, denn das hätte ihr das Schicksal nicht antun dürfen, die höheren Mächte durften niemals solche Spiele mit ihr spielen, denn ein Kind wollte sie nur und ausschliesslich von Carlo.

Sie nahm den Brief und übergab ihm im Gegenzug das Baby, welches er unsicher und unbeholfen in seine Arme nahm. Sie zeigte ihm, den Brief immer noch ungelesen in der Hand, wie er ihn halten musste, damit das Köpfchen nicht zurückfiel. Carlo wollte ihn noch nicht anschauen, er blinzelte ihn etwas an, der Kleine blickte zurück.

Was für Augen, dachte Carlo, woher kommt dieser Mensch, dachte er verwundert, es waren die Augen eines weisen alten Mannes. Er riss sich los von ihnen.

„Und?" fragte er ungeduldig, „und?" und Stella zeigte ihm, dass der Vaterschaftstest erwiesen hatte, dass er mit neunundneunzigprozentiger Wahrscheinlichkeit Raffaeles Vater war.

„Wahrscheinlichkeit, steht da", sagte er noch und Stella schüttelte resigniert den Kopf.

„Also, was ist, willst du ihn dir jetzt mal anschauen und sehen, wem er in deiner Familie gleicht? Meine Familie konnte natürlich nur Ähnlichkeiten mit ihren eigene Brüdern, Onkels, Vätern und Grossväter entdecken, aber deine Mutter meint, er gleiche ihrem Bruder, dein Vater ist überzeugt, er gleiche ihm selber, Maria meint, er gleiche Sebastiano, was Sebastian vehement von sich gewiesen hat und meint, er gleiche eindeutig dir."

Stella sah ihn von der Seite an, um zu sehen, ob Carlo schon verstanden hatte. Er hatte nicht.

Vorsichtig versuchte er Raffaele etwas zu drehen, damit er ihn auch im Profil sehen konnte.

„Also die Nase, diese runde Kartoffelnase, scheint mir eher aus deiner Familie." Dann blickte er plötzlich überrascht auf und sah Stella entgeistert an. „Du willst mir aber nicht etwa sagen, dass meine Eltern, dass Maria - ?" Sie lachte schallend.

„Doch, sie waren eine Woche nach der Geburt schon da. Sie wollten nicht warten. Sie wohnen bei Sebastiano, der dir nichts verraten durfte." Raffaele verzog das Gesicht und ballte die Fäustchen und streckte sie hoch, und als er eines in der Nähe seines Mundes spürte, drehte er den Kopf ab und begann gleich daran zu nuckeln. „Er hat Hunger, ich gehe jetzt nach Hause. Hier in der Kälte mag ich ihn nicht stillen" und sie nahm Carlo das Baby wieder ab und steckte es zurück in das Tuch unter ihrem Mantel.

„Ich werde Heimweh haben nach euch", meinte er, als er bereits die Wärme des kleinen Körpers seines Sohnes zu vermissen begann. Stella knöpfte den Mantel zu, rückte dem Kleinen das Mützchen zurecht, gab ihm den Schnuller, damit er daran saugen konnte, bis sie Zuhause waren.

„Wann gehst du?" fragte sie möglichst achtlos, doch Carlo bemerkte es.

„Mitte Mai", sagte er und hoffte, sie würde sagen, er solle nicht gehen oder sie wolle mitkommen oder. Sie sagte:

„Das trifft sich doch gut, dann bist du vielleicht im Juli wieder in Acitrezza, Maria hat mich an ihre Hochzeit eingeladen."

Maria heiratet, dachte Carlo, wir sollten auch heiraten, dachte Carlo, wir könnten auch heiraten, dachte auch Stella, doch sie sprachen es beide nicht aus, die Wunden schmerzten noch.

Raffaele begann zu weinen, es klang wie das Blöken eines Schafes, dachte Carlo.

„Gut, ich gehe jetzt, bleibst du noch hier?" fragte Stella und Carlo nickte.

„Ich will mich noch vorbereiten auf die Reise und die Luft hier aufsaugen und die Erinnerungen aufblühen lassen, damit mich das Heimweh diesmal so richtig quält."

„Du wirst immer Heimweh haben, Carlo, egal, wo du bist, egal mit wem du lebst", meinte Stella, den Oberkörper hin und herschaukelnd, um Raffaele zu beruhigen, der wirklich nicht mehr weinte.

„Das Heimweh will ich mit mir tragen, Stella, es soll mich an dich und Raffaele erinnern und ich hoffe, dass mir dieser Schmerz hilft zu zeigen, wo meine wahre Heimat liegt."

Sie küssten sich zum Abschied. Carlo trat an die Hafenmauer und liess den Blick über die Weite des Meeres schweifen.

Aus einer Eingebung heraus sprang er in eines der an der Hafenmauer vertauten Boote und ruderte aufs Meer hinaus. Dort zog er die Ruder wieder ein und blickte weiter aufs Ufer. Er sah auf die Hafenmauer und auf die festgemachten Boote, auf die Bäume und parkierten Autos, er betrachtete die Häuser, in denen immer mehr Lichter angingen, und mit dem Blick fest aufs Ufer gerichtet, liess er sich von den Wellen wieder langsam gegen den Hafen treiben, er korrigierte nur ab und zu mit einem Ruder den Kurs.

Schliesslich nahm er beide Ruder, setzte sich um und drehte das Boot mit wenigen Schlägen, um mit entschiedenen Vorwärtsbewegungen an das vor ihm liegende Ufer zu gelangen.

Ohne wieder aufs Meer zu blicken, ruderte er in den Hafen, band das Boot an seine Stelle und schritt beschwingt zu Sebastianos Wohnung, um seine Eltern und seine Schwester zu begrüssen.